Knaur®

Von Serena Gray sind außerdem erschienen:

Knäckebrot und Käsesahne (Band 3278)
Eine Frau über 35 läuft eher Gefahr, von einem Tiger gefressen zu werden, als einen Mann zu finden (Band 3277)
Nobody is perfect (Band 60078)
Wer Ordnung hält, ist zu faul zum Suchen (Band 60071)

Dieses Buch wurde auf chlor- und säurefreiem Papier gedruckt.

Deutsche Erstausgabe Oktober 1993

Titel der Originalausgabe »The Alien's Survival Manual«

Originalverlag Futura/MacDonald Publ., London
Umschlaggestaltung: Manfred Waller, Reinbek
Umschlagillustration: Paul Biddle, Man with striped & floral pattern/The Image Bank
Satz: Ventura Publisher im Verlag
Druck und Bindung: Elsnerdruck, Berlin
Printed in Germany 5 4 3 2 1
ISBN 3-426-60123-0

Serena Gray

Handbuch für Außerirdische

Aus dem Amerikanischen
von Sonja Hauser

Knaur

Widmung

Dieses Buch ist all jenen Wesen – jeglicher Zeit und jeglicher Art – gewidmet, die um drei Uhr morgens schon einmal von der Erde aus hinauf zum Himmel geblickt und sich gefragt haben, wie sie wieder von diesem Planeten wegkommen könnten.

Wohin ich auch komme,
Wohin ich meine Schritte lenken werde,
Egal, wohin –
kein schöneres Plätzchen gibt's
Als die Erde.

Altes Lied
der Erdenbewohner

Bei euch gibt's so was sicher nicht, da
würd' ich wetten.

Alter Spruch
der Erdenbewohner

O Schreck!

Übliche Reaktion beim
ersten Erdenbesuch.

Inhalt

Anmerkung des Herausgebers

Verglichen mit dem restlichen Universum ist die Erde zwar klein, aber gleichzeitig ist sie auch wieder groß, denn sie beherbergt die unterschiedlichsten Nationen und Völker. Doch obwohl diese unterschiedlichen Nationen und Völker nun schon Tausende und Abertausende von Jahren zusammenleben, scheinen sie sich weder sonderlich gut zu kennen noch zu verstehen. Deshalb hat man auch, wenn man den Menschen, die alle ganz ähnliche physische und emotionale Bedürfnisse haben, zuhört oder sie beobachtet, das Gefühl, als wären sie diejenigen, die von anderen Planeten stammten.

Es hätte den Rahmen des vorliegenden Buches gesprengt und sich vermutlich auch als überflüssig und sinnlos erwiesen, zwischen all den existierenden menschlichen Gemeinschaften zu unterscheiden. Wir haben also als Untersuchungsobjekt die westliche Welt gewählt.

Dafür gibt es drei Gründe:

1. Die westliche Welt hat die Führungsrolle inne.
2. Die westliche Welt steckt mitten im zwanzigsten Jahrhundert und vermittelt das beste Bild vom gegenwärtigen Menschen.
3. Das Fernsehen ist im Westen besser, und im großen und ganzen herrscht auf den Straßen auch kein offener Krieg (abgesehen vielleicht von Irland oder Brooklyn).

Einleitung

»Das Unverständlichste an der Welt ist,
daß man sie verstehen kann.«

Albert Einstein[1]

Der augenfälligste Unterschied zwischen der Erde und anderen, zugänglicheren Planeten liegt nicht in ihrer physischen Struktur. Was hat es schon zu sagen, wenn man nur eine Sonne und einen Mond hat? Oder wenn der Himmel hauptsächlich blau ist? Was ist schon so außergewöhnlich daran, daß sowohl das Dreizehenfaultier als auch der Rosenkohl diesen Planeten ihr Zuhause nennen? Nicht einmal die Erdenbewohner selbst scheinen sich besondere Gedanken über die Atmosphäre oder ihre Mitbewohner zu machen. Nein, der augenfälligste Unterschied zwischen der Erde und jedem anderen Planeten im Kosmos ist der Mensch.

Den Menschen hat es nicht schon immer gegeben.[2] Deshalb ließ sich die Sache mit der Erde – ähnlich wie die mit der Pizza, der Plastiktüte und der Politik – anfangs auch noch ganz gut an.

Da war es also, ein kleines, aber nicht unattraktives, abgeplattetes Sphäroid, der Sonne nahe genug, daß man darauf Alfalfa anbauen und surfen konnte, aber nicht so nahe, daß man gleich verdampfte. Diese Verfügbarkeit einer Wärmequelle machte es, zusammen mit einer einstmals lebenszuträglichen Atmosphäre, eher unwahrscheinlich, daß man lernen mußte, durch den Schwanz zu atmen (wie das anderswo der Fall ist), und sie

[1] Außerirdische fragen sich schon seit langem, was genau Dr. Einstein damit wohl gemeint hat. Soll heißen: Wer kann sie verstehen?

[2] Dem Menschen fällt es genauso schwer, das zu akzeptieren wie die Tatsache, daß er auch nicht ewig weiterexistieren wird.

bedeutete außerdem, daß die Erde zur Heimstätte einer ganzen Reihe unterschiedlicher Lebensformen werden konnte, die sich dort wohl fühlten.

Wenn man sich frühe Fotos ansieht, kann man sich ganz gut vorstellen, wie zufrieden der Schöpfer der Erde gewesen sein muß. Da kann man getrost Tikata Major mit seinen bis zur Hüfte reichenden orangefarbenen Wolken und seiner einzigen Sorte von Büschen vergessen. Oder den Äußeren Lipisky mit seinen mißmutigen Monstern und dem silbernen Sand. Oder die ganze Kette von Planeten in der Oatischen Galaxis, wo alle herumhüpfen und Stickstoff atmen. Welches Potential die Erde doch hatte! Welche atemberaubenden Möglichkeiten! Und welch guter Einfall waren doch der Sauerstoff und der Regen!

Der folgende Gedanke drängte sich förmlich auf: Gab es überhaupt etwas, was auf der Erde nicht möglich war?

Diese Frage wurde praktisch umgehend von ihrem Schöpfer selbst beantwortet. Sie lautete: Nein. Der Schöpfer erkannte die Beschränkungen des Einzellers und wandte sich nun größeren und besseren Dingen zu. Schlick. Kakerlaken. Reptilien. Fledermäusen.

Ermutigt durch den Erfolg seiner frühen Versuche, begann der Schöpfer nun, Eisberge hin und her zu schieben, Kontinente auseinanderzubrechen und verwegene Experimente mit Flora und Fauna anzustellen.

»Ich bin da einer ganz heißen Sache auf der Spur«, freute sich der Schöpfer der Erde.

Weiteren Inspirationen folgend, entwickelte er jetzt den Dinosaurier und fing an, sich an neuen, stromlinienförmigeren Konzepten zu versuchen.

Allmählich regte sich eine gewisse Selbstgefälligkeit. Und warum auch nicht? Schließlich gab es nun einen blauen Himmel und klare, grüne Ozeane. Schneebedeckte, purpurfarbene Berge und atemberaubende Sonnenuntergänge. Üppige Dschungel-

Last-Minute-Reisen.

landschaften und Täler. Träge Wüsten und Waldbäche. Die Hebriden. Den Grand Canyon. Afrika. Südostasien. Das Nordlicht. Glockenblumenfelder. Schwärme von Schmetterlingen. Phantasmagorische Ansammlungen von Mineralien, Tieren und Pflanzen. Den goldenen Falken und den Flossenwal. Wer so etwas geschaffen hatte, konnte sich schon voller Stolz selbst auf die Schulter klopfen.

Aber es begab sich, daß der Schöpfer der Erde den richtigen Zeitpunkt zum Aufhören nicht erkannte. Denn gerade als die Zukunft besonders rosig zu werden versprach – und gut vierzehn Jahre nachdem eine Ruhepause wohlverdient gewesen wäre –, fiel ihm dann noch der Mensch ein.

»Vergeßt den Äußeren Wampumata und das Spaxische Sonnensystem!« rief der Schöpfer der Erde aus. »Das hier ist es! Endlich gibt es einen Planeten mit einer Art, die sich nicht nur im Anzug gut macht, sondern auch ein Feuer löschen kann.«

Natürlich war dieser Optimismus alles andere als angebracht. Aber wer konnte das damals schon wissen?

Bis der Mensch die Bühne Erde betrat, war der blaue Planet genauso leicht zu verstehen wie alle anderen Planeten des Universums auch. Natürlich gab es in Dürreperioden, Eiszeiten und Sturmkatastrophen Probleme, aber die waren zu bewältigen. In der guten alten Zeit vor dem Homo sapiens existierten auf diesem Planeten eine gewisse Symmetrie und ein gewisses Gleichgewicht. Sobald man die Feinheiten der Ernährung, der Körperpflege, der Fortpflanzung und des Selbstschutzes beherrschte (soll heißen: Iß nichts, was sich wehren kann; scheiß nicht in dein Trinkwasser; halte dich von nahen Verwandten fern und fletsch die Zähne oder stell die Stacheln auf), kam man ganz gut zurecht.

Doch das änderte sich jetzt schlagartig.

Seit dem vieldiskutierten Auftauchen des Menschen[3] ist es zu einer Beherrschung des ganzen Globus durch diese Spezies gekommen. Aus war's mit dem friedlichen Nebeneinander. Aus

[3] Dieses Auftauchen, sollte man vielleicht anmerken, wird ausschließlich vom Menschen selbst immer wieder diskutiert. Außerirdische Anthropologen, Soziologen und Historiker haben sich seit jeher stärker für walähnliche Säuger interessiert; doch die Erdenbewohner selbst sind viel zu sehr damit beschäftigt, mit diesen Säugern zusammenzuleben, um den erwähnten Forschungen Beachtung zu schenken.

mit dem Austausch von Art zu Art. Aus mit dem Gleichgewicht. Jetzt fand nur noch herzlich wenig natürliche Auswahl statt. Seit jenem verhängnisvollen Abschied von den Bäumen hängt das Schicksal der Erde davon ab, was der Mensch will oder glaubt zu wollen, davon, wann er es will und wie er seinen Willen durchsetzt.

Heutzutage muß sich jeder Besucher des Planeten mit einer komplexen, oftmals gefährlichen und immer verwirrenden kulturellen, gesellschaftlichen und emotionalen Struktur auseinandersetzen, die gemeinhin als Leben im zwanzigsten Jahrhundert bekannt ist. Und dieses Leben im zwanzigsten Jahrhundert hat ganz und gar der Mensch zu verantworten. Der restliche Planet wäre völlig zufrieden gewesen, im Zustand des Jahres 1 000 002 vor Christus zu verharren.

Die gegenwärtige menschliche Existenz ist so schwer zu verstehen (sogar für die meisten Menschen selbst), daß der Tourismus während der letzten zwei- bis dreihundert Jahre beträchtlich zurückgegangen ist. Viele verunsicherte Außerirdische haben sich kurz vor der Erdatmosphäre abgewandt und lieber eine galaktische Provinz besucht, wo als einzige Unterhaltung der eine oder andere implodierende Stern geboten wird, statt das Risiko einzugehen, sich irgendwo in Disneyland oder Liverpool zu verlaufen.

Der folgende Auszug aus *Lohnt sich die Reise? Neuere Erkenntnisse über die Erde* steht für viele ähnliche:

Artumo Seselked vom Planeten Tu

Ich besuchte die Erde zum erstenmal im Jahr 1833. Als ich nach Little Garump in Dorset hinuntergebeamt wurde, übermannte mich ein Gefühl der Panik und Ohnmacht, wie ich es noch nie zuvor empfunden hatte, nicht einmal, als ich für Äonen in der Zeit verloren war. Vermutlich hatte ich etwas mehr erwartet als das, was ich vom Planeten Tu kannte, einen Ort ohne unseren gelben Himmel und die vielen Kanäle. Doch ich war reichlich naiv. Obwohl ich auf eine fünfzig Billionen lange Tu-Kultur und -Geschichte zurückblicken konnte, war ich alles andere als vorbereitet auf das, was mich auf der Erde erwartete. Was waren schon fünfzig Billionen Jahre der Vernunft und Ordnung, verglichen mit Little Garump? Im einen Moment wich ich noch schwarzen Löchern aus, und im nächsten stand ich schon in einem großen, dunklen Raum, in dem es roch wie in einem alten Flugzeugrumpf, umgeben von etwa einem Dutzend Männern mit großen Gläsern in der Hand. Es fiel mir schwer, ihre Gesichter genau zu erkennen, weil in dem Raum etwas brannte und alles voller Rauch war, aber diese Männer schienen zu lächeln oder sogar zu lachen. Ich schloß daraus, daß sie glücklich waren, und weiter, daß sie sich freuten, mich zu sehen. Doch sie verprügelten mich, stahlen mir die Stiefel und banden mich hinten an eine Kuh fest. Die Kuh und ich streiften tagelang durch die Gegend, bevor meine Kameraden aus dem Raumschiff mich retteten. Das einzig Bemerkenswerte an meiner Reise war, daß ich mich bezüglich der Kanäle getäuscht hatte.

Nach jahrhundertelangem Kopfschütteln, nach Bedenken, Spekulationen, Mythen, Gerüchten und Schrecken erhalten Sie mit diesem Buch nun zum erstenmal wirkliche Hilfe und nützliche Ratschläge. – Akribisch erforscht, persönlich überprüft und bedingungslos garantiert.

Teil eins

Der Überblick

»Willkommen auf dem Planeten Erde.
Sie gewöhnen sich schon noch daran.«

Kapitel eins

Sie wollen also den Planeten Erde
kennenlernen.
»Das hier ist nicht Kansas, und es ist
noch nicht mal der Planet Ackba.«

Warum die Erde?

Im Grunde genommen gibt es keine richtige Antwort auf diese Frage. Sie existiert – natürlich, das ist eine mögliche Antwort. Und unter Umständen existiert sie nicht mehr allzulange, was sie für den Anthropologen interessant macht. Aber abgesehen davon lautet die typische Antwort: »Warum nicht?«

Die Menschen sind besessen von dem Gedanken, daß sich alle Bewohner des Universums schon seit Billionen von Jahren nichts sehnlicher wünschen, als sie zu besuchen. Wenn etwas passiert, was sie nicht verstehen, oder wenn sie sich unsicher oder einsam fühlen, meinen sie gleich, daß ihr Planet wieder einmal von Außerirdischen heimgesucht worden ist.[4] Sie erklären mit dieser Theorie so ziemlich alles, von natürlichen Gesteinsformationen bis zum Verschwinden des Dinosauriers.[5]

[4] Von allen Geschöpfen, die jemals im Kosmos existiert haben, ist der Mensch das einzige, das in der Lage ist, sich eine primitive Höhlenmalerei mit zwei Jägern und einem Elch anzusehen und dann zu sagen: »He, schau dir mal den Kerl da links an. Der muß von einem anderen Planeten sein. Siehst du, wie spitz seine Ohren sind?«

[5] Auf der Erde erzählt man sich, daß die Dinosaurier eigentlich Siedler aus einem anderen Sonnensystem waren, die, plötzlich des Herumtrottens in den Erdsümpfen müde, beschlossen, ihre Siebensachen zu packen und wieder nach Hause zu fahren. Obwohl praktisch alle Menschen glauben, daß alle anderen Bewohner des Universums ganz versessen darauf sind,

Tatsächlich jedoch hat noch nie jemand einen sonderlich starken Drang verspürt hierherzukommen. Wenn man es nicht mit Naturkatastrophen wie verseuchten Ozeanen oder gigantischen Vereisungen zu tun hatte, mußte man sich immer mit irgendeinem Krieg oder einem Terrorregime auseinandersetzen, die das Reisen nicht nur erschwerten, sondern auch unratsam machten. Nicht einmal der abenteuerlustige Xuptier zum Beispiel wollte sich den Gefahren aussetzen, die während des Falls von Rom, der Inquisition oder des Naziregimes lauerten. Es existierten schon immer Tausende von attraktiveren, anregenderen und gastfreundlicheren Planeten als Reiseziel.[6]

Nichtsdestotrotz – hauptsächlich aufgrund der Reiselust, die den Menschen seit noch nicht allzu vielen Jahren durch das Sonnensystem treibt (zusammen mit Raumsonden, dröhnender Rock'-n'-Roll-Musik und Militarisierungsbestrebungen im Weltraum), hat sich doch über die Jahrtausende hinweg eine gewisse

die Erde zu besuchen, gibt es keinerlei Beweise für diese Theorie. Bulooga Bulooga zum Beispiel, der bedeutende Historiker von Zemon, meint, daß die Dinosaurier, die das weitere Voranschreiten der Evolution vorhersahen, sich solange noch Gelegenheit dazu war, vor dem Auftauchen des Menschen aus dem Staub machten. »Wozu eine leichte Beute sein oder sich zur Zirkusnummer degradieren lassen, wenn man es irgendwie verhindern kann?« argumentiert Bulooga.

[6] Zwar gab es zwischen der letzten Eiszeit und der Erfindung des Rades eine kurze Zeitspanne, in der die Erde ein halbwegs vernünftiger Ort zum Besuchen war, wenn man eine Vorliebe für das Primitive hatte oder einen Platz suchte, wo man keinem Bekannten begegnete (wer würde schließlich auf die Idee kommen, in einem Torfmoor nach einem zu suchen?), aber im großen und ganzen muß man sagen, daß die Erde, deren Ursprung eine heiße, brodelnde Masse war, die der Mensch heute so schnell wie möglich wieder in diesen Ursprungszustand zurückversetzen möchte, noch nie die Côte d'Azur des Universums gewesen ist. Ein Bewohner des Planeten Atzitl würde sich die Erde wahrscheinlich ebensowenig als Winterurlaubsort aussuchen wie ein Beamter aus London die Stadt Minsk.

Was ist der silberne Sand des Äußeren Lipisky schon, verglichen mit der Erde?

Neugierde aufgebaut. Wer ist Chuck Berry? Warum war Marilyn so unglücklich? Was ist ein Reißverschluß? Wie läßt sich die Beliebtheit von Alkohol, Dinnerpartys, Filmen über Inzest oder Selbstmord, von Jeffrey Archer oder Ronald Reagan erklären? Warum muß man immer wieder neue Batterien kaufen?

Eine kurze Geschichte des Planeten Erde

Alles fing ganz allmählich an. Im Anfang war das Nichts; es gab nur eine der üblichen kosmischen Landschaften mit den üblichen Quantenangelegenheiten, und dann hörte dieses Nichts auf. Das Leben begann. Es wurde nicht von jemandem im Koffer mitgebracht, sondern passierte einfach. Wenn auch nicht allzu schnell. Schließlich ist es der Mensch, der ständig in Eile ist, nicht die Natur. Eine Zelle hier und eine Zelle dort. Dann zwei Zellen und so weiter. Schon bald setzte sich die Vielfalt durch. Vielfalt und Anpassung. Zuerst Schlamm und Schlick, dann das Reptil. So kam eins zum anderen.

Während des Goldenen Zeitalters der Erde (als der Planet als Reiseziel noch attraktiv war) war das Leben hier harmonisch und ausgewogen. Das soll nicht heißen, daß es damals nicht auch Blutvergießen gegeben hätte. Das soll auch nicht heißen, daß es keine Zeiten der Auseinandersetzung gegeben hätte. Schließlich muß sich jeder ernähren. Sogar Pflanzen beanspruchen ein bestimmtes Territorium für sich. Aber im großen und ganzen nahm alles einen friedlichen Verlauf. Alles paßte zusammen. Es passierte eine ganze Menge, aber niemand machte sich die Mühe, irgend etwas davon aufzuschreiben oder die Geschichte für eine halbe Million an die Boulevardpresse zu verkaufen. Diese Zeit ist als die vorgeschichtliche Zeit bekannt.

Und dann tauchte der Mensch auf, und schon bald darauf begann die Geschichte.

Die Geschichte der meisten Lebensformen läßt sich mit einem Wort zusammenfassen: Überleben.

Der Mensch jedoch, der sich gern als denkendes und deshalb überlegenes Wesen betrachtet, hatte die Angelegenheit mit dem Überleben schon sehr bald in den Griff bekommen. Er hakte die grundlegenden Fragen – Unterkunft, Wärme, Landwirtschaft – im Sauseschritt ab, während alle anderen Geschöpfe

Der Mensch ist stolz darauf, einzigartig zu sein.

noch immer nach einem Unterschlupf bei Regen suchten und an Baumrinden herumnagten.
Er wechselte vom Problem des Überlebens sofort zum Machtanspruch über. Von der Macht war es nur noch ein kleiner Schritt zur ungezügelten Gier und ihren engen Verwandten Gewalt, Korruption, Verrat, Heuchelei und Schrecken.
Soweit die Geschichte.

Und das ist alles?

Kurz zusammengefaßt – ja.

Kapitel zwei

Tourismus leichtgemacht
»Seien Sie auf alles gefaßt.«

Jiji Jinoma vom Planeten Marzelpod

Während meiner ersten Reise zum Planeten Erde besuchte ich zusammen mit einem Ehepaar aus Wisconsin, das ich in einem Taco-Bell-Lokal am Piccadilly Circus kennengelernt hatte, Rom in Italien, um festzustellen, welchen Beitrag diese Stadt zur kosmischen Kultur geleistet hatte. Meine Begleiter hatten Heimweh, und ich hatte Heimweh (sie vermißten die englischen Muffins, eine Köstlichkeit, die es in England nicht mehr gibt, und eine Fernsehsendung mit dem Namen »Jeopardy«, bei der Mrs. Muduska meist mehr Fragen beantworten konnte als Mr. Muduska; ich vermißte die geringe Bevölkerungsdichte von Marzelpod und seinen kristallisierten Himmel), also erschien es nur logisch, daß wir uns zusammentaten. Jedenfalls erschien das an einem Tisch im Taco Bell logisch, wo man gerade zu entscheiden versuchte, ob man den Gegenstand, der vor einem lag, essen oder trocknen lassen und dann als Waffe verwenden sollte.

Unser erster Fehler war, daß wir mit dem Zug fuhren. Die Muduskas bestanden darauf, über Land zu fahren, weil sie, wie sie sagten, »etwas von der Landschaft sehen« wollten (ich glaubte, sie meinten damit den Kontinent Europa). Mrs. Muduska erzählte mir während der ganzen Reise entweder ihre Lebensgeschichte (die mich seltsam faszinierte, weil sich in ihrem Dasein außerhalb des Supermarkts, der Küche oder des Fernsehzimmers so wenig zu ereignen schien) oder las in einem Buch, das, so sagte sie mir, genauso war wie die letzten sechzehn Bücher, die sie gelesen hatte (trotzdem schien es ihr Spaß zu machen). Mr. Muduska schlief und aß. Sobald er etwas gegessen hatte, schlief er ein und sagte vorher noch schnell: »Weckt mich auf, wenn wir da sind.« Darauf lachte Mrs. Muduska immer. Keiner von uns wußte jemals so recht, wo wir gerade waren. »Wo sind wir denn jetzt?« fragte Mrs. Muduska mit schöner Regelmäßigkeit, und ich antwortete, ich wisse es nicht. Dann fragte sie: »Sind wir noch in Frankreich?« Ich antwortete, ich sei mir nicht sicher. Dann wollte sie wissen: »Ist das Spanien?« Ich sagte, das sei schwer zu sagen. Plötzlich überkam sie die Panik. »Ich habe doch nicht etwa die Alpen verpaßt, oder?« fragte sie. An dieser Stelle wachte Mr. Muduska gewöhnlich auf. »Sind wir schon da?« erkundigte er sich. »Haben wir noch etwas zu essen?« Es war eine lange Reise.

Unser zweiter Fehler war, die Reise überhaupt angetreten zu haben. Die Muduskas konnten Rom nicht ausstehen. »Vielleicht gibt es hier Kultur«, sagte Mrs. Muduska immer wieder, »aber so schön wie in Madison ist es hier nicht.« Die Straßen waren zu eng und die Boulevards zu breit. Mrs. Muduska sagte, sie habe zwar nicht erwartet, daß das Hotel den gleichen Standard haben würde wie das Holiday Inn in Madison, aber die Betten seien einfach zu weich und die Dusche nicht heiß genug. Auch die Römer konnten die Muduskas nicht beeindrucken. Die Römer waren laut (immer wenn wir jemanden nach dem Weg fragen wollten, brüllte er uns an), nicht sonderlich hilfsbereit (wenn sie uns anbrüllten, taten sie es immer auf italienisch) und unhöflich (sie lachten uns aus oder starrten uns mit leerem Blick an, wenn die Muduskas auf Englisch zurückbrüllten). Mrs. Muduska war sich nicht nur sicher, daß sie nur vorgaben, kein Englisch zu verstehen, sondern auch, daß sie uns für alles zuviel berechneten. (Das hinderte sie jedoch nicht daran, mehrere Dutzend Löffel, Thermometer und Teller, verziert entweder mit einem Wolf, einem Tempel oder einem Gladiator und dem Wort »Roma« sowie eine Lampe zu kaufen, die aussah wie das Kolosseum.) Mr. Muduska und ich wurden der Ruinen schon bald müde, und wir waren beide der Meinung, daß sich der eine Haufen alter Steine nur sehr wenig vom anderen unterschied.[7] *Mrs. Muduska, die ihrerseits der Überzeugung war, daß wir wichtige kulturelle Dinge verpaßten, scheuchte uns in Kirchen und Museen, bis Mr. Muduska, ihrer ebenfalls überdrüssig, einige Dias von Rom, der römischen Kunst und den römischen Kunstwerken kaufte und wir uns alle in ein Restaurant zurückzogen, das Mrs. Muduska von einer Freundin empfohlen worden war, deren Tochter im vergangenen Sommer zwei Wochen in Rom verbracht hatte.*

Und nun verkündete Mr. Muduska, er glaube, die Römer wollten ihn umbringen.

»Es handelt sich um eine Verschwörung«, sagte Mr. Muduska. »Sie hassen die Amerikaner.«

Mrs. Muduska rümpfte die Nase. »Schmeckt das Wasser nun komisch, oder kommt mir das nur so vor?« fragte sie.

»Die gehören alle zur Mafia«, fuhr Mr. Muduska fort. »Sie sagen zwar, daß das nicht stimmt, aber mir können sie nichts vormachen.« Er zwinkerte mir zu. »Die stecken doch alle unter einer Decke.« Er lachte, stieß mir in die Rippen und zwinkerte mir wieder zu. »Na ja, das müssen sie ja auch, oder?« scherzte er.

Mrs. Muduska schnupperte an der Butter. »Ob diese Butter wohl von Kühen stammt?« fragte sie sich laut.

Ich sagte, ich habe nicht den Eindruck, daß die Römer es darauf abgesehen hatten, ihn zu überfahren, daß das vielmehr ihr normaler Fahrstil sei, und der war nun mal, wie auch Mrs. Muduska schon mehrere Male betont hatte, ganz anders als der in Wisconsin. Obwohl Mr. Muduska natürlich nicht Italienisch sprach, senkte er

[7] Jiji ist nicht der erste, der die Faszination des Menschen von seinen Ruinen ermüdend findet. Schon viele außerirdische Beobachter vor ihm haben ihr Befremden darüber geäußert, daß eine Spezies, die den Völkermord erfand (und ihn als einzige jemals in die Tat umsetzte), beim Anblick von alten Gebäuden eine solche Sentimentalität an den Tag legen kann. – Das geht so weit, daß der Mensch eine Bombe erfunden hat, die Leben zerstört, aber Bauwerke nicht beschädigt.

doch die Stimme. »Wie erklären Sie sich dann das Essen?« fragte er.

»Das Essen?« Das römische Essen gehörte für mich zu den wenigen Dingen auf der Erde, die wirklich kosmische Qualität besaßen. Allein die Oliven waren ein paar Umbische Tänze und die Metaxische Militärtheorie wert.

»Ja«, zischte er, »das Essen. Glauben Sie denn, ich merke es nicht, wenn man versucht, mich zu vergiften?«

Mrs. Muduska beugte sich ein wenig zu mir vor. »Das ist der Knoblauch«, sagte sie und tätschelte ihm den Arm. »Hank haßt Knoblauch. Der ist so fremdländisch.«

»Es ist nicht nur der Knoblauch«, sagte Hank. »Da schwimmen auch noch jede Menge andere Sachen im Essen herum.« Er spießte etwas Kleines, Rundes, Grünliches mit der Gabel auf. »Was ist denn das?« fragte er.

Ich wollte gerade sagen, es sehe ganz ähnlich aus wie ein Caringisches Nervenkügelchen, als Mrs. Muduska mir zuvorkam. »Ich glaube, das sind Kapern«, sagte sie.

Ich wurde neugierig, denn im Zusammenhang mit Spaghettisauce sagte mir das Wort nichts. »Was sind denn Kapern?«

»Ich weiß es auch nicht so genau«, mußte Mrs. Muduska gestehen. »Aber ich glaube, sie kommen aus dem Meer.«

»Das ist doch kein Fisch«, sagte Mr. Muduska. »Es sieht aus wie Hasenscheiße.«

»Nein, nein«, beruhigte Mrs. Muduska ihn. »Ich bin mir ziemlich sicher, daß sie so etwas Ähnliches wie Shrimps sind.«

Aber Mr. Muduska ließ sich nicht beruhigen. Aus Angst davor, nie wieder nach Wisconsin zurückzukehren, weigerte er sich, etwas anderes als Brot zu sich zu nehmen, wovon er normalerweise drei Körbe voll leerte. Es dauerte fast eine Stunde, bis wir für das Essen bezahlt hatten, weil die Muduskas sich etwa fünfundvierzig Minuten lang mit der Kellnerin darüber stritten, ob das Brot nun im Preis inbegriffen sei oder nicht.

»Verstehen Sie jetzt, was ich meine?« fragte Mrs. Muduska, als wir schließlich zu unserem Hotel zurücktrotteten. »Sie versuchen einem wirklich noch den letzten Pfennig aus der Tasche zu ziehen.«

Der typische Tourist

Mit dem Fortschritt der Technik ist die Erde kleiner und das Reisen leichter geworden. Noch vor hundert Jahren kamen die meisten Menschen in einem Ort zur Welt und lebten und starben auch dort. Die Aussicht der Annie Smith aus Wapping, eine Woche in Griechenland oder sieben Tage und fünf Nächte in Torres Molinas zu verbringen, war ungefähr genauso groß wie die Chance des Durchschnittsuniversumbewohners, in der Umlaufbahn des Mars auf einen Satelliten der Menschen zu stoßen.

Heutzutage jedoch scheinen nur wenige Menschen zu Hause zu bleiben. Man kann kaum noch vor einer Kirche stehenbleiben, um sie anzuschauen, ohne fast von einer Horde Touristen niedergetrampelt zu werden, die sich gegenseitig mit ihren Videokameras filmen.

Aus der Perspektive des Außerirdischen gibt es zwei Punkte, die man sich bezüglich des menschlichen Tourismus merken sollte:

Erstens: Obwohl jeder an den Touristen verdient, scheint doch kaum jemand sie zu mögen.[8]

[8] Das ist lange nicht so widersinnig, wie es klingen mag. Es ist die eine Geschichte, wenn man jemanden nicht leiden kann, der ins Land gekommen ist, um viel zuviel Geld für Hotel und Souvenirs auszugeben, und wenn man ihm dann für die Taxifahrt vom Flughafen den dreifachen Betrag aus der Tasche zieht. Doch ist es eine völlig andere Geschichte, wenn man es den ganzen Flugzeugladungen von Männern mit gebügelten Anzügen und Camcordern ein wenig übelnimmt, daß sie ins Land kommen, um mit den hiesigen zwölfjährigen Mädchen zu schlafen.

Zweitens: Während die meisten Außerirdischen sich an den Leitspruch »Andere Länder, andere Sitten« halten, scheinen Menschen keine solchen Maximen zu kennen. Egal, wohin sie sich auch auf ihrem Planeten begeben – sie verhalten sich immer genauso, als wünschten sie, zu Hause geblieben zu sein, und selbst wenn sie etwas finden, das ihnen gefällt – einen Hügel beispielsweise oder eine besonders prächtige Gurke –, erinnert dieses Etwas sie doch immer an ihre Heimat (obwohl dort natürlich alles noch besser ist).[9]

Vielleicht wollen Sie nicht unbedingt mit Bermudashorts und einer Baseballmütze mit Elchkopf darauf herumlaufen, aber es kann durchaus von Vorteil sein, wenn man weiß, wie Touristen auf der Erde sich üblicherweise verhalten. So sind Sie in der Lage, sie von den Nicht-Touristen zu unterscheiden, und das

[9] Mariri U aus Ael erzählt die folgende Anekdote:
»1969 beschlossen einige Freunde und ich, den Sommer mit Wanderungen in Großbritannien zu verbringen. Ich weiß nicht mehr, warum wir auf diesen Gedanken kamen, aber damals gefiel er uns allen. Schließlich hatten wir schon viel darüber gehört, wie aufregend und interessant das Land sei. Doch niemand hatte uns bezüglich des Wetters oder des Essens vorgewarnt. Jedenfalls beschlossen wir, uns Stonehenge anzusehen. Die Wirtin in unserer Unterkunft erzählte uns, viele Leute glaubten, daß Stonehenge von Hexen angelegt worden sei, sie selbst jedoch könne mit Sicherheit sagen, daß es sich dabei um eine alte Landebahn Außerirdischer handle, die Britannien zur Zeit der Druiden kolonisiert hatten. Ich fragte sie, warum Wesen, die in der Lage waren, in der Galaxis herumzureisen, sich wohl das vorrömische Britannien als Siedlungsgebiet auserkoren hatten, und sie sagte: ›Sie haben doch die Gene gebraucht, oder?‹ Also machten wir uns auf den Weg, um dieses bedeutende Monument zu besuchen, und sahen einige große Felsen, die aufeinandergetürmt waren. Wir standen gerade davor und schauten sie uns an (was sonst sollten wir auch tun), als zwei Amerikanerinnen sich vor uns hinstellten. Die eine wandte sich der anderen zu und fragte: ›Sieht das nicht genauso aus wie in Wisconsin?‹ Ihre Begleiterin antwortete: ›Ähnelt sich wie ein Ei dem anderen.‹ Ich persönlich fühlte mich eher an den dritten Mond von Galuup erinnert, aber ich sagte lieber nichts davon.«

Die Menschen reisen, um zu lernen, Erfahrungen zu machen und sich weiterzuentwickeln.

kann recht nützlich sein, wenn Sie sich nach dem Weg zum nächsten Postamt erkundigen oder andere Dinge erfragen wollen.[10] Es könnte sich ebenfalls als nützlich erweisen, wenn auf dem Parkplatz einer Bar in Maryland nachts plötzlich jemand mit einem Gewehr in der Hand auf Sie zutritt und Sie fragt, warum Sie sich nicht erhoben haben, als die Nationalhymne gespielt wurde. Denn dann wissen Sie, daß Sie ihn fest an der Schulter packen und sehr laut in gebrochenem Englisch

[10] Es ist allseits bekannt, daß Erdenbewohner einem, anders als auf allen anderen existierenden Planeten, immer und überall den Weg weisen, egal, ob sie ihn nun wissen oder nicht. Zahlreiche Versuche haben erwiesen, daß Menschen um so mehr dazu neigen, Dinge zu erklären, je weniger sie darüber wissen.

sagen müssen: »Danke, daß ihr den Krieg für uns gewonnen habt.«[11]

Die Menschen lieben das Quiz, besonders wenn es darin eigentlich um nichts geht. Sie werden hektisch und nervös, wenn man sie über Geschichte oder Chirurgie befragen möchte, aber wenn man sie bittet, einen Fragebogen auszufüllen, um festzustellen, ob ihr Geschlechtsleben gut ist oder nicht (man möchte meinen, sie wüßten das selbst), freuen sie sich wie ein Schneekönig. Um Sie auf die Erde einzustimmen, haben wir hier ein kurzes Quiz für Sie zusammengestellt, mit dem Sie Ihr Wissen über Touristen testen können.

Wählen Sie bei jeder Frage die Antwort, die Menschen Ihrer Meinung nach darauf geben würden.

1. Sie sind ein männliches Exemplar der Spezies Mensch aus dem Norden Englands. Sie wollen zwölf Tage und zehn Nächte nach Mallorca fahren. In Ihre übergroße, neonpink- und purpurfarbene Reisetasche packen Sie:

   ☐ a. ganz normale, praktische Alltagskleidung, die einfach zu waschen ist, kaum gebügelt werden muß und für die meisten Gelegenheiten verwendbar ist, darunter eine Badehose, einen warmen Pullover und einen Regenmantel;

   ☐ b. mehrere geblümte, bunte Shorts, T-Shirts mit Sprüchen wie »Das Leben ist beschissen, also laßt uns zusammen kacken«, »Nur für Männer« oder »Mein Hase wohnt in Milton Keynes«, dazu drei Hawaiihemden, ein pinkfarbenes Sweatshirt mit

[11] Diesen Satz sollten Sie sich merken, denn er läßt sich in fast allen beliebigen Situationen einsetzen. Dabei ist es völlig egal, um welchen Krieg es sich handelt, denn irgendeiner paßt immer.

dem Namen einer Frau auf der Vorderseite, einen Tanga und ein kariertes Sakko;

☐ c. einen Minitanga, die T-Shirts, die Hawaiihemden, das Sweatshirt, einen Fußballfanschal, ein paar Päckchen Superman-Kondome und zweiundsiebzig Dosen von ihrem Lieblingsbier.

2. Sie sind ein weibliches Exemplar der Spezies Mensch aus dem Norden Englands. Sie wollen zwölf Tage und zehn Nächte nach Mallorca fahren. In Ihre übergroße, neonpink- und purpurfarbene Reisetasche pakken Sie:

☐ a. ganz normale, praktische Alltagskleidung, die einfach zu waschen ist, kaum gebügelt werden muß und für die meisten Gelegenheiten verwendbar ist, darunter einen Badeanzug, der tatsächlich zum Baden gedacht ist, einen warmen Pullover und einen Regenmantel;

☐ b. mehrere kurze Shorts, zwanzig Tops mit Trägern, zehn ohne, fünf Bikinis, etwas Schillerndes für die Disco, das aussieht wie ein Rohr, dazu drei Schlauchkleider, die fast bis zu den Oberschenkeln reichen, davon eines mit Leopardenfellmuster, eines mit Zebramuster und eines mit Indianermuster;

☐ c. Shorts, Tops, sechs Bikiniunterteile, das schillernde Etwas, die Schlauchkleider, leuchtend pinkfarbene heiße Höschen, sechs Paar hochhackige Schuhe, einen Haarfön, einen Lockenstab, mehrere Packungen mit Enthaarungswachs und einen Expander.

3. Während des Fluges nach Mallorca:

- ☐ a. essen und trinken Sie nichts, weil Sie gelesen haben, daß sich Ihr Körper besser umstellt, wenn Sie es nicht tun, und außerdem haben Sie nach einer sechzehnstündigen Wartezeit im Flughafengebäude schon genug gegessen und getrunken;
- ☐ b. saufen Sie, bis Sie voll sind wie eine Strandhaubitze;[12]
- ☐ c. saufen Sie, bis Sie voll sind wie eine Strandhaubitze, grölen zusammen mit den anderen Fluggästen die neuesten Schlager und verlieren in der Bordtoilette das Bewußtsein.

4. Während der zwölf Tage und zehn Nächte auf Mallorca:

- ☐ a. verlassen Sie jeden Tag das Hotel, um sich die Sehenswürdigkeiten anzuschauen, Leute kennenzulernen und sich mit den Sitten und Gebräuchen dieses Ortes auseinanderzusetzen, der sich so sehr von Ihrer eigenen Heimat unterscheidet;
- ☐ b. verlassen Sie das Hotel an keinem einzigen Tag;
- ☐ c. verlassen Sie das Hotel nie, denn das könnten

[12] Auch eingehende Forschungen haben nicht klären können, was dieser Ausdruck bedeutet. Natürlich wissen wir, was der Spruch sagen will – nämlich daß der Betreffende so viel Alkohol zu sich genommen hat, daß sich sein Nervensystem in einem Zustand vorübergehender Lähmung befindet –, doch wir konnten nicht herausfinden, was das mit Strandhaubitzen zu tun hat. Es gibt nur ein Geschöpf auf dem ganzen Planeten, das sich so sehr berauscht, daß es vornüber in sein Essen auf dem Teller sinkt und einschläft, aber dieses Geschöpf ist mit Sicherheit nicht die Strandhaubitze.

Sie nicht einmal dann, wenn Sie es wollten, weil Sie sich bereits am ersten Strandtag einen so starken Sonnenbrand geholt haben, daß Sie die ersten fünf Ihrer zwölf Tage auf dem Bauch liegend verbringen und sich beklagen, daß alle Fernsehsendungen in spanischer Sprache sind. Die restlichen sieben Tage verbringen Sie dann auf der Toilette, weil Sie den Warnungen bezüglich des Wassers keinen Glauben geschenkt haben.

5. Sie sind ein Mensch aus einem Teil der Welt, der genauso bekannt ist für sein schlechtes Essen wie die Türkei für ihre Gefängnisse. Ihren Urlaub verbringen Sie nun in einem Land, über dessen Küche man nur in höchsten Tönen schwärmen kann. Sie:

☐ a. verbringen die schönste Zeit Ihres Lebens. Sie sind wie eine Kellerassel, die zum erstenmal den Sonnenuntergang über dem Grand Canyon sieht. Sie können es gar nicht fassen, daß es all diese leckeren Sachen gegeben hat, während Sie sich von Dosenbohnen, Pommes und matschigen Erbsen ernährt haben. Sie kosten alles;

☐ b. kosten ein Gericht, aber es schmeckt Ihnen nicht besonders;

☐ c. suchen gleich nach dem Auspacken den nächstgelegenen McDonald's auf und erwähnen dann in jeder Postkarte, die Sie schreiben, daß die Hamburger doch nicht so wie zu Hause schmecken.

6. Sie sind fast zwanzigtausend Kilometer gereist, um das Land Paradies zu sehen. Paradies ist eine Gegend voller

Schönheit, Prunk und historischer Denkwürdigkeiten. Sie:

- ☐ a. schicken keine einzige Postkarte an Ihre Lieben zu Hause, so beschäftigt sind Sie, diesen merkwürdigen und faszinierenden Ort zu erkunden;
- ☐ b. schicken sechsunddreißig Postkarten nach Hause. Es handelt sich dabei ausschließlich um Exemplare mit einer Checkliste zum Ankreuzen. Sie kreuzen pflichtschuldig die entsprechenden Antworten an, die Ihren Urlaub beschreiben, weil Sie so keine ausführlichen Karten schreiben müssen. Die Postkarten wurden in England entworfen und in China gedruckt;
- ☐ c. verlassen das Hotel nur, um den nächstgelegenen McDonald's dreimal täglich aufzusuchen, so beschäftigt sind Sie, Postkarten zu schreiben. Ihre Lieblingskarte ist pechschwarz und trägt die Aufschrift »Paradies bei Nacht«.

7. Später erinnern Sie sich im Zusammenhang mit dem Land Paradies besonders

- ☐ a. daran, daß Sie auf dem silbrigen Sand im Mondenschein unter Palmen saßen und daß draußen auf dem Meer die Laternen der winzigen Fischerboote wie Sterne glitzerten;
- ☐ b. an die Toiletten – es handelte sich dabei um Löcher im Boden;
- ☐ c. daran, daß niemand dort jemals etwas von Cadbury-Schokolade gehört hatte.

8. Wenn Sie es mit jemandem zu tun haben, der Ihre Sprache nicht spricht, verfahren Sie am besten folgendermaßen:

☐ a. Sie versuchen, ein paar grundlegende Sätze und Ausdrücke zu lernen, die es Ihnen ermöglichen, die wichtigsten Gedanken zu vermitteln (kalt, heiß, weit, spät, Essen und so weiter), und haben immer ein Wörterbuch zur Hand;
☐ b. Sie brüllen;
☐ c. Sie brüllen, aber in einer so verstümmelten Version Ihrer eigenen Sprache, daß Ihr Gegenüber Sie auch dann nicht verstehen würde, wenn er/sie Ihre Sprache fließend sprechen könnte.

9. Stellen Sie sich vor, daß Sie mit dem Jeep durch ein armes, aber exotisches Land fahren. Sie sind fasziniert von der Landschaft und den Eindrücken, die Sie vom Leben der Eingeborenen bekommen. Hoch oben in den Bergen stoßen Sie auf einen abgeschiedenen Ort, den noch kaum ein Fremder entdeckt hat und wo die meisten Kinder Kleider aus einer Hilfsaktion des Roten Kreuzes tragen. Ihr erster Impuls ist es,

☐ a. weiterzufahren, weil Sie sich hier fehl am Platz vorkommen;
☐ b. ein Foto zu machen;
☐ c. jemanden zu bitten, doch ein Foto von Ihnen, zusammen mit ein paar Hühnern und Kindern, zu machen.

Geben Sie sich einen Punkt für jede Frage, die Sie mit a beantwortet haben; zwei für jedes b und drei für jedes c.

Wenn Sie auf insgesamt neun Punkte gekommen sind, wissen Sie nicht sonderlich viel über menschliche Touristen. Haben Sie zwischen neun und dreizehn Punkten, schauen Sie immer noch durch das verkehrte Ende des Spektroskops auf die Welt. Mit achtzehn Punkten können Sie behaupten, ein halbwegs solides Verständnis des menschlichen Verhaltens zu haben. Haben Sie achtzehn bis zweiundzwanzig Punkte erreicht, haben Sie vielleicht ein bißchen zuviel Zeit in Andenkenläden verbracht. Und mit einem Gesamtergebnis von siebenundzwanzig Punkten wissen Sie möglicherweise schon mehr, als gut für Sie ist.

Die Welt als Dorf

Dieser Gedanke existiert noch nicht allzulange in der westlichen Welt. Nach Meinung der meisten Boulevardblätter steht folgende Vorstellung dahinter: Der Mensch betrachtet die Erde nicht mehr als eine Anzahl von klar getrennten – meist miteinander Krieg führenden – Nationen und Rassen, sondern erkennt, daß: a. alle Menschen derselben Familie angehören, was wichtiger ist als alle Unterschiede; b. diese Familie nur einen einzigen Planeten hat und daß dieser Planet klein ist; c. sie nur einen kleinen Planeten hat, der obendrein noch gefährdet ist; d. sie nur diesen einen Planeten hat, daß er nicht sonderlich groß ist, daß es nicht besonders gut um ihn steht und daß er selbst ihn retten muß, weil niemand sonst das für ihn tut.[13] So kommt es zu der Vorstellung von der Welt als Dorf. In diesem Dorf gelten tansanische Ziegenhirten und Hollywood-Starlets nicht als getrennte Stämme, sondern als individuelle Teile eines

[13] Wie bereits gesagt, glauben natürlich viele Menschen, *daß* jemand das für sie tut. Das liegt daran, daß sie immer noch glauben, nicht der Mittelpunkt des Universums zu sein.

organischen Ganzen, die dieselben Bedürfnisse, Wünsche und langfristigen Ziele haben.
Das ist doch ganz einfach, oder nicht?

Die Welt als Dorf, wie Minuetta Aka vom Planeten Grosch sie sieht

Bevor ich die Erde besuchte, glaubte ich, einige Dinge zu verstehen. Ich dachte, ich wisse, was Logik sei. Ich dachte, ich wisse, was rationales Verhalten sei. Ich glaubte zu begreifen, was man unter Wahrheit versteht. Ich wußte Bescheid über das Konzept der Welt als Dorf. Was gab es da schon zu verstehen? Schließlich wird jegliche Lebensform im Kosmos mit dem Wissen geboren, daß sie Teil des Ganzen ist und daß das Ganze wiederum Teil ihrer Selbst ist, so daß eine gegenseitige Verantwortlichkeit besteht.
Dann kam ich nach Amerika und besuchte McDonald's. Ich sah fern. Ich schaute mich in Geschäften und Supermärkten um. In jedem Laden, in den ich ging, wurden Waren mit Abbildungen von Figuren mit dem Namen »Ninja Turtles« verkauft. Ich erkundigte mich, ob diese Ninja Turtles so etwas wie Nationalhelden seien – Ärzte, Philosophen oder Dichter, Personen, die die Achtung aller verdienten. Es stellte sich heraus, daß es sich um Comic-Figuren handelte. Ich kaufte mir eine Baseballmütze und ein T-Shirt mit einer Palme und der Aufschrift »California«.
Von dort reiste ich nach Großbritannien. Ich fuhr nach Liverpool, Bristol, Leicester und London. Trotz der Baseballmützen, der Ninja Turtles und der Skateboards sowie der überall anzutreffenden McDonald's-Restaurants wußte ich, daß ich amerikanischen Boden verlassen hatte, weil das Wetter schlagartig schlechter geworden war und kaum noch Telefone funktionierten. Trotzdem war ich ein wenig verwirrt, als ich nach Leicester kam. Ich war verwirrt, weil die Städte, die ich nun besuchte, abgesehen von ein paar architektonischen und sprachlichen Veränderungen, kaum

Die Menschen erkennen allmählich, daß sie einer einzigen großen Familie angehören.

zu unterscheiden waren. Sie hatten alle genau die gleichen Geschäfte. Und in den Geschäften gab es überall die gleichen Dinge zu kaufen. In London kaufte ich ein T-Shirt mit einer Palme und der Aufschrift »Cornwall«.

Dann reiste ich aufs europäische Festland.

Die ersten paar Tage war ich mir sicher, daß ich mich verfahren hatte und wieder in Amerika war. Es sprachen zwar nicht allzu viele Leute Englisch, aber das war in Amerika auch nicht der Fall gewesen. Die Menschen tranken Coca-Cola, sie aßen bei McDonald's. Amerikanische Musik dröhnte aus den europäischen Radios; amerikanische Fernsehprogramme flimmerten über die Kanäle. Die Autos waren kleiner, aber die Kleidung war identisch. Ich fragte mich, ob das normal war oder ob ich das Opfer einer zeitlich-räumlichen Verschiebung war, so daß ich den Eindruck hatte, mich zu bewegen, tatsächlich aber nicht vom Fleck kam. In Berlin aß ich einen Big Mac und kaufte ein T-Shirt mit einer Palme und der Aufschrift »Florida«.

Ich fuhr nach Osten.

Die Menschen im Osten unterscheiden sich ein wenig von den Menschen im Westen, was mit dazu beitrug, meine Angst zu bekämpfen, daß ich mich noch immer in meinem Raumschiff in der Groschen-Galaxie befand, gefangen in einem Quantensprung. Irgend etwas ging hier vor sich, ich war mir nur nicht so sicher, was. Vorsichtig – denn in diesem Teil der Welt schienen ständig neue Unruhen auszubrechen – machte ich mich auf den Weg zu neuen Kontinenten.

In Afrika trank ich Coca-Cola und lauschte der Rockmusik. In Indien trank ich Coca-Cola und lauschte der Rockmusik. In Indonesien trank ich Coca-Cola aus einem Plastikbecher mit einem Ninja-Turtles-Aufdruck und sah mir alte Folgen der Serie »Bonanza« an. Ich kaufte ein T-Shirt mit einer Palme und der Aufschrift »Bali«. In Malaysia trank ich Coca-Cola und lauschte der Rockmusik, während ich Kartoffelchips aß. Aber erst in Singapur wurde mir alles klar.

Ich saß gerade in einem McDonald's-Restaurant, trug ein T-Shirt mit einer Palme und der Aufschrift »Singapur« und schaute mir einen amerikanischen Krimi auf meinem Watchman an, als ein Werbeblock begann. Im ersten Spot ging es um ein Schuppenshampoo. Plötzlich überkam mich ein Déjà-vu-Gefühl, wie man es manchmal erlebt, wenn man zu viele Lichtjahre gereist ist. Und dann dämmerte es mir. Zwar waren die Schauspieler Kaukasier gewesen, aber der Werbespot war genau der gleiche wie in Liverpool, Genf und Akron, Ohio. Im nächsten wurde für Instantkaffee geworben. Ich hatte ihn, natürlich nicht mit orientalischen Schauspielern, bereits in Livorno, Madrid, Bristol und Helsinki gesehen. Und dann begann der dritte Spot. Er warb für ein Erfrischungs-

getränk. Hunderte von Menschen standen auf einem Hügel und sangen von Frieden, Harmonie und einer Welt für alle Menschen.
Ich ließ meinen Egg McMuffin fallen. Ich befand mich nicht in einem anomalen Elektronenfeld, ich litt auch nicht unter Jetlag. Ich war in der Welt als Dorf! Erst jetzt ging mir auf, daß ich dieses Phänomen sozusagen aus erster Hand miterleben durfte, denn schließlich gab es so viele Orte, die man überhaupt nicht, nicht sehr lange oder nur ohne Garantie für eine wohlbehaltene Rückkehr besuchen konnte, weil dort Hungersnöte, Krieg, Terrorismus oder eine beliebige Kombination der vorgenannten Zustände herrscht. Aber jetzt verstand ich. Die Vorstellung des Menschen von der Welt als Dorf unterschied sich von der anderer Kosmosbewohner; sie hatte nichts damit zu tun, wie der einzelne sich im Verhältnis zur Gesellschaft sah. Es handelte sich vielmehr um eine Marketingstrategie.

Haben Sie das Zeug dazu?

Die meisten von uns sind natürlich an Reisen durch den Kosmos gewöhnt und können sich anpassen, um zu überleben. Deshalb könnte man auch meinen, daß eine Reise zur Erde nicht anspruchsvoller ist als ein Flug zum Infe Minor. Aber das ist ein Irrtum. Das Leben auf der Erde ist weit schwieriger zu bewältigen als das auf einem großen Planetoiden voll wilder Lebensformen und mit drei Monate währenden Nächten.
Es wäre auch ein Irrtum anzunehmen, daß das Überleben auf der Erde lediglich mit dem Erlernen bestimmter Fähigkeiten zu tun hat. Hier geht es um mehr. Das Überleben auf diesem Planeten erfordert ganz besondere Qualitäten und Instinkte – Qualitäten und Instinkte, die nicht jeder von uns besitzt.

Es handelt sich dabei um:

1. eine überrege Phantasie. Man kann die Bedeutung dieses Faktors gar nicht stark genug betonen. Viele Besucher der Erde kehren als Wracks zurück, weil ihnen vorher einfach nicht klar war, wie merkwürdig der Kosmos sein kann. Wenn es Ihnen nie in den Sinn kommen würde, die Berliner Mauer abzureißen und sie dann Stückchen für Stückchen als Souvenir zu verkaufen; wenn Sie ein Restaurant nicht Auschwitz nennen würden; wenn Sie Ihre Katze nicht auf dem Sessel sitzen lassen würden, während Sie selbst sich mit dem Boden begnügen; wenn Sie sich keine Hundediät und auch kein Vogelbad mit Musik ausdenken würden; wenn Sie nicht daran glauben würden, daß Ihr Goldfisch die Reinkarnation von Elvis Presley ist, dann sind Sie vermutlich noch nicht bereit, es mit dem zwanzigsten Jahrhundert aufzunehmen;
2. die Fähigkeit zum Improvisieren. Keine, auch nicht die intensivste Vorbereitung, kann den außerirdischen Besucher gegen die Erlebnisse wappnen, die ihn während eines Markttages in Little Bedleigh oder während einer Samstagabendvorstellung im Kitty Kat Klub erwarten, deshalb muß er flexibel im Denken sein. Stellen wir uns einmal eine typische, für die Erde ganz alltägliche Situation vor. Sie fahren von Manchester nach London. Auf dem Weg zum Bahnhof fährt der Bus plötzlich eine falsche Strecke (vielleicht leidet der Fahrer unter Depressionen oder kommt auf die Idee, einen kurzen Ausflug aufs Land zu unternehmen), und ehe Sie sich versehen, befinden Sie sich schon auf dem Weg nach Goring. Den anderen Fahrgästen gefällt diese Fahrt genauso gut wie dem Fahrer, und sie holen Kekse und Thermosflaschen mit heißem Tee heraus, Sie aber steigen in Goring aus, weil Sie einen wichtigen Termin in Manchester haben und glauben, einen Zug zurück nach London erwischen zu können. Aber es ist

sechs Uhr nachmittags an einem Dienstag. Aufgrund einer Sparmaßnahme der Britischen Bahn halten dienstags nach siebzehn Uhr keinerlei Züge mehr, weder in der einen noch in der anderen Richtung. Sie entscheiden sich für ein Taxi. Der einzige Taxifahrer von Goring ißt gerade zu Abend. »Aber das macht nichts«, teilt seine Frau Ihnen mit. »Al kennt den Weg nach London sowieso nicht.« Sie müssen Manchester vor Mitternacht erreichen, denn sonst laufen Sie Gefahr, sich wieder in Ihre nichtmenschliche Form zurückzuverwandeln. Obwohl an dieser nichtmenschlichen Form soweit nichts auszusetzen ist (auf dem Planeten Jhu Jhu 4 hält man Sie sogar für ganz attraktiv), spüren Sie, daß Sie sich in dieser Form vermutlich nicht allzu viele Freunde im Green Man machen würden. Die Frage ist: Wie kommen Sie nach Manchester? Wenn Ihre Antwort lautet: »Woher soll ich das wissen?«, dann mangelt es Ihnen wahrscheinlich an der nötigen Flexibilität, um mit Notfällen auf der Erde fertig zu werden;

3. die Fähigkeit, sich zu entscheiden. Auf der Erde ist nicht nur Quantität um etliches wichtiger als Qualität, sondern außerdem sinnen auch ständig unzählige Menschen darüber nach, wie man ein und dasselbe Produkt auf unterschiedliche Weise an den Mann bringen kann, so zum Beispiel Zucker, mit Kohlensäure versetztes Wasser und Karamelfarbe (soll heißen: Cola). Man möchte meinen, daß eine Sorte Cola eigentlich für jeden Planeten genügen müßte, aber wieder einmal täuscht man sich. Die Menschen haben Hunderte verschiedener Cola-Sorten. Dazu kommen dann noch pro Sorte Dutzende unterschiedlicher Unterarten, die sich alle in erstaunlich hohem Maße ähneln. Folglich kann jemand, der sich nicht entscheiden kann, gut und gerne dreißig Tage in der Müsliabteilung eines großen Supermarktes verbringen, weil er nicht weiß, welche der sechzehn verschiedenen Sorten er nun kaufen soll;

4. die Fähigkeit, unabhängig zu bleiben. Es wird Ihnen mit Sicherheit nicht gelingen, mit den Menschen zu leben, denn sie können das selbst nicht – wie sollten also Sie es können? Sehen wir uns an, was Anoushka Rioldi, eine Technikerin des Raumschiffs Panisha II, zu sagen hat. Sie erzählt von einem Weihnachtsessen zusammen mit der Wilson-Familie aus der Hollybush Road in Oxford. Sie war von Kate Wilson, der Direktorin der Churchill-Road-Grundschule, eingeladen worden, wo Anoushka als Lehrerin tätig war. Anoushka hatte sich darauf gefreut, den wichtigsten Feiertag der Christen zusammen mit einer richtigen Menschenfamilie zu verbringen. Anoushkas Bericht sieht folgendermaßen aus:

Kate sagte, es werde so gegen drei Uhr etwas zu essen geben, ich solle aber bereits um eins kommen, um an den Festlichkeiten davor teilzunehmen. Ich erwartete also ein paar Weihnachtslieder, -geschichten und Glühwein am prasselnden Feuer des Kamins.

Um Punkt ein Uhr klingelte ich bei den Wilsons. Als sich nach ein paar Minuten noch immer nichts tat, klingelte ich noch einmal. Endlich wurde die Tür von einem kleinen, nicht eben netten Kind geöffnet, das sich den Mund mit Schokolade vollstopfte. Ich stellte mich vor und fragte nach Kate. Das Kind knallte mir die Tür vor der Nase zu. Ein paar Sekunden später erschien Kate selbst an der Tür und bat mich herein. »Sie müssen meiner Nichte Ambrosia verzeihen«, sagte sie. »Sie wissen ja, wie Kinder zu Weihnachten sind.« Ich log und behauptete, ich wisse das sehr wohl.

Als wir ins Wohnzimmer gingen, flüsterte Kate mir zu, ich solle nichts über den Baum sagen.

Ich erwiderte: »Wie bitte?«

Sie antwortete, ihre Eltern hätten schon seit sechs Tagen kein Wort mehr miteinander geredet wegen des Baumes.

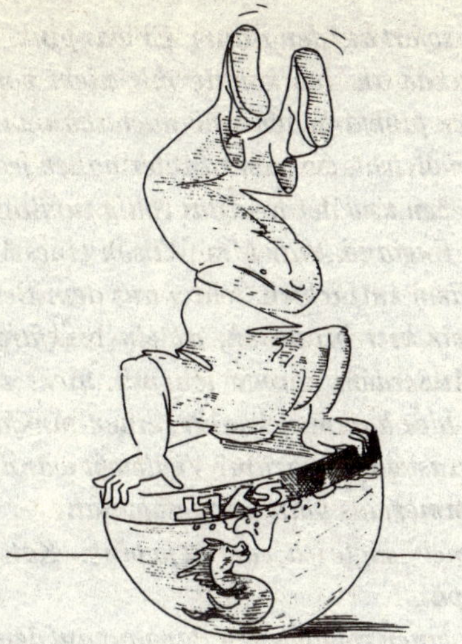

Es geht nichts über den Einfallsreichtum des Menschen.

»Wie bitte?« wiederholte ich.

»Sechs Tage«, flüsterte sie. »Sie haben sich fürchterlich gestritten deswegen. Wissen Sie, mein Vater ist in dieser Hinsicht ziemlich konservativ. Er holt sich seinen Baum gern selbst aus dem Wald, aber meine Mutter muß dann das nächste halbe Jahr die Nadeln aufsaugen. Also hat sie dieses Jahr darauf bestanden, den Baum selbst auszusuchen.«

Ich versuchte, ihren Worten zu folgen, aber es fiel mir schwer. »Und sie haben sich deswegen gestritten?« erkundigte ich mich.

»Und wie«, antwortete Kate. »Lassen Sie sich nichts anmerken, daß ich Ihnen davon erzählt habe, aber Sie müssen wissen, er schläft schon seit einer Woche auf dem Sofa. Sie sprechen kein Wort miteinander.«

Wir betraten das Wohnzimmer. Ich nahm die Leute, eine ganze Reihe von Leuten, in dem Raum wahr, aber meine Aufmerksam-

keit richtete sich sofort auf den Baum. Er war pink. Ich starrte ihn mit offenem Munde an. Ich konnte mir nicht vorstellen, wieso jemand sich einen pinkfarbenen Weihnachtsbaum ins Haus holte. In Los Angeles vielleicht, wo ja bekanntermaßen jede Verbindung zwischen dem Leben und der Realität völlig zufällig ist, aber doch nicht in Oxford, England. War Mrs. Wilson eines Morgens aufgewacht und mit dem entzückten Schrei aus dem Bett gesprungen: »Genau! Was wir hier brauchen, ist ein pinkfarbener Baum!« Warum nur? Außerdem konnte ich mir nicht vorstellen, wie jemand auf die Idee kommen konnte, einen pinkfarbenen Weihnachtsbaum herzustellen. Warum? Vielleicht war das Drogenproblem doch schlimmer, als man mir gesagt hatte.

»Du lieber Himmel«, sagte ich, »der ist ja pink.« Kate gab mir einen Stoß – aber zu spät.

Mr. Wilson, der, einen rotgoldenen Papphut auf dem Kopf und ein Glas Whisky in der Hand, auf dem Sofa saß, regte sich. »Alle Könige und Königinnen von England drehen sich im Grab um«, teilte er mir mit. »Nichts wie amerikanisches Zeug in unserem Land. Das ist faul hier. Alle essen Hot dogs und tragen Baseballmützen. Und im Fernsehen kommt American Football.« Er kippte seinen Drink hinunter. »Fehlt nur noch, daß sie aus dem Buckingham Palace einen Vergnügungspark machen. Aber das würde mich auch nicht mehr wundern. Sie werden noch an meine Worte denken: Ihre Majestät wird Postkarten verkaufen, und für einen Zehner können Sie sich zusammen mit Prinzessin Di fotografieren lassen.«

Ein paar von den Anwesenden sagten: »Dad, hör doch bitte damit auf, ja?«

»Ich höre nicht auf damit«, fauchte Dad. »Schließlich ist das hier mein Haus, und ich kann in meinem Haus tun und lassen, was ich will. Wir leben in einem freien Land. Das haben Sie uns noch nicht genommen. Verdammte pinkfarbene Weihnachtsbäume.«

Etwas sehr Großes und Schweres fiel auf den Küchenboden.

»O je«, sagte Kate. »Jetzt fängt sie wieder damit an.« Sie hastete aus dem Zimmer.
Ich stellte mich dem Rest der Familie vor. »Hallo«, sagte ich, »ich bin Anoushka. Ich bin eine Kollegin von Kate.« Niemand würdigte mich eines Blickes. Die Männer trugen alle Papphüte, hielten Gläser mit Whisky in der Hand und schauten fern. Die Frauen trugen ebenfalls Papphüte und versuchten, die kreischenden Kinder daran zu hindern, daß sie aufeinander losgingen, den Baum umstießen oder sich mehr als vier Pralinen gleichzeitig in den Mund stopften. Schließlich bemerkte mich eines der Kinder. »Hast du mir ein Geschenk mitgebracht?« fragte das Mädchen.
»Sharon!« schalt eine Frau sie, die vermutlich ihre Mutter war. »Das ist unhöflich.« Sie lächelte mich an. »Sie wissen ja, wie die Kinder zu Weihnachten sind«, sagte sie.
Diesmal sagte ich schon mit etwas sicherer Stimme »ja«.
Kate kehrte aus der Küche zurück. »Ich fürchte, mit dem Essen dauert es noch ein Weilchen«, entschuldigte sie sich. »Mum hat gerade den Truthahn auf den Boden fallen lassen.«
Ich fragte lieber nicht, warum.
Auch die anderen schienen sich nicht dafür zu interessieren.
Kate und ich setzten uns neben den prasselnden Kamin. »Es ist merkwürdig«, sagte ich, als sie mir eine Schachtel mit Pralinen hinhielt, »aber das Feuer im Kamin scheint überhaupt keine Wärme abzugeben.«
»Natürlich nicht«, lachte sie. »Das ist ja auch elektrisch.«
Wir saßen da und sahen dem Spiel der künstlichen Flammen zu. Die Zeit verging. Abgesehen von dem Gelächter aus dem Fernsehapparat, vom Kreischen und Rufen der Kinder, vom Schimpfen der jeweiligen Mütter, vom Klappern der Tabletts in der Küche, wenn sie auf den Boden fielen, und vom Schnarchen, das Kates Vater schließlich aus seinem Sessel hören ließ, herrschte merkwürdige Stille in dem Raum.

»Vielleicht sollte ich Ihrer Mutter in der Küche helfen«, meinte ich schließlich.

Kate schüttelte mit bestimmter Miene den Kopf. »Nein, nein«, sagte sie. »Mum haßt es, wenn fremde Leute in der Küche sind. Sie sagt, das macht sie nervös.«

Ich sagte: »Oh.«

»Sie kocht nämlich nicht gern«, vertraute Kate mir an.

Wieder sagte ich: »Oh.«

»Besonders an Feiertagen.«

Ich bemerkte höflich: »Ich verstehe.«

»Und natürlich«, fuhr Kate fort, »hat sie schrecklich schlechte Laune. Sie wissen schon, warum. Deshalb hat sie auch den Truthahn auf den Boden fallen lassen. Weil sie gehört hat, daß sich Dad wieder einmal über den Niedergang der britischen Kultur ausließ.«

Ich sah hinüber zu dem Baum, der hell, wenn auch ein wenig zu pink für meinen Geschmack, in der einen Ecke des Raumes leuchtete. Zwei kleine Mädchen zupften eifrig das Lametta von den Zweigen, während ein drittes feuchte Papierservietten daranhängte. »Gehört die Katze da hin?« erkundigte ich mich.

Kate sah mich an. »Was für eine Katze?« fragte sie.

»Die Katze, die gerade den Baum hinaufklettert«, sagte ich.

»Nein, natürlich nicht«, sagte Kate, der nun zum erstenmal die gelben Augen zwischen den pinkfarbenen Zweigen und den Schneeflocken aus Plastik auffielen. »Moggy!« kreischte sie. »Moggy! Kommst du wohl augenblicklich da runter!«

»Ich hole sie, Tante Kate!« kreischte ein kleiner Junge, der als Superman verkleidet war und sein Schwert zückte.

Die anderen Kinder schlossen sich sofort an. »Nein, ich, ich!« riefen alle wie aus einem Munde. »Ich!«

Mr. Wilson wachte auf, als der Baum auf ihn herabstürzte.

Das Essen war eine verkrampfte, um nicht zu sagen, höchst merkwürdige Angelegenheit. Als es schließlich beendet wurde, waren die Männer in den Weihnachtsfilm im Fernsehen vertieft, weswegen sie im Wohnzimmer aßen. Alle anderen, das heißt Mr. und Mrs. Wilson, die drei Wilson-Töchter, die sechs Wilson-Enkel und ich, speisten am Eßtisch. Nun fiel mir zum erstenmal auf, daß die Wilson-Töchter eigentlich nicht miteinander sprachen. Das heißt, sie baten zwar um das Salz oder beklagten sich darüber, daß die Sauce zu klumpig geraten war, aber damit erschöpften sich ihre Gesprächsthemen auch schon. Ihre Eltern jedoch, die ja überhaupt nicht miteinander redeten, sprachen sehr viel mehr. Wenn Mrs. Wilson die Butter brauchte, sagte sie: »Entschuldige, Kate, würdest du wohl deinen Vater bitten, mir die Butter zu reichen.« Und das tat Kate dann auch.

»Sag deiner Mutter, daß ich sie selbst noch brauche«, erwiderte Mr. Wilson daraufhin. Kate gab diese Information weiter.

»Will er vielleicht die ganze Butter allein essen?« wollte Mrs. Wilson dann wissen. Kate fragte ihn.

»Sag deiner Mutter, ich kann tun und lassen, was ich verdammt noch mal will«, brüllte Mr. Wilson daraufhin. »Schließlich ist das hier mein Haus. Das haben sie mir noch nicht weggenommen.«

Im großen und ganzen ging es so weiter, doch plötzlich kam etwas Schwung in die Angelegenheit, als einer der Jungen einem seiner Cousins eine Handvoll Preiselbeersoße ins Gesicht klatschte. Die Mutter dieses Cousins brüllte ihn an: »Justin! Schau doch nur, was du angerichtet hast. Du bekommst keinen Nachtisch, bevor du dich nicht entschuldigt hast.«

Justins Mutter nahm Anstoß daran, daß ihre Schwester ihr Kind anbrüllte. »Warum kümmerst du dich nicht um deine eigenen Angelegenheiten?« fragte sie. »Ich kann meinen Sohn ohne deine Hilfe erziehen.«

»Aber natürlich kannst du das«, schrie ihre Schwester zurück. »Deshalb findest du ja auch niemanden, der auf das kleine Monster aufpassen möchte.«

»Wenigstens schaut er nicht aus, als wäre er gerade vom Planeten der Affen geflohen!« ereiferte sich Justins Mutter.
Das Kind, das doch irgendwie aussah, als sei es gerade vom Planeten der Affen geflohen, brach in Tränen aus und floh aus dem Zimmer. Seine Mutter packte ein Truthahnbein und begann, damit ihrer Schwester auf den Kopf zu schlagen.
»Sag deiner Mutter, ich hätte gern die Preiselbeeren«, warf Mr. Wilson, an Kate gerichtet, ein. Schließlich brach auch die Schwester mit den Truthahnstückchen im Haar in Tränen aus und eilte aus dem Zimmer. Dann brach die andere Schwester in Tränen aus und verließ den Tisch. Danach warf Justin mit einer Handvoll Kartoffelpüree nach einer anderen Cousine, worauf auch diese den Tisch tränenüberströmt verließ.
»Sag deiner Mutter, daß sie den Vogel zu lang gebraten hat«, wies Mr. Wilson Kate an. Kate sagte es ihr.
»Sag deinem Vater, der nächste alte Vogel, den ich zu lange brate, wird er selber sein«, meinte Mrs. Wilson daraufhin, und auch sie entfernte sich weinend vom Tisch.
Als wir dann schließlich beim Plumpudding angelangt waren, saßen nur noch Kate, Mr. Wilson und ich am Tisch. Kate goß zu viel Brandy über den Pudding und setzte versehentlich ihren Papphut in Brand.
Als wir das alles hinter uns hatten, kamen wir dann doch noch zu dem Teil, den ich eigentlich erwartet hatte. Die Feuerwehrleute trugen nicht nur kleine Stechpalmenzweige am Helm, sondern sangen auch noch Weihnachtslieder, als sie das Feuer auf dem Eßtisch löschten.

5. Die Fähigkeit, sich jeder Situation anzupassen und das Beste daraus zu machen. Das wichtigste Wort in diesem Satz ist »jeder«. Die meisten von uns können sich einer plötzlichen Wetterveränderung oder einem Schwanken des Luftdrucks anpassen, und nur wenige würden vermutlich Probleme ha-

ben, wenn sie sich in ihrem Raumschiff unvermittelt einem Schwarm von Sternensurfern aus Wanini gegenübersehen würden. Aber was ist mit einer Busfahrt von Hastings nach Newton Arlosh zusammen mit einer Frau, die drei Katzen in Einkaufstüten mit sich führt? Oder was ist, wenn man sich zufällig vor einer der Türen zu Harrods befindet, wenn gerade der Winterschlußverkauf beginnt?

6. Die Fähigkeit, auf das Schlimmste gefaßt zu sein, auch wenn man sich das Beste erhofft. Das bedeutet folgendes: Sie sind auf Delia Cockspurs Silvesterparty zwischen dem Käseigel und einem Herrn eingezwängt, der über einen schier unerschöpflichen Fundus von Geschichten über seine Zeit in Indien zu verfügen scheint, und Sie schaffen es, sich sechs Fragen über den Zug nach Jaipur auszudenken, während Sie über seiner Schulter nach einer Bediensteten mit einem Tablett voller Drinks Ausschau halten.
7. Geduld. Jede Lebensform hat ihren Spitznamen, der für eine typische Eigenschaft steht. Die Bulwegener zum Beispiel, berühmt für ihren Sinn für Humor, werden liebevoll die Quantenscherzer genannt. Die Pps, bekannt wegen ihres scharfen, unbestechlichen Intellekts, heißen die Kritiker des Kosmos. Die Gundelioner, die sich besonders gut mit dem Wesen des Daseins auskennen, sind unsere intergalaktischen Gurus. Da fällt es nicht schwer zu begreifen, warum die Menschen als Bürokraten des Universums bekannt sind. Eine Aufgabe, die überall sonst im Kosmos eine Angelegenheit von Minuten ist – zum Beispiel das Ausfüllen eines Antrags auf eine Baugenehmigung –, dauert auf der Erde nicht nur Stunden oder Tage, sondern möglicherweise sogar Monate oder Jahre (es sei denn, man befindet sich in Rußland oder China, wo man die Genehmigung ohnehin nie bekommen wird). Deshalb ist die Geduld die oberste Bürgerpflicht. Seit der mißglückten Expedition von Reit-4 und DF30 vom Planeten Xab99 (wo, wie

Sie wissen, alles so perfekt und reibungslos vonstatten geht, daß die Evolution das für die Geduld zuständige Gen unterdrückt hat) dürfen keine Xabianer mehr zur Erde reisen. Das hat folgenden Hintergrund: Reit-4, der, wie sich später herausstellte, aufgrund eines Computerfehlers Feierschichten einlegen mußte, beschloß, Unterstützung vom Staat zu beantragen. Er tat dies am Montag. Am Mittwoch begann DF30 allmählich, sich Sorgen um ihn zu machen, und ging zu dem entsprechenden Amt. Reit-4 war der vierte in der Schlange. Es war bereits das fünfte Mal, daß er sich in dieser Schlange befand. Alles war in Ordnung, bis er schließlich direkt am Schalter stand. Von dem zuständigen Beamten wurde er an einen anderen Schalter geschickt. Dort mußte er sich wieder anstellen. Von dem zuständigen Beamten wurde er erneut an einen anderen Schalter geschickt.

»Ich kann das nicht glauben!« rief DF30. »Du bist jetzt schon drei volle Tage hier! Wie hast du es bloß geschafft, nicht die Geduld zu verlieren?«

»Ich habe eine ganze Reihe Bestseller gelesen«, erklärte Reit-4. »Dabei schlafe ich immer gleich ein.«

DF30, die überallhin zu Fuß ging, weil sie keine Geduld hatte, eine oder zwei Stunden auf einen Bus zu warten, sagte, sie werde zu Hause auf Reit-4 warten. Wunderbarerweise gelang es Reit-4 tatsächlich, an jenem Abend nach Hause zurückzukehren. »Tja, das hätte ich hinter mir«, sagte er lakonisch. Aber da täuschte er sich. Sein Geld traf nie ein. Er rief mehrmals in der Behörde an, wurde aber immer nur auf Warteleitung gelegt. Er ging noch einmal hin, um herauszufinden, warum er sein Geld nie bekommen hatte. Diesmal mußte er nur vier Stunden warten. Man sagte ihm, sein Scheck sei bereits abgeschickt worden. »Wollen wir nicht unfair werden«, sagte er zu DF30, als sein Scheck nach fünf Tagen immer noch nicht da war. »Der Beamte hat nicht gesagt, wie der Scheck verschickt worden ist. Vielleicht geht er ja über Holland.« Wieder versuchte er es mit einem Anruf. Er sprach mit den unterschiedlichsten Leuten, da er aber immer nur Schweigen am anderen Ende der Leitung vernahm, schnappte er sich einen Roman von Jeffrey Archer und schlief ein. DF30 suchte die Behörde auf, um herauszufinden, was da vor sich ging. Sie wurde wegen Ruhestörung verhaftet und verbrachte siebzehn Stunden in Untersuchungshaft, weil jemand ihre Papiere versehentlich nach Chelmsford schickte. Reit-4 machte sich natürlich keine Sorgen, als DF30 am Abend nicht nach Hause kam, weil er glaubte, sie stehe immer noch in der Warteschlange.

8. Belastbarkeit. Menschen sind fast grenzenlos belastbar. Man denke nur an die politischen Führer, die sie wählen, an die Werbesendungen, die sie sich geduldig ansehen, an die Filme mit Sylvester Stallone oder an die Enthaarungsaktionen der Frauen. Wenn Sie also vorhaben, eine gewisse Zeit auf dem Planeten zuzubringen, müssen Sie nicht nur in der Lage sein, stundenlang im Stau zu stehen, ohne die Nerven zu verlieren, Sie müssen auch die Reden von George Bush ertragen, der immer wieder erklärt, er habe Präsident werden wollen, um der Welt Frieden zu bringen.
9. Die Fähigkeit zu lügen. Menschen sind nicht nur fast grenzenlos belastbar, es ist ihnen auch nahezu unmöglich, die Wahrheit zu sagen. Das macht sie natürlich ein wenig unglaubwürdig. Leihen Sie ihnen nichts, was Sie gerne wiederhätten, und erzählen Sie ihnen nichts, was nicht über Solarlautsprecher bis ans Ende des Universums verbreitet werden soll, besonders wenn sie bei ihrer Mutter selig schwören, daß sie niemandem etwas sagen werden. Um sich weiter zu schützen, müssen Sie lernen, selbst zu lügen, denn schließlich wollen Sie ja nicht das einzige Wesen auf diesem Planeten sein, das die ganze Zeit die Wahrheit sagt. Sonst nutzen die

Menschen, ihrer Menschennatur entsprechend, Sie aus. Und wenn sie Sie nicht ausnutzen, werden sie wütend. Sie sagen Sheila, daß Sie leider nicht zu ihrem Kostümfest am Samstag kommen können, weil der Gedanke, sich wie eine Erbsenschote zu verkleiden, Ihnen Kopfschmerzen verursacht, und außerdem sind ihre Feste langweiliger, als bei einem Dartsturnier zuzusehen. Und schon schleudert Ihnen Sheila ihr Colaglas an den Kopf und bricht in Tränen aus. Wenn Sie darauf bestehen, Menschen immer die Wahrheit zu sagen – besonders die Wahrheit über den jeweiligen Gesprächspartner –, dann machen Sie sich keine Freunde, dafür aber eine ganze Menge Feinde. Und Menschen sind gefährliche Feinde, denn sie gehen von der Theorie aus, daß sie sich besonders wohl fühlen, wenn jemandem, den sie nicht leiden können, etwas Schreckliches zustößt.

10. Die Fähigkeit, »im Kosmos zu wandeln« – das heißt, die Schönheit des Universums zu sehen, egal, wo Sie sich aufhalten. Zum Beispiel, wie ein Überlebender es einst tat, eine Blume in einem Blumenkasten vor einem Haus in einem Vorort zu sehen und zu denken: »Wie mutig ist doch diese Geranie, hier zu erblühen, wo Ruß und saurer Regen herabfallen und jeden Augenblick irgendein Trunkenbold vorbeikommen und sie auf dem Weg von der Kneipe nach Hause pflücken könnte.« Oder die pulsierenden Lichter einer Disko zu sehen und an die Sternenhaufen der äußeren Nebel zu denken. Oder fünf Menschen dabei zu beobachten, wie sie versuchen, die Restaurantrechnung aufzuteilen, und sich davon »zutiefst rühren« zu lassen.

11. Eine hohe Toleranzschwelle bei Langeweile. Menschen amüsieren sich, wenn zwei andere Menschen einen Ball mittels Stöcken auf einem Tisch herumstoßen. Sie sitzen stundenlang in der Sonne, ganz aufgeregt einem Tennismatch zusehend (das ungefähr so aufregend ist, wie den

Rotationen des Neptun zuzuschauen). Und sie halten Darts für einen Sport. (Der frühe Erdenforscher Humphrey Stadi, der Stunden im Green Man in Putney zubrachte und einem Dartsspiel zuschaute, weil es ihm draußen auf den Straßen zu gefährlich war, prägte den im ganzen Universum bekannten Spruch »langweiliger als ein Dartsturnier«.) Sie lesen Jeffrey Archer. Sie gehen in die Oper und hören Leuten zu, die in einer Sprache singen, die sie nicht verstehen. Sie tanzen zu Diskomusik. Sie singen bei Werbesongs mit. Menschen haben bei Langeweile eine Toleranzschwelle, die umfassender ist als ihr Sonnensystem. Wenn Sie sich nicht mit dem Gedanken anfreunden können, frohen Mutes ein hell erleuchtetes Fast-Food-Restaurant zu besuchen und einen Hamburger aus der Mikrowelle und dazu eine Handvoll Pommes zu essen und wenn Sie das nicht einmal als sinnvolle Tätigkeit in ihrem ohnehin kurzen Leben erachten, dürften Sie gewisse Schwierigkeiten auf der Erde haben.

12. Einen Sinn für Humor. Warum, dürfte Ihnen inzwischen klar sein.

Was Sie als Fremder tun oder lieber unterlassen sollten

Hier sind ein paar Grundregeln, die Ihnen dabei helfen werden, sowenig Aufmerksamkeit wie möglich zu erregen und nicht im Gefängnis zu landen.

Erwarten Sie nicht zu viel.

Erwarten Sie immer das Schlimmste.

Vermeiden Sie zu enge Kontakte mit Menschen. Auch wenn viele von ihnen nett und interessant sind[14], ist doch der enge (vielleicht sogar vertraute) Umgang mit ihnen bestenfalls verwirrend, wenn nicht sogar fatal.

Wenn jemand Ihnen rät, sich keine Gedanken zu machen, sollten Sie das auf jeden Fall tun.

Wenn möglich, sollten Sie Ihre eigenen Lebensmittel mitbringen.[15]

Trinken Sie keinesfalls das Wasser. Besonders dann nicht, wenn es in Flaschen abgefüllt und teuer ist. Es sei denn natürlich, es stammt von einem noch immer benutzerfreundlichen Planeten.

Wenn man Sie um Ihre ehrliche Meinung fragt – vielleicht sogar bittet –, zum Beispiel folgendermaßen: »Nein, ehrlich, Abpu, was halten Sie *wirklich* davon? Sie wissen doch, daß Sie mir sagen können, was Sie denken«, dann sollten Sie sie auf keinen Fall preisgeben.

[14] Lucia Lipto, die im ganzen Kosmos bekannte und anerkannte Philosophin und Dichterin, verbrachte einmal drei sehr nette, etwas beschwipste Tage damit, die Bedeutung des Lebens und sein kosmisches Potential mit dem damals etwa vierzigjährigen William Shakespeare zu diskutieren (auch wenn Will Lucia zufolge nach dem Genuß etlicher Gläser Portwein ein wenig trübsinnig wurde), und mehrere außerirdische Berichterstatter schreiben, sie hätten ausgesprochen amüsante Stunden mit Albert Einstein verbracht, obwohl Einstein ständig seine Sachen verlegte und nicht mehr wiederfand.

[15] Abgesehen von einer oder zwei Ausnahmen (zum Beispiel italienischen Oliven) läßt sich das Essen auf der Erde in zwei grobe Kategorien einteilen: in Essen, das echt aussieht, es aber nicht ist (zum Beispiel Tiefkühlkost), und in Essen, das nicht echt aussieht und es auch nicht ist (zum Beispiel Kartoffelchips mit Schweinekrustengeschmack).

Lassen Sie sich nie auf einen Streit mit kleinen, älteren Frauen ein, die einen Regenmantel und ein Kopftuch tragen und einen Schirm dabeihaben.

Ergreifen Sie in häuslichen Auseinandersetzungen nie Partei.[16]

Glauben Sie nicht, daß etwas, das noch nicht schiefgegangen ist, auch weiterhin nicht schiefgehen wird.

Zählen Sie Ihr Wechselgeld immer nach.

Vergessen Sie nicht: Es muß nicht immer alles einen Sinn ergeben. Wenn etwas tatsächlich Sinn zu ergeben scheint, haben Sie die Situation vermutlich mißverstanden.

Mischen Sie sich niemals in eine Diskussion über Politik, Religion, die richtige Art und Weise, ein Ei zuzubereiten, oder Jim Morrison ein.

[16] Ein Forscher vom Planeten Ektron Neun erzählt von einer Begegnung mit zwei Menschen, die sich an einer Straßenecke stritten. Aus Bemerkungen wie »Laß meine Familie aus dem Spiel!« und »Komm mir ja nicht mit deinem Bruder!« schloß er, daß es sich um ein Ehepaar handelte. Gerade, als der Forscher vom Planeten Ektron an ihnen vorbeigehen wollte, begann der Mann, die Frau gegen einen Laternenpfahl zu drücken. Er gab ihr eine Ohrfeige, sie fing an zu weinen. Menschen würden eine solche Szene sofort als Ehekrach identifizieren und sich schnellstens aus dem Staub machen oder stehenbleiben und Maulaffen feilhalten, sich aber keinesfalls einmischen. Doch die Ektroniten, die im Volksmund die Hüter des Kosmos heißen, können nicht einfach untätig zusehen, wenn jemand in Not ist. Also blieb der Besucher vom Planeten Ektron Neun stehen, um der Frau zu helfen. Er legte dem Mann eine Hand auf die Schulter und sagte: »Entschuldigen Sie, aber ich muß Sie bitten, keine körperliche Gewalt gegen diese Frau mehr anzuwenden.« Daraufhin kreischte die Frau: »Lassen Sie meinen Larry los, Sie dreckiges Schwein!« und fing an, ihm die Handtasche auf den Kopf zu schlagen.

Gehen Sie nie davon aus, daß eine Methode, etwas anzupacken, unbedingt auch die beste ist.

Glauben Sie nicht, daß jemand freundlich ist, nur weil er lächelt.

Wenn Sie eines Nachts einem kräftigen Mann begegnen, der den Kopf von Nofretete an einem Goldkettchen trägt und Sie fragt, ob Sie ein Problem haben, dann sollten Sie ihm lieber nicht antworten.

Glauben Sie nichts, was Sie in den Zeitungen lesen.

Aber auch gar nichts.

Vergessen Sie nicht: Auf diesem Planeten ahmt die Kunst nicht das Leben nach, sondern das Leben imitiert die Werbespots.

Geraten Sie in Panik. Selbst dann, wenn Sie das eigentlich für unnötig halten. So, wie die Dinge auf der Erde laufen, liegen Sie damit meist richtig.

Kleiden Sie sich immer dem Anlaß angemessen.

Was Sie einpacken sollten

Um möglichst viel von Ihrem Besuch auf der Erde zu profitieren, müssen Sie sich dem Leben im zwanzigsten Jahrhundert gemäß ausstatten. Genauso, wie Sie nicht ohne Staubschild nach Foogoo Fonora fahren würden, gibt es auch auf der Erde Orte, wo es unratsam wäre, ohne Kamera, Waffe, Tagebuch[17] oder Pläne für den Abend anzukommen. Von besonderer Bedeutung für den außerirdischen Besucher ist es, keine Aufmerksamkeit zu erregen und sich im Hintergrund zu halten. Schließlich wollen Sie doch nicht in einem Dokumentarfilm über Ufos landen, nur weil Sie sich am Strand ohne Sonnenöl, Sonnenbrille und um den Kopf gebundenes Taschentuch blikken ließen.

Die Grundregeln

Abgesehen von der angemessenen Garderobe brauchen Sie bei einem Besuch auf der Erde einige, wenn nicht alle der folgenden Gegenstände:

Schlüssel

Natürlich nicht nur einfach Schlüssel, sondern viele Schlüssel, vorzugsweise an einem großen und möglichst unhandlichen Ring (wenn Sie sich in Amerika aufhalten, ist es besonders wichtig, daß Sie diesen Ring an der Gürtelschlaufe Ihrer Hose befestigen). Besonders attraktiv sind Schlüsselringe mit Musik- oder Gewehrsalven. Wenn Sie vorhaben, sich vor-

[17] Zu den interessanteren Angewohnheiten des Menschen gehört es, daß er, obwohl er eigentlich nicht sonderlich viel zu unternehmen scheint (er geht zur Arbeit, zum Essen, zum Zahnarzt), alles fast zwanghaft niederschreibt. Die meisten Leute haben ein kleines Buch, in dem sie festhalten, was sie jeden Tag des Jahres tun. Dazu kommen dann noch ein Terminkalender im Büro und ein großer Wandkalender in der Küche. Manche Anthropologen glauben, daß das mit dem schlechten Gedächtnis der Menschen zusammenhängt. Andere sind der Meinung, es handle sich dabei lediglich um eine weitere Manifestation ihrer Furcht, vergessen zu werden. Sie haben nämlich nicht nur schreckliche Angst, von anderen vergessen zu werden, sondern auch davor, sich selbst zu vergessen.

rangig in Gesellschaft von Anwälten, Buchhaltern oder Managern aufzuhalten[18], ist ein Schlüsselring mit einer Taschenrechner-, Adreßbuch- oder Wörterbuchfunktion anzuraten. Ausgesprochen wichtig ist es weiterhin, daß mindestens ein Drittel der Schlüssel an Ihrem Schlüsselring zu keinem Schloß paßt, zu dem Sie Zugang haben.

Eine Armbanduhr

Diese Uhr kann aus Gold, Platin, Edelstahl, Silber und Türkis oder sogar aus Leder sein, aber sie muß groß sein, abgesehen von der Zeit Tag, Jahr und Monat anzeigen, wasserdicht, stoßfest sein, in der Dunkelheit leuchten und zu jeder vollen Stunde »La Cucaracha« spielen oder wie Big Ben schlagen. Je sinnloser ihre Funktionen – zum Beispiel die Angabe der Zeitdifferenz zwischen Peking und Little Bradford –, um so beeindruckter werden die Leute sein, die sie sehen.

Ein Autotelefon

Ein Autotelefon ist in der Dritten Welt, wo schon normale Telefone eine Seltenheit sind, unnötig, aber in der industrialisierten westlichen Welt ist es ein Muß. Frauen und

[18] Dieser Typus Mensch liebt sogenanntes »Managerspielzeug«, das heißt Gerätschaften, die teuer und vollkommen unnütz sind. Natürlich gibt es auf diesem Planeten unzählige Dinge, die diese Voraussetzungen erfüllen (batteriebetriebene Bälle für den Hund beispielsweise, den Plastikschutz für die Türklinke, den Schluckspecht, die elektrische Kerze, Plastikblumen und so weiter), und dazu noch eine ganze Menge Dinge, die teuer und ziemlich nutzlos sind (Wasserhähne aus Gold, Limousinen, Feuerzeuge aus Platin, diamantenbesetzte Zahnstocher, Designerkleidung), die beim ersten Besuch des Außerirdischen noch verwirrend erscheinen mögen. Managerspielzeug fügt sich nahtlos in die Schreibtischlandschaft ein und hat keinerlei Funktion.

Primitive, die noch immer unter der Verblendung leiden, daß das Auto lediglich ein Fortbewegungsmittel ist, tun im Wagen nichts anderes, als zu fahren, Radio zu hören und erfolglos im Handschuhfach nach den Autopapieren oder einem Taschentuch zu fahnden, aber zivilisierte westliche Männer nutzen die Zeit, die sie im Auto verbringen, dazu, sich zu rasieren und zu telefonieren. Das gibt ihnen das Gefühl, wichtig zu sein.

Ein Walkman

Die Menschen sind schwer zu verstehen. Einerseits sind sie ungern allein. Sie legen Wert auf Gesellschaft. Sie verbringen den größten Teil ihres Lebens mit dem Versuch, der einen oder anderen Gruppe anzugehören, und jemand, der nicht dazugehört, wird mit Argwohn betrachtet.[19] Man kann ihnen alles verkaufen – eine dreiköpfige Zahnbürste, eine ausgestellte Hose, Turmfrisuren, Instanttee, Ninja-Turtle-Kekse, aufblasbare Schuhe, einfach alles –, solange sie davon zu überzeugen sind, daß alle anderen das gleiche haben oder wollen.

Andererseits jedoch betrachten die Menschen sich als Individualisten. Sie lieben ihren »Freiraum« und ihren Privatbereich. Sie lassen sich nur ungern einengen und denken auch nicht gern über die Belange anderer nach. Jeder Mensch sieht sich als einzigartig und als etwas ganz Besonderes.

[19] Jeder, der keiner Gruppe angehört (eine solche Gruppe kann die unmittelbare Nachbarschaft sein, der Kollegenkreis, eine gesellschaftliche Schicht, ein Klub, eine Sportmannschaft, ein Land oder eine Gruppe von Leuten, die jeden Abend mit demselben Zug heimfahren), ist: 1. ein Fremder; 2. ein Verräter; 3. eine Hexe; 4. asozial; 5. ein Snob; 6. er hat etwas zu verbergen; 7. er ist verrückt; 8. ein Soziopath; 9. ein Perverser oder 10. ein Außerirdischer. Die einzig entschuldbare Eigenschaft unter den vorgenannten ist die der Verrücktheit.

Vorbei sind die Zeiten, als ein richtiger Mann noch ein Mammut als Beute nach Hause bringen mußte.

So kam es zur Erfindung des Walkman. Der Walkman erlaubt es dem Menschen, sich in einer Menschenmenge aufzuhalten und doch gleichzeitig allein zu sein. Für den Außerirdischen ist das von besonderem Vorteil, weil es bedeutet, daß er im Einkaufszentrum, wo alle mit dem Song »Raindrops Keep Falling on My Head« berieselt werden, das Radioprogramm aus Oopsala, Metax Field, hören kann.

Stickers

Stickers sind eine weitere Manifestation des Ich-will-kein-Außenseiter-sein-Syndroms. Mit so einem Sticker gehört man sofort einer Gruppe an – auch wenn Sie, da Sie ja nur im Auto vorbeifahren, meist von Leuten einer Gruppe zugeordnet

werden, die Sie nie wiedersehen werden. Wenn Sie nicht vorhaben, einen Wagen zu fahren, brauchen Sie natürlich auch keine Stickers; doch wenn Sie ein Auto Ihr eigen nennen, sind sie unerläßlich. Die beliebtesten Stickers drücken ein Zugehörigkeitsverhältnis aus: gegenüber einem Ort – I ❤ Norwich; gegenüber einem Hund – I ❤ Golden Labradors; gegenüber einer Fußballmannschaft – I ❤ Manchester United; gegenüber einem Auto – I ❤ my Ford. Weitere beliebte Bekenntnisse: Mann am Steuer; Wenn du das lesen kannst, bist du schon zu nah dran; Gott wählt konservativ; Baby an Bord; Zuerst die Arbeit und dann der Tod. Andere Sprüche laden den Betrachter ein, sich der jeweiligen Gruppe anzuschließen: Bremsen Sie für Frauen; Neue Männer braucht das Land; Und Tschüs.
Wenn Sie kein Auto besitzen, übernehmen T-Shirts seine Funktion.

Kondome

Im Grunde genommen sind Kondome eine Form der Geburtenkontrolle. Auf der Erde erfüllen sie jedoch noch einen weiteren, oft wichtigeren Zweck, nämlich den, die Potenz zu beweisen. Männer tragen immer mindestens ein Kondom mit sich herum, für den Fall, wie es so schön heißt, daß sich etwas »ergeben« sollte. Natürlich geht es dabei eher darum, den Eindruck zu erwecken, daß man ein Mann ist, für den sich häufig etwas ergibt. Nichts ist schlimmer für einen Mann als die Vorstellung, auf eine Frau zu treffen, die gerne mit ihm schlafen würde, und dann ohne Kondom dazustehen. Denn wenn er endlich alle Vierundzwanzig-Stunden-Tankstellen und einschlägigen Toiletten abgeklappert, schließlich doch noch ein Päckchen (natürlich der falschen Größe) aufgetrieben hat und dann wieder nach Hause zurückgekehrt ist, schläft seine Partnerin vermutlich längst oder ist nicht mehr in der Stimmung.

Um deshalb als Mann glaubwürdig zu bleiben, ist es unerläßlich, immer mindestens ein Kondom in der Brieftasche mit sich zu führen. Seien Sie jedoch gewarnt: Wenn Sie Kondome kaufen wollen, werden Sie nie welche mit der Aufschrift »klein« finden. Kondome gibt es nur in den Größen »groß«, »extra groß« oder »supergroß«.

Werkzeug

Die Männer auf diesem Planeten haben nach allgemeiner Ansicht einen starken Hang zu Werkzeugen, weil sie im Gegensatz zu Frauen angeblich handwerkliches Geschick besitzen. Die meisten Menschen gehen weiterhin davon aus, daß es Männern Spaß macht, zu tapezieren, Fliesen zu verlegen oder Zündkerzen auszuwechseln, während Frauen das nur ungern tun. Es heißt, Männer könnten das gut, Frauen jedoch nicht. Auch wenn diese Annahmen häufig jeglicher Grundlage entbehren – die meisten Männer interessieren sich für die Kabel in Haus und Auto ungefähr so sehr wie ein Gekko, und viele Frauen bauen ausgesprochen gern Häuser aus und um –, halten die Leute doch hartnäckig daran fest. Deshalb haben Heimwerkerbücher und -märkte auch als primäres Zielpublikum Männer. Kinder schenken ihren Vätern normalerweise Schraubenschlüssel und ihren Müttern elektrische Dosenöffner.

Wenn Sie also beschließen, sich auf der Erde als Mann zu geben, brauchen Sie Werkzeug. Elektrowerkzeuge sind besonders beliebt (sie sind groß, schwer, unhandlich und gefährlich), aber auch mit einem Sortiment von Schraubenziehern und Schraubenschlüsseln läßt sich schon etwas anfangen. Vergessen Sie nicht: Sie werden sie im Regelfalle nicht benutzen müssen; es reicht, wenn sie nur herumliegen. Die meisten Menschen kennen mindestens einen, der mit der Bohrmaschine schon einmal die Wasserleitung angebohrt oder sich die Daumenspitze mit der Säge abgeschnitten hat, aber vermutlich kennen sie alle dieselben zwei Leute, weil niemand sonst sich um solche Reparaturen kümmert. Die meisten Männer, die zu Weihnachten eine Bohrmaschine geschenkt bekommen, bringen drei Regale im Wohnzimmer an, und nachdem sie dann um zwei Uhr morgens todmüde ins Bett gefallen sind, rühren sie ihr Leben lang kein Werkzeug mehr an.

Diätratgeber und Frauenmagazine

Die Frauen auf der Erde haben nach allgemeiner Ansicht andere Interessen als die Männer. Die Männer verdienen angeblich gern viel Geld, bringen sich gegenseitig um, bauen Häuser um und machen Bodybuilding; Frauen neigen eher dazu, auf ihre Linie zu achten, so attraktiv wie möglich auszusehen und herauszufinden, wie sie ihre Koch- und Handarbeitskünste verbessern können.

Jeder Besucher des Planeten Erde täte deshalb gut daran, den richtigen Lesestoff mitzubringen, wenn er vorhat, sich als Frau zu geben. Lassen Sie sich nicht von der gewaltigen, immer noch wachsenden Anzahl von Büchern und Zeitschriften auf dem Markt einschüchtern; es ist eigentlich völlig egal, für welche Sie sich entscheiden. Der eine Diätratgeber sagt Ihnen, Sie sollen keine Kohlehydrate zu sich nehmen, der andere, daß Sie ausschließlich Tomaten essen sollen; ein weiterer wird Ihnen von Fetten abraten, der nächste eine Kost aus Wasser und Ananas empfehlen. Da keine dieser Diäten jedoch länger als drei Tage funktioniert, ist es egal, welchen Ratgeber Sie lesen.

Auch die sogenannten »Frauenzeitschriften« ähneln einander sehr. In jeder Weihnachtsausgabe finden sich folgende Artikel: »Kochen für Gäste«, »Alte Plätzchenrezepte«, »Wie Sie die Weihnachtszeit überstehen«, »Geschenke selbstgemacht«, »Abnehmen nach Weihnachten«. In der Juniausgabe hat man

es mit anderen Problemen zu tun: »Fit für die Badesaison«, »Leichte Kost für heiße Tage«, »Preiswerter Familienurlaub«, »101 Bikinis«, »Er liebt mich, er liebt mich nicht«.
Warum nun lesen Frauen, von denen die meisten nicht das geringste Interesse an neuen Nudelrezepten oder Vorschlägen für die Umgestaltung des Hauses haben, solche Zeitschriften immer wieder? Sie lesen sie, weil die sogenannten »Männermagazine« – nackte Mädchen auf Stofftieren, junge Männer mit geölten Muskeln, die ein Klavier mit einer Hand hochstemmen, komplizierte Abhandlungen über das Intimleben des Computers – sie zu Tode langweilen. Wenigstens findet man in den Frauenzeitschriften Rezepte und Tips für den Haushalt.

Sportgeräte

Daß ganz hinten im Schrank ein Plätzchen für einen Fußball freigehalten wird, aus dem die Luft entwichen ist, für Hanteln, für einen Tennisschläger, der schon längst neu bespannt werden sollte, oder für eine noch nie benutzte Rudermaschine, ist ein gutes Beispiel für eine wirkungsvolle Verbindung von Nostalgie und Mythos. Der Mythos besagt, daß alle Männer von Natur aus Sportler sind und nichts lieber tun, als sich am Sonntag auf der Jagd nach einem Ball im Schlamm zu wälzen und sich dabei die Nase brechen zu lassen. Nostalgisch ist die Sache deshalb, weil man sie als Jungen dazu ermuntert hat, genau das zu tun. Deswegen glauben sie, den Sport zu vermissen, wenn sie ihn nicht ausüben (obwohl sie sich in Wirklichkeit natürlich in ihre Kindheit zurücksehnen).
Trotzdem ist es wichtig, sich wenigstens für die technische Seite des Sports zu interessieren. Der Mensch steht nicht nur dem exzessiven Denken mißtrauisch gegenüber, sondern auch und gerade Männern, die sich nicht gern blutige Nasen und verschwitzte T-Shirts beim Sport holen, sei es nun als Ausübende

oder als Zuschauer. Er hält ein Desinteresse an hirnloser, brutaler Gewalt für mangelnde Männlichkeit. Ein Mann, dem es kein Vergnügen bereitet, sich auf dem Spielfeld oder auf der Tribüne herumzuprügeln, wenn der Schiedsrichter die falsche Entscheidung getroffen hat, hatte als Kind offenbar eine zu enge Bindung an seine Mutter. Zum Glück genügt es jedoch meist, wenn Sie Ihren Tee aus einer großen Tasse mit dem Emblem Ihres Fußballvereins trinken, am Sonntagnachmittag alle Sportsendungen im Fernsehen anschauen und dabei Ihre Mannschaft anfeuern.

Softpornos

Sie sind kein richtiger Mann, wenn Sie sich nicht gern nackte Frauen ansehen. Natürlich würden Sie einen Wutanfall bekommen, wenn eine Frau, die Ihnen nahesteht – Ihre Mutter, Ihre Schwester, Ihre Freundin, Ihre Frau –, plötzlich sagen würde, ihr gefiele es, wenn Männer ihren nackten Körper betrachten. Dann würden Sie sie für eine Nutte halten. Aber sich über ein junges Mädchen aufzuregen, das Sie oben ohne aus Ihrer Morgenzeitung anlächelt, weist auf eine mangelnde Anerkennung der weiblichen Formen und latente Homosexualität hin. Kalender mit spärlich bekleideten jungen Frauen, die sie diskret innen in Ihrem Schrank aufhängen, oder ein paar Ausgaben des *Playboy* im Bad oder unter dem Teppich im Flur tragen sehr dazu bei, Ihre Bekannten davon zu überzeugen, daß Sie ein ganzer Mann sind.

Waffen

Es gibt tatsächlich noch Orte auf der Erde, wo nicht jeder dritte Mann oder Junge, an dem Sie vorbeigehen, eine Waffe unter der Jacke versteckt trägt. Es handelt sich dabei vor allem

um kleine Küstenorte, abgelegene Inseln und die skandinavischen Länder.
Viele Außerirdische empfinden die Besessenheit des Menschen von Kleinwaffen befremdlich, weil doch der Mensch immer behauptet, die Krone der Schöpfung zu sein. Das Erreichen dieser hohen Entwicklungsstufe innerhalb der Schöpfung ist für ihn allerdings gleichbedeutend mit dem Schritt vom Knüppel zur Automatikpistole mit Schalldämpfer.
Schon nach wenigen Filmen erkennt man, daß der Mensch die Fähigkeit, sich an einem alten Seil durch eine Lagerhalle zu schwingen, auch noch mit einer schweren Beinverletzung dumme Witze zu reißen oder sechzehn Bösewichte auf einen Streich zu liquidieren, viel höher schätzt als Intellekt, Vernunft oder ein gutes Farbempfinden.
Obwohl die meisten Männer und Jungen nicht die Absicht haben, die Messer in ihren Stiefelschäften, die Ketten in ihren Manteltaschen oder die Pistolen hinter dem Wasserkasten der Toilette zu benutzen (vermutlich könnten sie das auch nicht, ohne sich selbst schwere Verletzungen zuzufügen), beruhigt es sie doch, all diese Waffen zu besitzen. Sie fühlen sich männlicher, glauben, mehr darzustellen in der Welt.
Viele Beobachter machen Hollywood dafür verantwortlich.

Boris Sidvac vom Planeten Vee Minor

Nachdem ich zusammen mit meinem Freund Al Fieldstone einen Nachmittag lang Vögel beobachtet hatte, beschlossen wir, noch auf ein Bier im Green Man, einer alten Kneipe, einzukehren. Über der Kasse lag ein Fußballfanschal. In der Ecke des Lokals hing ein Dartsboard, und der Fernseher funktionierte nicht richtig. Wenn man die Erdnußpäckchen neben der Kasse ein wenig wegschob, kam das Bild eines nackten Mädchens zum Vorschein. Es handelte sich um eine richtige Männerkneipe. Es war Samstag-

abend, also war das Lokal voll. Ich holte die Getränke, während Al sich einem Computerspiel zuwandte.

Als ich mit den Drinks wieder auf unseren Tisch zusteuerte, rempelte ich versehentlich eine junge Frau namens Sharon Cocoa an. Ich verschüttete ein bißchen von meinem alkoholfreien Bier auf ihren Rock. »Oh, das tut mir schrecklich leid«, sagte ich. »Aber es ist so eng hier ...«

Sharon lächelte. »Ist schon recht«, sagte sie. »Ich komm immer hierher.«

Ich stellte mich hinter Al und nippte an meinem Bier, während er auf dem Bildschirm die außerirdischen Invasoren bekämpfte.

Al war eigentlich ein ruhiger und zuverlässiger Mensch. Männer wie er vermitteln außerirdischen Besuchern oft den Eindruck, daß sie es mit einer denkenden Lebensform zu tun haben. »Das ist ein toller Typ«, sagen sie. »Er ist bei Greenpeace, hat seinen Hund Gandhi genannt und seine Wohnung zur atomwaffenfreien Zone erklärt. Wirklich: Mit solchen Leuten können wir auskommen.«

Es gab nur zwei Situationen, in der Als Fassade des rationalen, modernen Menschen abbröckelte und das brüllende, behaarte Tier darunter zum Vorschein kam. Wenn Al hinter dem Steuer seines Toyota saß, besonders im dichten Berufsverkehr, oder wenn er mit einem Computerspiel zugange war.

Wir waren an jenem Abend kaum fünf Minuten im Green Man, als Al einen starren Blick bekam und ihm Schweiß von der Stirn zu tropfen begann. Er trat mir mehrere Male auf die Füße, ohne sich ein einziges Mal zu entschuldigen, und dabei ist er ein Mensch, der sich normalerweise schon entschuldigt, wenn er niest. Ich fragte Al, ob er nicht unser Gespräch über Mehlschwalben fortsetzen wolle, aber er fauchte mich an, ich solle mich »zum Teufel scheren«. Al war zu sehr damit beschäftigt, gegen die Alpha-Beta-Todesschwadron anzukämpfen, um sich loszureißen, also holte ich die zweite Runde Getränke. Sharon Cocoa stand an der Theke. Wir

lächelten einander an. »Es sind wieder einmal die Kartoffelchips ausgegangen«, teilte sie mir mit.
»Wie schade«, antwortete ich der Höflichkeit halber. »Ich liebe Kartoffelchips.«
»Ich auch!« sagte Sharon. »Die schmecken fast noch nach richtigen Kartoffeln.«
Wir lächelten einander wieder an, um die geistige Verbindung zu bekräftigen, die wir soeben hergestellt hatten. Sharon kehrte an ihren Tisch zurück und ich zu Al. Al bedachte gerade die Alpha Betas mit wüsten Beschimpfungen, als ich ihm sein Bier reichte. Er trank das Glas in einem Zug aus, wischte sich den Mund mit dem Handrücken ab und rülpste.
Als ich später zur Toilette ging, traf ich unterwegs Sharon. »Es ist kein Papier auf dem Klo«, erklärte sie mir. »Es ist nie Papier da.«
Ich bot ihr an nachzusehen, ob sich eine übrige Rolle in der Herrentoilette finden ließe. »Sie sind ein richtiger Gentleman«, sagte sie und bedankte sich. »Sie kommen sicher nicht aus der Gegend.«
Irgendwann nach der dritten Runde und dem achtundzwanzigsten Spiel stand plötzlich Sharon neben mir. »Wer ist denn Ihr Freund?« fragte Sharon. Als Haare, die normalerweise ordentlich gekämmt waren, waren schweißverklebt. Er hatte Ringe unter den Augen, und aus seinen Mundwinkeln tröpfelte Blut, weil er sich vor Aufregung auf die Lippe gebissen hatte. Er hatte die Ärmel hochgekrempelt und starrte den Bildschirm mit der Konzentration eines professionellen Killers an. Der Blick, den sie ihm schenkte, war nicht zu vergleichen mit dem, den sie mir zugedacht hatte, als ich ihr die Rolle Toilettenpapier übergab. Mich hatte sie angeschaut wie einen Teilchenbeschleuniger in der Milchabteilung des Supermarktes. Al jedoch starrte sie voll Bewunderung und Begierde an. »Er ist ein richtiger Macho«, hörte ich sie murmeln. Sie schob sich näher an ihn heran. »Von solchen Sachen habe ich

einfach keine Ahnung«, hauchte sie ihm mit plötzlich mädchenhafter Stimme ins Ohr, ihre Haare viel blonder als vorher.
Jede Störung meinerseits hatte Al geärgert, aber als Sharon ihn ansprach, wandte er sich mit einem Augenzwinkern und einem verschlagenen Grinsen um. »Ach, das ist alles ganz einfach«, sagte Al, der sich beruflich damit beschäftigte, Bedienungsanleitungen für Computer zu schreiben und so höchst komplexe Programme auch dem Laien verständlich und zugänglich zu machen, und fing an, die Invasoren von Alpha Beta auf so komplizierte Weise zu erklären, daß nicht einmal der Erfinder das Spiel verstanden hätte.
Sharon war hingerissen. Sie beugte sich über seine Schulter, während er die unterschiedlichen Ebenen des Spiels erläuterte. »Erstaunlich«, sagte Sharon, »und dabei habe ich Schach schon immer für eine intellektuelle Herausforderung gehalten.«
Etwa zu diesem Zeitpunkt gesellte sich Sharon Cocoas Freund Nick zu uns. »Was geht denn hier vor sich?« fragte Nick.
»Nichts«, antwortete Sharon.
»Ich habe gerade erklärt, wie man verhindert, in eine Sackgasse zu geraten«, erwiderte Al.
»Stimmt das?« erkundigte sich Nick. Nicks Körper war nicht nur ungefähr zweimal so groß wie der von Al – nein, so, wie sich die Muskeln an den Armen und an der Vorderseite seines T-Shirts abzeichneten, war auch ganz klar zu sehen, daß er ihn weit intensiver trainierte als Al den seinen. Hin und wieder gönnte Al seinem Körper einen Spaziergang zum Postamt oder einen Ausflug auf dem Rad. Nicks Muskeln hingegen waren daran gewöhnt, schwere Metallgewichte zu stemmen und Ziegelsteine mit einem einzigen Schlag in zwei Hälften zu spalten. Nick legte Al eine seiner riesigen Pranken auf die Schulter und fing an zuzudrücken. »Ich will dir mal was sagen, Kamerad«, ließ er sich vernehmen, »wenn ich du wäre, würde ich nicht anderer Leute Freundin was erklären.«

Ich wollte gerade einwerfen, daß dieser Rat sehr vernünftig klang, als Al mir ins Wort fiel. »Ach, tatsächlich?«
Sharon sagte: »Nick, nun hör schon auf, aus einer Mücke einen Elefanten zu machen. Mir war einfach nur langweilig allein, während du Darts gespielt hast, das ist alles. Und der Gentleman«, dabei deutete sie auf mich, »war so freundlich, mir eine Rolle Toilettenpapier zu holen, da habe ich mir gedacht, ich gehe mal zu ihm hinüber und unterhalte mich ein bißchen.«
Nick knurrte.
Ich bot ihm an, ihm einen Drink zu spendieren.
»Nehmen Sie Ihre Pfoten weg«, gab Al zurück. Und dann, an mich gewandt: »Du spendierst ihm nichts.«
Nick, Sharon und ich starrten Al an.
Ich, der ich Al schon damals bei dem grauenvollen Streit um den Parkplatz auf der Hauptstraße beigestanden hatte, wußte, daß die Kombination von drei Bieren und achtundzwanzig Spielen mit intergalaktischer Feindvernichtung sein Gehirn ernsthaft beeinträchtigt hatte.
Al stieß seinen Stuhl um und erhob sich zu seiner vollen Größe von einssiebzig. Dann preßte er Nick den Zeigefinger in seinen muskelbepackten Brustkorb. »Wir wollen doch mal eins klarstellen, Kumpel«, sagte Al und klang dabei merkwürdig wie Arnold Schwarzenegger, »niemand, wirklich niemand, schubst Albert Fieldstone herum.«
»Das stimmt nicht«, versuchte ich, mich einzumischen. »Eigentlich schubst sogar jeder Albert Fieldstone herum.«
Nick packte Al an der Gurgel. »Dir prügel ich dein Grinsen noch aus deinem häßlichen Gesicht«, sagte er, während er seine riesige Hand zu einer ebenso riesigen Faust ballte.
»Nicky«, beschwor Sharon ihn, »Nicky, weißt du denn nicht mehr, was der Richter letztes Mal gesagt hat?«
»Es wird doch eine Möglichkeit geben, die Angelegenheit friedlich zu regeln«, sagte ich. »Ich meine, die Sache ist lächerlich. Schließ-

lich ist die junge Dame nur zu uns herübergekommen, um sich mit uns zu unterhalten ...«

»Ach ja?« meinte Al mit einem verächtlichen Lächeln. »Bist du jetzt mit den UNO-Truppen unterwegs?«

»Wie wär's mit einer Denksportaufgabe?« Ich griff mit dieser Frage auf eine Strategie zurück, die bei Auseinandersetzungen auf Vee Minor gang und gäbe ist. »Wir haben fünf Hitze ausstrahlende Monster vom Planeten Glupto und drei Dampf atmende Mugiten, die alle auf die andere Seite der Teilchendusche wollen ...«

Nick versetzte Al einen Schlag.

Al zog ein Messer.

Später, im Krankenhaus, fragte ich Al, was er sich dabei gedacht hatte, ein Messer zu ziehen gegen einen Riesen wie Nick. »Du hast Glück gehabt, daß er vor lauter Lachen vergessen hat, dich kurz und klein zu schlagen«, sagte ich. »Ein Messer ist ja schon schlimm genug, aber dann auch noch ein Fischmesser! Wenn du schon eine Waffe mit dir herumträgst, solltest du wenigstens ein Klappmesser oder eine Machete mitnehmen. Jedenfalls eine tödliche Waffe.«

Wir warteten darauf, daß Als Wunde versorgt wurde, die er sich selbst bei dem Versuch, das Fischmesser wieder in den Stiefelschaft zurückzustecken, beigebracht hatte. »Aber du verstehst das nicht«, seufzte Al. »Ich will doch niemanden umbringen. Ich möchte nur das Gefühl haben, daß ich die Sache im Griff habe.«

»Aber, Al«, gab ich zurück, »du hast die Sache überhaupt nicht im Griff gehabt. Du hast Schaum vor dem Mund gehabt und dich auf Gewalttätigkeiten aus sexuellen Motiven eingelassen. Es sah aus, als hätte sich plötzlich ein brünstiger Pavian deines Körpers bemächtigt.«

»Nein, das stimmt nicht«, erwiderte Al gemessen. »Ich habe mich nur verhalten wie ein Mann.«

Eine Handtasche

Niemand weiß so genau, warum man diese Behältnisse nach wie vor Handtaschen nennt, auch wenn die meisten von ihnen, was ihre Größe betrifft, weniger an eine Hand, als vielmehr an einen kleinen Koffer erinnern.

Einer Frau bedeutet ihre Handtasche, was einem intergalaktischen Forscher sein Raumschiff bedeutet. Sie bewahrt darin alles auf, was sie zum Leben braucht, bis sie wieder nach Hause zurückkehrt.

Galet Galeta vom Dritten Borzone-Mond

Ich war mit ein paar Menschenfreunden im Kino und anschließend beim Essen gewesen. Es war schon spät, und ich bot Kelly Acker, mit der ich mich den größten Teil des Abends über Schroedinger unterhalten hatte, an, sie nach Hause zu bringen. Kelly war einverstanden. Als wir an ihrem Haus ankamen, schlug ich vor, sie noch bis zur Wohnungstür zu begleiten. »Das ist schon in Ordnung«, sagte Kelly. »Ich komme zurecht. Weißt du, ich habe den Schwarzen Gürtel in Karate.«

»Nein, nein«, beharrte ich, weil ich ihre Vorlieben in bezug auf die Kleidung nicht ganz mit der gegenwärtigen Situation in Zusammenhang bringen konnte. »Ich begleite dich noch bis zur Tür.«

Dann kamen wir zur Tür von Kellys Haus. Kelly machte ihre Handtasche auf. Ich lächelte sie an. Sie lächelte mich an. Sie griff in die Tasche, um ihre Schlüssel herauszuholen.

Nach ein paar Sekunden sagte sie: »Galet, würdest du wohl ein paar Sachen für mich halten? Ich kann meine Schlüssel nicht finden.«

»Aber natürlich«, erwiderte ich und streckte die Hand aus. Sie legte zwei Päckchen Papiertaschentücher, eine halbe Packung Kekse, einen Kamm, eine Bürste, eine Taschenlampe und drei Adreßbüchlein hinein.

»Ah«, lächelte Kelly, »ich glaube, ich spüre sie.«
Aber sie spürte nicht ihre Schlüssel, sondern zwei kleine Gläser Marmelade, eine Schere, einen winzigen Schraubenschlüssel und eine Büroklammer. »Könntest du bitte mal halten?« fragte Kelly.
»Bist du sicher, daß du sie in die Tasche gesteckt hast?« fragte ich sie.
»Aber natürlich«, antwortete Kelly. »Ich stecke sie immer in meine Handtasche, normalerweise in das Fach fürs Wechselgeld.«
»Und sie sind nicht in dem Fach fürs Wechselgeld?« beharrte ich.
Kelly schüttelte den Kopf. »Da sind heute abend Nadel und Faden und ein paar Perlen drin«, teilte sie mir mit. »Wahrscheinlich haben deswegen die Schlüssel nicht mehr hineingepaßt.«
Fast hätte ich sie gebeten, mir zu erklären, warum sie Nadel, Faden und Perlen mit sich führe, doch da beförderte sie auch schon eine Glühbirne, mehrere Päckchen Süßstoff und eine Gabel ans Licht der Straßenlaterne.
»Laß mich mal nachschauen«, schlug ich vor. »Vielleicht finde ja ich was.«
Kelly reichte mir die Handtasche. »Na schön«, meinte sie nur.
Ich legte die Sachen, die ich mittlerweile in Händen hielt, auf den Boden und spähte in die Tiefen von Kellys Handtasche. Voller Überraschung mußte ich feststellen, daß es darin überhaupt nicht so aussah, als hätte sie bereits etwas herausgenommen. Ich atmete tief durch und griff hinein. Zum Vorschein kamen ein kleines Fläschchen Orangensaft und mehrere Batterien.
Kelly brach in Begeisterungsrufe aus. »Du bist ein Genie!« schrie sie. »Ich hab's doch gewußt, daß ich die Batterien noch irgendwo hatte!«
Ich stieß noch auf einen Pappbecher, ein Glas mit Instantkaffee, zwei Bikiniunterteile, einen Schal, zwei Brieftaschen und eine Tafel Schokolade.
Kelly riß mir die Bikiniunterteile aus der Hand. »Mein Gott«, lachte sie, »nach denen suche ich schon seit Juni!«

»Aua!« kreischte ich, als etwas mich in den Finger kniff. »Was, um Himmels willen, ist denn das?«

Kelly lachte. »Eine Mausefalle, du Dummerchen. Was hast du denn gedacht?«

Ich warf einen Blick in die Handtasche. »Ist denn da auch noch eine Maus drin?«

Wieder lachte Kelly. »Natürlich nicht«, antwortete sie. »Was für ein Blödsinn.«

Ich holte ein kleines, ausgestopftes Eichhörnchen, ein paar Socken, zwei Strumpfhosen, ein Kosmetiktäschchen, noch ein Kosmetiktäschchen, eine Duschhaube und eine Taschenbuchausgabe von Krieg und Frieden aus der Handtasche.

Kelly lehnte sich gegen die Mauer. »Eigentlich müßtest du sie jetzt sehen können«, sagte sie.

Ich schüttelte die Tasche ein wenig und sah hinein. »Du hast recht!« rief ich voller Erleichterung aus. »Ich sehe sie! Ich sehe sie!« Dann holte ich einen Ring mit mindestens fünfzehn Schlüsseln heraus.

»Das sind nicht die richtigen«, sagte Kelly.

Ich erstarrte. »Was?«

»Das sind nicht die richtigen«, wiederholte sie.

»Wem gehören sie dann?«

Kelly zuckte mit den Achseln. »Woher soll ich das wissen?« antwortete sie lächelnd. »Die habe ich schon seit Jahren.«

»Jetzt reicht's«, sagte ich. »Ich schütte einfach alles auf den Boden.« Und das tat ich auch. Handschuhe, ein Tagebuch, eine Türklinke, mehrere Briefe und Postkarten, Fotos, Zeitungsausschnitte, Aspirin, Kassetten, gebrauchte Taschentücher, Servietten, mehrere Chipstüten, ein Hut und ein zerbrochener Bilderrahmen fielen auf den Boden. Schlüssel waren nicht dabei.

»Das ist aber merkwürdig«, sagte Kelly. »Ich war mir sicher, daß sie da drin sind.«

»Nein, du warst dir nicht sicher«, sagte ich, mittlerweile ein wenig

ungeduldig. »Du warst dir nur sicher, daß sie nicht in dem Fach fürs Wechselgeld steckten.«
Ein Lächeln hellte Kellys Gesicht auf. Sie griff in das Fach fürs Wechselgeld. »Tja, wer sagt's denn?« lächelte sie, die Schlüssel in der Hand. »Sie waren die ganze Zeit da drin.«

Make-up

Frauen tragen Make-up, weil sie, aus welchen Gründen auch immer, glauben, daß sie mit kleinen blauen Flecken auf den Augenlidern und einem Gesicht, das einen Ton dunkler ist als ihr Hals, besser aussehen als ohne die kleinen blauen Flecken oder mit gleichfarbigem Gesicht und Hals.
Das wichtigste am Make-up ist jedoch, daß man es nie wegwirft. Man kauft es, verwendet es und legt es dann in eine Schublade. Wenn Sie keine leere Schublade haben, in der Sie all das Make-up unterbringen können, das sich im Lauf der Jahre angesammelt hat, legen Sie es in eine Schachtel unter dem Waschbecken im Bad. Eine Frau, die kein Make-up trägt und nicht mindestens ein Dutzend alter Lippenstifte, Eyeliner, Rougetöpfe und Lidschatten ihr eigen nennt, gerät in Verdacht, entweder lesbisch zu sein oder unter mangelndem Selbstbewußtsein zu leiden. Im ersten Fall werden die Männer ständig versuchen, sie zu verführen, weil sie glauben, der einzige Grund dafür, daß sie keine Männer mag, liege darin, daß sie noch mit keinem geschlafen habe; im zweiten wird die Frau immer wieder zu Frauenzeitschriften greifen.

Kreditkarten

Man kann auf dem Planeten Erde zwar ohne Kreditkarte auskommen, aber leicht ist das nicht. Seit ihrer Erfindung hat ihre Beliebtheit so zugenommen, daß die Menschen heute

sogar lieber damit bezahlen als mit richtigem Geld. Warum auch nicht? Sie läßt sich leichter transportieren, bei Verlust ersetzen, ist weit vielseitiger und viel praktischer.
Obwohl sie natürlich auch ihre Nachteile hat.

Misla Mixla II von der Raumstation 34559

Während meines Aufenthalts in Surrey befanden sich tagtäglich drei Dinge in meinem Briefkasten.
Erstens die Bitte um Geld für den Schutz einer vom Aussterben bedrohten Tierart, eines hungernden Volkes, einer Gruppe von Kriegs-, Krankheits- oder Naturkatastrophenopfern.
Zweitens ein Brief, der folgendermaßen begann: »Herzlichen Glückwunsch, Mr. Mixla und Familie! Sie haben gewonnen! – Entweder eine Million Pfund oder einen versilberten Tellerwärmer.«
Drittens das Angebot, eine Kreditkarte zu testen.
Erst nach Monaten auf der Erde merkte ich, daß ich das einzige Wesen in der Badger Street war, das dreihundertfünfzig wohltätige Organisationen unterstützte, versilberte Tellerwärmer sammelte, aber noch keine Kreditkarte besaß. »Du solltest wirklich eine beantragen«, sagten mir alle. »Ich könnte ohne gar nicht mehr leben. Sie sind leicht zu transportieren und zu benutzen; sie sind praktisch, lassen sich bei Verlust sofort ersetzen und ermöglichen einem auch spontane Einkäufe.«
Das Revolutionärste an der Kreditkarte, und das wurde mir erst viel später klar, war, daß man gewaltige Warenwerte anhäufen kann, ohne jemals das Haus zu verlassen. Bücher. Urlaubsreisen. Theaterkarten. Bettzeug. Goldkettchen. Gummistiefel für den Hund. Einen Staubsauger für die Katze. Porzellanminiaturen. Briefbeschwerer mit Szenen aus Dickens' Werken.
Ich wußte nicht, wie mir geschah, und schon war ich nicht nur stolzer Eigentümer zweier Karten für Das Phantom der Oper im

Jahre 1995, eines Vogelbades aus Plastik, das aussah wie eine Sonnenblume, zweier Sofas, einer Hängelampe, einer muschelförmigen Anstecknadel aus achtzehnkarätigem Gold, einer Reise zum Amazonas, kurz bevor man ihn nicht mehr besuchen konnte, und eines Apparats, mit dem ich in meinen eigenen vier Wänden das Bergsteigen simulieren konnte, sondern auch hoch verschuldet. Mein Nachbar Desmond hatte nur ein verächtliches Lächeln für die Panik übrig, in die mich diese Feststellung stürzte.

»Worüber machst du dir denn Sorgen?« lachte Desmond. »Die Weltwirtschaft basiert auf Schulden. Nur mit Schulden kann die Welt weiter existieren.«

»Aber wie soll ich so weiterleben, Desmond?« fragte ich. »Ich habe Tausende und Abertausende Pfund Schulden.«

»Na und?« meinte Desmond und zuckte mit den Achseln. »Alle haben Schulden, außer den Leuten natürlich, die zu arm sind, um sich einen Kredit leisten zu können. Sie haben keine Schulden, aber sie haben auch sonst nichts.«

»Aber ich werde das nie alles zurückzahlen können.« Die Panik ließ mich vergessen, daß Logik auf der Erde ungefähr genauso viel nützt wie eine elektrische Ninja-Turtle-Zahnbürste auf dem Planeten X-241.

»Glaubst du denn, daß Brasilien seine Schulden je zurückzahlen wird? Oder Äthiopien? Oder Nigeria?« Desmond tat meine Sorgen mit einer Handbewegung ab. »Niemand zahlt je etwas zurück, Mis. Das ist doch das Schöne dran.«

»Nie?« fragte ich und stellte mir dabei vor, wie ich die nächsten zweihundert Jahre in der Badger Street verbringen und lediglich meine Miete zahlen würde.

»Natürlich nicht«, kicherte Desmond. »Du zahlst nur die Zinsen.« Ich war noch nicht lange in Surrey und konnte es mir noch nicht ganz abgewöhnen, logisch zu argumentieren. »Aber wenn ich immer nur die Zinsen zahle, dann zahle ich das, was ich gekauft habe, hundertmal ab und begleiche meine Schulden doch nie.«

Die Kreditkarte erlaubt es dem Menschen, alles bequem vom Wohnzimmersessel aus zu kaufen.

»Genau«, bestätigte Desmond.
»Das bedeutet doch, daß jedes Jahr Billionen von Pfund für nichts ausgegeben werden. Die Kreditkartengesellschaften verdienen sich eine goldene Nase mit dem Geld, mit dem man einige der Weltprobleme lösen könnte.«
Desmond schüttelte den Kopf. »Wenn du meinst.«
»Und außerdem«, kreischte ich in panischer Angst, »und außerdem bin ich nie wieder mein eigener Herr.«
»Da geht's dir wie Guatemala«, erwiderte Desmond.

Die Stadt

London. Paris. New York. Barcelona. Moskau. Genf. Los Angeles. Berlin. Liverpool. Glasgow. Minneapolis. Manchester. Reading. Den Namen einer Stadt auf der Erde auszusprechen bedeutet, Bilder voller Romantik, Aufregung, Glanz und

Schönheit heraufzubeschwören. Newark. Delhi. Johannesburg. Lima. Belfast. Beirut. Kalkutta. Detroit. Oder: Gewalt, Blutvergießen, Armut und Unterdrückung.
Die Theorie, die hinter der Erdenstadt steckt, ist, genau wie die Theorie der atomaren Abschreckung, in sich einfach und logisch. Theoretisch ist die Stadt ein Zentrum des Handels, der Kultur und der Zivilisation. Sie bietet Möglichkeiten für die persönliche und wirtschaftliche Weiterentwicklung und eine Vielfalt, wie sie auf dem Land oder in den Vororten undenkbar wären. Praktisch jedoch befinden sich die Städte wegen der hohen Konzentration von Menschen und Ressourcen entweder in einem Zustand der Belagerung, leiden unter Unruhen, Straßenkämpfen oder Terrorismus oder sind einfach nur überteuert, überbevölkert und Brutstätten der Kriminalität.
Deshalb muß sich der außerirdische Besucher auch auf den kürzesten Aufenthalt gründlich und umsichtig vorbereiten.

Einstellung

Sie könnten eine kugelsichere Weste, Kleinwaffen, einen Vorrat an Granaten, zwei Rottweiler und einen Leibwächter in jede Stadt der Erde mitnehmen, aber was würde Ihnen das letztendlich schon nützen? So gut wie nichts, denn Sie könnten immer noch überfallen werden, während Sie auf den Bus warten. Oder in der U-Bahn einem Bombenanschlag erliegen. Oder von einem Zwölfjährigen mit großen Augen und einer traurigen Geschichte um Ihre Uhr und Ihre Turnschuhe gebracht werden. Denn egal, wie gut Ihre Manieren sind, wie fließend Sie die jeweilige Landessprache beherrschen oder wie vertraut Sie mit den Sitten sind – in London wird man Sie einfach ignorieren, in Paris wird man unhöflich zu Ihnen sein, in Kalkutta wird man Sie anbetteln, in Rom wird man Sie anbrüllen, in Bogotá wird man versuchen, Ihnen Drogen zu verkaufen, in Bangkok wird man Ihnen ein Mädchen verkaufen wollen, in Johannesburg laufen Sie Gefahr, erschossen zu werden, und in New York wird man unhöflich zu Ihnen sein, Sie ignorieren, Sie anbrüllen, Sie anbetteln, versuchen, Ihnen Drogen oder ein Mädchen zu verkaufen und dann auf Sie schießen. Das einzige, was Ihnen möglicherweise in einer Erdenmetropole helfen kann, ist die richtige Einstellung.

»Welche Einstellung?« werden Sie wahrscheinlich wissen wollen. »Eine positive Einstellung? Eine negative Einstellung? Offenheit und Neugierde? Die Wachsamkeit eines Leoparden, der den Jäger erspürt?«

Eine menschliche Einstellung.

Die menschliche Einstellung läßt sich am besten mit dem Begriff »Mitleid« umschreiben. Die Leute wollen als menschlich gelten. Und menschlich zu sein bedeutet, Mitleid zu haben, die besten Eigenschaften des Menschen zu besitzen: Freundlichkeit, Sanftmut, Einfühlungsvermögen und Barmherzigkeit. Sie begegnen zum Beispiel einem Bettler auf der Straße. Ein Büffel in der gleichen Situation würde vermutlich einfach weitergehen. Ein Löwe würde wahrscheinlich an sein Abendessen denken. Eine Taube würde davonflattern. Aber der Mensch würde stehenbleiben und helfen, eine kleine Gabe anbieten, um das Band zwischen Mensch und Mensch zu stärken.

Das wäre die menschliche Reaktion, wenn auch nicht unbedingt die Reaktion eines jeden Menschen.

Nicht, daß der Mensch nicht stehenbleibt und hilft. Das tut er sehr wohl, denn er denkt sich: Das könnte ich sein. Er denkt sich: Armer Teufel, sechs Kinder, eine alte Mutter und schon seit zwölf Monaten keine Arbeit mehr. Sein Herz macht einen Sprung. Man stelle sich einmal vor – jeden Tag auf dem Bahnsteig der U-Bahn zu sitzen und den Titelsong von »Bonanza« zu spielen, um ein bißchen Geld zu verdienen und sich selbst und den Hund ernähren zu können. Vielleicht erinnert der Mensch

Genau wie die Kernenergie schienen auch die Vororte anfangs noch ein guter Einfall zu sein.

sich sogar noch an die Worte von Jesus Christus, der sagte: »Was du dem geringsten deiner Brüder tust, das hast du mir getan.«

Aber dann überlegt er weiter. Augenblick mal, sagt er sich. Woher weiß ich denn, daß der Kerl tatsächlich sechs Kinder, eine alte Mutter und unverschuldet seinen Job verloren hat? Vielleicht hat er ja nur zwei Kinder. Vielleicht ist seine Mutter munter wie ein Fisch im Wasser und betreibt eine immer ausgebuchte Pension in Swansea. Vielleicht hat er schon seit zwölf Monaten nicht mehr gearbeitet, weil er faul ist und bei der Gewerkschaft. Hoppla! sagt er sich weiter. Der kann die Titelmelodie von »Bonanza« auf der Flöte spielen, und ich kann »Heart and Soul« auf dem Klavier, aber setze ich mich deshalb gleich auf den schmutzigen Boden und versuche, die Leute um ihr mühsam verdientes Geld zu bringen? Wahrscheinlich nimmt er den Hund bloß mit, weil er Gesellschaft haben will. Wahrscheinlich gehört der Hund nicht mal ihm. Und wenn er ihm gehört, behandelt er ihn sicher nicht gut.

Was beweist, daß der Mensch gleichzeitig Mitleid haben und gefühllos sein kann. Was für eine Einstellung!

»Augenblick mal«, sagen Sie. »Und was ist aus den Worten Jesu geworden?«

Um es mit den unsterblichen Worten des Dichters auszudrükken:

You know they refused Jesus, too.
He said, »You're not him.«[20]

Die Vororte

Für die Städte und das Land sind die Vororte, was das Fegefeuer für Himmel und Hölle ist. Die Vororte haben weder viele Museen noch viele Sträucher, es mangelt ihnen sowohl an städtischer Industrie und Kultur als auch an ländlicher Schönheit; sie sind der Ort dazwischen, das heißt der Ort mit den Reihenhäusern, den riesigen Supermärkten, den Einkaufszentren und den Pendlerzügen.

Der Store

Die Menschen in der Stadt erfreuen sich einer Anonymität, die nur an einem Ort möglich ist, wo zu viele Menschen zu lange auf zu engem Raum zusammengepfercht sind. Das tötet die Neugierde. Sie heben vielleicht den Blick, wenn in der Nähe jemand schreit, aber sie stürzen nicht ans Fenster, um nachzusehen, ob das die hintere Nachbarin ist, die gerade einen Orgasmus hat, oder der Kerl von nebenan, der wieder einmal seine Sachen aus dem Fenster wirft. Die Leute auf dem Land hingegen

[20] Dylan, Bob, »Bob Dylan's 115th Dream«, *Subterranean Homesick Blues*, CBS Records, 1964.

haben gern ein paar Kilometer Abstand zum Nachbarn, was heißt, daß sie die Uhr nicht danach stellen können, wann eben dieser Nachbar zu Abend ißt oder seine Katze hinausläßt.
Aber die Menschen in den Vororten leben sowohl über- und unter-, als auch nebeneinander. Selbst wenn der Mensch nicht von Natur aus neugierig wäre und sich nicht für die Geheimnisse, Gewohnheiten und Möbel der anderen interessieren würde, fiele es ihm in einem Vorort schwer zu ignorieren, was nebenan oder hinter dem eigenen Haus vor sich geht, denn der Nachbar ist im Regelfalle nur wenige Meter und eine dünne Schicht aus Ziegeln und Gips vom eigenen Wohnzimmer entfernt.
Natürlich waren es die Briten, so auf ihren Privatbereich bedacht, daß man sie fast schon als Geheimniskrämer bezeichnen könnte, und so reserviert, daß sie sozusagen unter Verstopfung leiden, die den Store erfanden. Der Store läßt das Licht herein, bietet jedoch Schutz vor den neugierigen Blicken der Passanten und Nachbarn. Und überdies ermöglicht der Store es, alle anderen Bewohner der Straße zu beobachten, ohne selbst wahrgenommen werden zu können. Denn die Briten legen nicht nur Wert auf ihren Privatbereich und sind reserviert. Sie entstammen einer Gesellschaft, die alle persönlichen Fragen und direkten Feststellungen verurteilt, und sind deshalb ausgesprochen neugierig. *Warum schalten die Brynmores jeden Abend um acht alle Lichter im ersten Stock an? Wer ist der Gentleman in dem grauen Anzug, der jeden Sonntag zum Essen kommt? Wohin geht Mrs. Sorrell jeden Donnerstag um ein Uhr? War das, was da letzte Woche geliefert wurde, ein Herd oder ein Kühlschrank?*
Interessanterweise waren es jedoch nicht die Briten, die den Spiegel am Fenster erfanden, mit dessen Hilfe man die ganze Straße beobachten kann, ohne selbst auch nur in die Nähe des Vorhangs treten zu müssen.
»Nein?«
Nein. Das waren die Holländer.

Der Fernseher

Viele außerirdische Besucher, die ganz gut mit Autobahnen und Ausfahrtsystemen, mit Joggern, Registrierkassen, die nie funktionieren, mit Hunden in Kinderwagen und dem Konzept des Friedens durch den Krieg zurechtkommen, fragen noch immer: »Was haben die Menschen nur am Abend getan, bevor es das Fernsehen gab?«[21]

Wer in einem Vorort wohnt, weiß, daß die Antwort auf diese Frage lautet: »Nicht sonderlich viel.« In der Stadt kann man vor dem Kino ein paar Stunden lang Schlange stehen, um sich die Zeit zu vertreiben, und draußen auf dem Land kann man einen

[21] Arelia Po, die angesehene Politikwissenschaftlerin vom Inneren Utian, meint, es gebe drei Gründe für die Erfindung und spätere Beherrschung des Erdenlebens durch das Fernsehen:

1. Den Schutz des Establishments und die Verhinderung möglicher Aufstände. Zur Abstützung dieser Argumentation führt Arelia an, daß Revolutionen auf der Erde sich hauptsächlich in den Ländern ereignen, wo die Mehrheit der Bevölkerung weniger als einen Fernseher pro Familie besitzt, wo der Empfang schlecht ist und wo das Programm sich auf Nachrichtensendungen, Dokumentarfilme und Wiederholungen von »Bonanza« beschränkt. Wie der große amerikanische Präsident Ronald Reagan einmal sagte: »Sie machen sich keine Gedanken über die ungerechte Verteilung des Reichtums, solange sie sich Gedanken darüber machen können, wer J. R. erschossen hat.«
2. Den Verkauf von Schnellmahlzeiten. Vor der Erfindung des Fernsehens gab es keinen Bedarf an – und mit Sicherheit auch keine Nachfrage nach – Salzstangen, Kartoffelchips, Erdnußflips, Tacos und ähnlichem. Aber heutzutage brauchen die Leute eine Beschäftigung, während sie sich einen Film zum viertenmal ansehen.
3. Die Vorgabe, alles zu vermarkten. Oder, anders ausgedrückt: Das Fernsehen war die Erfindung eines einfallsreichen Werbetexters, der erkannte, daß er sich einen ausgesprochen angenehmen Lebensstil leisten konnte, wenn ihm nur etwas einfiele, für das man immer wieder Werbung machen müßte. Das langfristige Ziel der Werbebranche wäre natürlich ein Werbekanal, in dem vierundzwanzig Stunden am Tag nur Werbespots gezeigt würden, ohne Unterbrechung durch ein störendes reguläres Programm.

Meteoritenschwarm beobachten, aber in den Vororten hat man nur die Wahl zwischen Rasenmähen bei Kerzenschein oder Fernsehen. Wenn Sie also vorhaben, Freunde in einem Vorort zu besuchen (niemand, nicht einmal Menschen fahren aus einem anderen Grund in einen Vorort, es sei denn, sie haben sich verfahren), dann sollten Sie einen Fernseher mitbringen. Bringen Sie am besten gleich zwei und dazu noch einen Videorecorder mit, damit niemand auf die Idee kommt, daß Sie nicht aus der Gegend sind.

Das Land

Die Städter leben in der Illusion, daß all die wichtigen Dinge auf der Erde sich im grellen Licht und im Lärm der Großstädte ereignen.
Doch die Leute auf dem Land wissen es besser. Sie wissen: Wenn etwas wirklich Wichtiges sich ereignet – die Ankunft von Geistern, Spionen, Dämonen, Hexen, Elfen oder Nazis aus dem Weltraum zum Beispiel –, ereignet es sich draußen auf dem nur schwach bevölkerten Land, wo noch Raum ist, um mit einem Raumschiff zu landen oder den Teufel heraufzubeschwören.
Aus diesem Grund sind Leute auf dem Land meist ein wenig argwöhnisch und freunden sich nicht so schnell mit Fremden an. Sie scheinen Fremde schon zu riechen, bevor sie da sind. Sie fragen sich, woher sie kommen und warum. Das Leben im Einklang mit der Natur und das Wissen darum, daß Fremde das Land nur besuchen, wenn sie etwas wollen (zum Beispiel ihren Grund und Boden billig erwerben, bevor sie selbst erfahren, daß die Regierung vorhat, eine Autobahn in der Gegend zu bauen), bringt die Leute auf dem Land dazu, niemandem zu trauen, den sie nicht seit mindestens zwei Generationen kennen.
Deshalb sollten Sie auf alle Eventualitäten gefaßt sein.

Ein Hund

Ein Hund hilft Ihnen sehr dabei, von anderen Menschen akzeptiert zu werden. Er trägt auch dazu bei, Sie weniger auffällig zu machen, es sei denn, er hat ein mit Straß besetztes Halsband und ein T-Shirt mit dem Aufdruck »Ich belle gern«.

Der Strand

Abgesehen von einer Kühltasche mit Cola oder Bier, einem Sunblocker, einem großen Strandhandtuch in der Form einer Colaflasche, abgesehen von einer Sonnenbrille, weißer Creme für die Nase, genügend Nahrungsmitteln für zwei oder drei Tage, einem Radio, einem Badeanzug zum Wechseln, einem Bademantel, Wechselkleidung, einer Taucherbrille und Schwimmflossen für den Fall, daß Sie tatsächlich ins Wasser gehen sollten, benötigen Sie ein dickes Taschenbuch, besser bekannt unter der Bezeichnung »Urlaubsroman«.

Selbst an den äußeren Rändern des unendlichen Raumes, wo es manchmal ganz schön seltsam zugehen kann, ist das geschriebene Wort normalerweise der Vermittlung wichtiger Gedanken, Informationen oder Geschichten vorbehalten. Das Lesen wird ernst genommen; es handelt sich dabei um einen aktiven, nicht um einen passiven Sport, der Aufmerksamkeit, Energie und Phantasie erfordert.

Auf der Erde jedoch liest man am Strand. Jeden Sommer fahren Tausende von Menschen, deren Leseaktivitäten sich den Rest des Jahres auf die Lektüre des Fernsehprogrammes oder die Anleitung dafür, wie man eine Milchtüte öffnet, beschränken, mit der üblichen Strandausrüstung und einem Tausend-Seiten-Roman ans Meer oder ins Strandhotel.

In diesen Urlaubsromanen geht es entweder um vier Schulfreunde, die sich nach zwanzig Jahren wiedertreffen, um sehr,

Wenn man an den Strand geht, muß man nicht unbedingt mit dem Wasser in Berührung kommen.

sehr reiche Menschen, die auch sehr, sehr böse sind, oder um sehr, sehr arme Menschen, die auch sehr, sehr gut sind, bis sie reich werden. Weil diese Bücher geschrieben werden, um am Strand gelesen zu werden – wo der Leser zwischen dem Umdrehen, dem Schwimmen und dem Essen eine Beschäftigung braucht –, sind sie so verfaßt, daß der Strandbesucher sie an jeder beliebigen Seite aufschlagen und bereits nach wenigen Sätzen wissen kann, an welcher Stelle der Geschichte er sich befindet, wie die Geschichte weitergehen und enden wird. Das ist nicht nur praktisch, sondern auch ökonomisch. Da diese Bücher, abgesehen von den darin vorkommenden Namen, identisch sind, kann man ein und dasselbe Buch jedes Jahr wieder an den Strand mitnehmen, ohne den Unterschied zu merken.

Kapitel drei

Der Mensch – was ist das eigentlich?

Das weiß niemand so genau.
Der Mensch ist weniger intelligent als der Delphin, weniger treu als der Hund, weniger attraktiv als die Katze, weniger lustig als der Otter, hinterlistiger als eine Kobra und körperlich praktisch allen Lebewesen außer dem Truthahn unterlegen. Unter Fortschritt verstand er, die Folterwerkzeuge durch die Neutronenbombe zu ersetzen. Er ist klug, wenn er will[22], aber emotional labil. Welche andere höhere Lebensform würde zum Beispiel ganze Dörfer mit Napalmbomben auslöschen, ohne mit der Wimper zu zucken, und dann in Tränen ausbrechen, wenn Bambis Mami erschossen wird?[23]

[22] Auf dem Planeten Dupu Beleezer bedeutet Klugheit, daß jemand Zeit und Raum manipulieren kann, auf Uc, daß jemand die Materie umwandeln kann, auf Sizzle Quo, daß jemand von Stern zu Stern surfen kann. Auf der Erde ist man klug, wenn man einen neuen Hamburger oder ein Gerät zur Versiegelung von Plastiktüten erfunden hat oder wenn man Waldflächen roden, Pflanzen und wilden Tieren den Lebensraum rauben und trotzdem noch einen Preis für seine Bemühungen um die Umwelt gewinnen kann.

[23] Bambi ist ein Reh. aus einem Zeichentrickfilm. Als Bambi noch ganz klein ist, wird seine Mutter von einem Jäger erschossen. Egal, wo der Film gezeigt wird – überall fangen die Zuschauer zu weinen an, wenn Bambis Mutter getroffen wird. Wenn Bambi ein echtes Reh wäre, würden die Zuschauer philosophischer und weniger emotional reagieren. Jeden Herbst ziehen die Menschen wattierte Jacken und rote Mützen an, bewaffnen sich mit Gewehren und gehen in die Wälder, um die echten Rehe umzumähen. Das nennt man Sport. Die roten Mützen dienen als Schutz, damit die Menschen sich nicht versehentlich gegenseitig erschießen. Sie lassen die Köpfe der erlegten Hirsche ausstopfen und hängen sie an die Wand. Das nennen sie dann Innenausstattung.

Vom Standpunkt der Evolution aus betrachtet, erscheint es wenig sinnvoll, einer Spezies, die es zur Kunstform erhoben hat, seine eigene Wasserversorgung zu vergiften, die Führung über einen ganzen Planeten zu überlassen. Hier muß ein schrecklicher Fehler passiert sein. Stellen Sie sich vor, wie der Schöpfer der Erde den schleimigen kleinen Dingern zusah, die sich gerade aus dem Urschlamm herauswanden. »Hmmm«, sagte der Schöpfer der Erde. »Auf den da drüben muß ich, glaube ich, ein bißchen aufpassen, der scheint sich besser vorzukommen als die anderen.« Die Zeit verging. Mittlerweile waren aus den schleimigen kleinen Dingern behaarte größere Dinger geworden, die sich von Baum zu Baum schwangen. »Hmmm«, sagte der Schöpfer der Erde. »Auf den da drüben muß ich, glaube ich, ein bißchen aufpassen. Der nimmt sich viel zu wichtig, der könnte zum Problem werden. Wie der die Kleinen rumschubst.« Noch mehr Zeit verging. Jetzt liefen die behaarten Dinger auf dem Boden herum. »Pah«, sagte der Schöpfer der Erde. »Gegen den Kerl mit der hohen Stirn, der die ganze Zeit versucht, auf den Hinterbeinen zu laufen, muß ich was unternehmen. Wenn der ein bißchen mehr Hirn hätte, könnte er gefährlich werden.« Doch statt ihn wieder in den Tümpel zurückzustecken, wie er es eigentlich vorgehabt hatte, wurde der Schöpfer abgelenkt (vielleicht von einer Naturkatastrophe, kollidierenden Planeten in einer anderen Galaxis oder ähnlichem), und in dem ganzen Durcheinander kam der Mensch zu seinem Gehirn. Was gut war für ihn, aber weniger gut für alle anderen.

Natürlich ergibt die Spekulation wenig Sinn, um wieviel ruhiger und verständlicher alles wäre, wenn der Delphin oder der Elefant oder das Chamäleon die Erde führen würde. Es hat auch keinen Sinn, sich eine Erde ohne unverwüstliche Plastiktüten, riesige Einkaufszentren und ständige Wiederholungen im Fernsehen vorzustellen. Der Mensch hat sich mit Ellbogeneinsatz

nach oben vorgearbeitet, und dort bleibt er nun auch. Der Besucher fragt sich: Was geht im Menschen vor?
»Das ist leicht«, werden Sie sagen. »Schließlich habe ich die *Reader's Digest Great Books of the World* gelesen. Die Handlungen des Menschen basieren auf Regungen seines Intellekts und seines Herzens.«
Und auf denen seiner Geschlechtsorgane, aber damit werden wir uns später noch beschäftigen.

Vernunft

Wir stellen Ihnen nun ein Beispiel für die menschliche Logik vor. Land A, ein Hüter der Wahrheit, Gerechtigkeit und Demokratie, ist gegen alles, wofür das Land B steht. Land B ist eine Diktatur, in der die Bürger in Angst und Unterdrükkung leben. Land A und Land B führen praktisch Krieg gegeneinander, auch wenn sie das nicht offen zeigen. Doch Land B führt Terroranschläge gegen unschuldige Zivilisten durch, um die Struktur des Landes A zu unterminieren, und Land A unterstützt mit Hilfe von Waffen, Geld und Streitkräften die Feinde von Land B. Land A, eifrig darauf bedacht, Wahrheit, Gerechtigkeit und Demokratie zu verteidigen, führt praktisch auch Krieg gegen Land C. Die Regierung des Landes A kann die Regierung des Landes C nicht leiden, obwohl diese demokratisch gewählt wurde, ihre Bürger nicht unterdrückt oder foltert und keine terroristischen Anschläge gegen Land A oder irgendwelche anderen Länder durchführt. Land A möchte die Regierung des Landes C absetzen. Aber dazu ist Geld nötig. Geld, dessen Ursprung man nicht zurückverfolgen kann, denn das Vorhaben (das natürlich dem Weltfrieden dient) ist illegal und könnte manche der eigenen Bürger verärgern. Was also tun? Was würden Sie tun?

»Woher soll ich das wissen?« fragen Sie. »Ich habe keine Ahnung, was ich tun würde. Ich hätte mich wahrscheinlich von vornherein nicht in einen solchen Schlamassel gestürzt.«
Genau aus diesem Grund sind Sie kein Mensch. Denn wenn Sie ein Mensch wären, wären Sie in diesen Schlamassel geraten, und um da wieder herauszukommen, würden Sie Land B unter der Hand Waffen verkaufen.
»Einen Augenblick«, sagen Sie. »Das würde ich nicht tun. Land B wird diese Waffen doch dazu verwenden, gegen *mich* und meine Verbündeten zu kämpfen.«
Genau.
»Und außerdem liegt mir Land C doch sowieso besser.«
Stimmt auch.
»Und wo bleibt dann die Logik?«
Einer der beliebtesten Präsidenten in der Geschichte der Vereinigten Staaten hat einmal öffentlich erklärt, daß Bäume, mit die nützlichsten und notwendigsten Lebewesen des Planeten, Luftverschmutzung verursachen.
»Und was hat das damit zu tun, daß man seinem Gegner Waffen verkauft?«
Es ist genausowenig logisch.

Liebe

Artumo Seselked vom Planeten Tu

Lange nachdem ich die Kanäle von Großbritannien entdeckt hatte, hörte ich von einem galaktischen Mitbewohner, den ich an einer Treibstoffstation auf dem fünften Mond von Sha kennengelernt hatte, eine Geschichte. Wir saßen zusammen und tauschten Erfahrungen aus. Ich erzählte ihm von der Kuh. »Bis heute weiß ich nicht, warum sie so wütend auf mich geworden sind«, sagte ich. »Ich habe nichts getan, ich habe auch nicht gedroht, ihnen etwas anzutun, ich habe lediglich hallo gesagt. Und dabei haben sie auch noch gelächelt!«

Archie Phu, mein Gesprächspartner, stellte sein Glas mit einem Seufzer ab. »Das ist ja noch gar nichts«, sagte er. »Warten Sie, bis Sie gehört haben, was mir passiert ist.

Ich habe seinerzeit in England gelebt und dort Forschungen betrieben über nicht-telepathische Kommunikationsmittel, als ich es ungewollt mit Miss Emily Stone zu tun bekam.«

»Zu tun?« fragte ich. »Was meinen Sie damit?«

Archie brach einen Bku-Chip in zwei Hälften und sah mich mit einem ähnlichen Blick an, wie Einstein ihn wohl gehabt haben mußte, als ihm klar wurde, was die Atombombe tatsächlich bedeutete. »Verlobt«, flüsterte er.

Ich konnte mein Erstaunen nicht verbergen. »Mit einer Menschenfrau? Sie haben sich emotional mit einem Menschen verbunden? Wie konnte das passieren? Hatten Sie denn nicht vorher die Ratschläge für Außerirdische gelesen?«

Archie seufzte. »Natürlich hatte ich das getan. Aber die nicht-telepathische Kommunikation kann ganz schön verzwickt sein.« Wieder seufzte er. »Wir haben zufällig beim gleichen Lebensmittelhändler eingekauft.«

Ich sah ihn voller Interesse an, schwieg aber.

Er fuhr fort. »Eines Abends bat sie mich, ihr etwas vom obersten Regal herunterzuholen.« Er sah mich an, als wolle er sich rechtfertigen. »Natürlich bin ich ihrer Bitte nachgekommen. Schließlich konnte ich doch nicht nein sagen, oder?«

Ich sah ihn voller Interesse an, schwieg aber.

»Menschen ähneln Elektronen insofern«, klärte Archie mich auf, »als man, auch wenn man meint, zu wissen, was sie denken, das normalerweise nicht weiß. Ich holte ihr also die Küchenrolle aus Recyclingpapier vom obersten Regal, und dann plauderten wir an der Bushaltestelle ein wenig miteinander – Sie wissen ja, wie auf der Erde immer eins zum anderen führt.«

Es fängt mit zwei Stöckchen an, die aneinanderreiben und eine kleine Flamme erzeugen, und am Ende stehen dann der Mikrowellenherd und die lauwarme Kartoffel.

»Schließlich«, erzählte Archie weiter, »lud sie mich eines Freitagabends ins Kino ein.« Wieder bekam er diesen Einsteinblick. »Natürlich sagte ich ihr, daß ich nicht allzulange in der Stadt bleiben würde und auch kein Bedürfnis nach einer Beziehung hätte.«

»Und was hat sie darauf gesagt?«

»Sie sagte, sie verstehe das und wir könnten ja einfach nur Freunde sein.«

»Der Todeskuß«, vermutete ich.

»Genau«, bestätigte Archie. »Bevor ich wußte, wie mir geschah, hatte ich schon die Regel mißachtet, daß man sich nicht auf einen Menschen einlassen soll, und Miss Stone stellte mich ihren Eltern Ivy und Jack vor. Sie sagte, sie habe noch nie jemanden wie mich kennengelernt, was ja auch stimmte, und sie liebe mich mehr als ihr Leben. Sie sagte, ich gebe ihrem Leben neuen Sinn. Sie sagte, ohne mich würde sie sterben. Sie sagte, sie wolle nur, daß ich glücklich würde. Alles andere sei zweitrangig. Ich hatte den Verdacht, wenn sie wüßte, wie ich zu Hause aussah – ich denke da an meine Ohren und an meine externen Lungen –, würde sie es sich vermutlich anders überlegen, aber das Risiko, mich ihr so zu präsentieren, konnte ich nicht eingehen. Also beendete ich unsere Beziehung, so sanft ich nur konnte. Ich sagte ihr, ich achte und liebe sie, sei aber sowohl meiner Natur nach als auch von Berufs wegen ein Reisender und habe nicht vor, mich in Streatham niederzulassen. Auf meine aufrichtigen Erklärungsversuche und mein Angebot, weiter mit ihr befreundet zu bleiben, reagierte Miss Stone damit, daß sie sich in meiner Abwesenheit in meine Wohnung schlich und schwarze Lackfarbe über alles schüttete, was mir gehörte. Als ich nach Hause kam und sie daran zu hindern versuchte, meine Kleider und Papiere anzuzünden, griff sie mich

mit einem Brotmesser an. Danach verfolgte sie mich, tauchte immer im ungelegensten Augenblick auf und beschimpfte mich in aller Öffentlichkeit. Sie schickte mir Drohbriefe. Dann schickte sie mir tränenbefleckte Liebesbriefe. Sie kettete sich an das Tor vor meinem Haus. Sie schüttete einen Eimer roter Farbe auf eine Frau, mit der sie mich in der Tiefkühlabteilung sprechen sah, weil sie glaubte, ich sei mit ihr befreundet (was nicht stimmte; sie wollte lediglich wissen, ob ich schon einmal die Kartoffelpuffer probiert hätte). Sie rief mich zu allen Tages- und Nachtzeiten an, manchmal fröhlich und zärtlich, dann wieder hysterisch und voller Beschimpfungen. Als ich sagte, sie habe wohl eine ganz eigenwillige Vorstellung davon, wie sie mir zu meinem Glück verhelfen könne, erklärte sie mir, ich sei ein kaltes, gefühlloses und selbstsüchtiges Reptil, und warf mit der gußeisernen Pfanne nach mir, wobei sie mich am Kopf traf. Sie hielt meine Hand und weinte während der ganzen Fahrt zum Krankenhaus. Als ich dann wieder entlassen wurde, versuchte sie, mich mit dem Auto zu überfahren.«
»Du lieber Himmel«, stöhnte ich. »Das ist ja schlimmer als die Geschichte mit der Kuh.«
Archie nippte gedankenverloren an seinem Drink. »Ich werde das Gefühl einfach nicht los, daß sie nie hätten sprechen lernen dürfen«, sagte er.

Haß

Der Haß ist ein weit verläßlicheres Gefühl als die Liebe. Wenigstens weiß man beim Haß, woran man ist und was man zu erwarten hat. Was nicht heißen soll, daß nicht auch der Haß bisweilen der rationalen Basis entbehrt.

Megoyd vom Planeten Q8

Ich befand mich gerade auf einer Forschungsreise ins London des zwanzigsten Jahrhunderts, als ein Teil der Elektronik in meinem persönlichen Transportsystem ausfiel. Ich überquerte die Charing Cross Road, als ein ziemlich großer Wagen, der eine rote Ampel mißachtete, mir fast über die Zehen fuhr. Höflich, aber doch bestimmt, klopfte ich gegen die Stoßstange und rief aus: »Hoppla! Sie hatten Rot!« Ehe ich es mich versah, ging schon die Fahrertür auf, und jemand schlug mir mit einer Aktentasche auf den Hinterkopf. Als ich hinfiel, wurde wohl ein Teil der Elektronik beschädigt, denn als ich wieder zu mir kam, befand ich mich an einem mir unbekannten Ort statt in der Oxford Street, wo ich eine Baseballmütze mit einem Elefantenkopf darauf und ein T-Shirt mit einer Palme und dem Aufdruck »Schottland« kaufen wollte. In der Ferne konnte ich eine primitive Behausung erkennen. Es war nirgendwo eine Satellitenschüssel zu entdecken. Ich machte mich daran herauszufinden, wo und in welcher Zeit ich mich befand. Es stellte sich heraus, daß ich im Jahre 1853 in Oregon war. Das wurde mir jedoch erst klar, als ich geteert und gefedert aus der Stadt verjagt wurde.

Es handelte sich um eine kleine Stadt. Es gab dort einen Laden, der gleichzeitig als Bar, Postamt und Gerichtsgebäude diente. Als ich mich näherte, hörte ich Geplauder und sogar Lachen. Ich trat durch die Tür. Es wurde still in dem Raum. Alle drehten sich um und starrten mich an. Ich war das einzige Wesen in dem Raum, das nicht weiß war (normalerweise sind die Bewohner des Planeten Q8 natürlich blau, aber in der Erdatmosphäre sehen sie fast mokkafarben aus). Außerdem war ich auch der einzige im Raum, der Surfershorts, ein T-Shirt mit Bierwerbung, Turnschuhe mit neonorangefarbenen Schnürsenkeln und einen Button mit der Aufschrift »Ich bin hier nur zu Besuch, und was für eine Entschuldigung haben Sie?« trug. Außerdem war ich frisch gewaschen und roch nicht wie alte Socken, die man zusammen mit einem angebissenen Apfel mindestens sechs Monate lang in einer Plastiktüte unters Bett gelegt hatte, wodurch ich mich ebenfalls von den anderen Anwesenden unterschied. Mein Haar war zu mehreren Dutzend Zöpfchen geflochten. Ich lächelte. »Hallo«, sagte ich. Irgendwo links von mir fiel eine Stecknadel zu Boden. In diesem Augenblick wünschte ich mir nichts sehnlicher, als den goldenen Ring in meinem linken Ohr nicht zu tragen. »Guten Tag«, fuhr ich fort. Allmählich fragte ich mich, ob alles nur daran lag, daß keiner der Anwesenden Englisch sprach. Ich bat auf französisch um ein Glas Wasser. Ich bat auf spanisch um ein Glas Wasser. Ich bat auf norwegisch und hochchinesisch um ein Glas Wasser. Nichts geschah.

Und dann brach eine tiefe, unangenehme Stimme plötzlich das Schweigen. »Er ist nicht von hier«, sagte sie. Und dann, um auch noch den letzten Zweifel auszuräumen, fügte sie hinzu: »Ich hasse nichts so sehr wie Fremde.«

Also sprachen diese Leute doch Englisch.

»Was meinst du?« fragte jemand hinter mir einen Dritten. »Ist der so eine Art Indianer oder was?«

»Ich hasse Indianer«, fauchte ein anderer.

»Der ist kein Indianer«, hörte ich eine dritte Stimme. »Der ist ein entflohener Sklave.«

Ein Mann, dessen Gesichtsfarbe der seiner Stiefel ähnelte (was vermutlich keine natürliche Ursache hatte) spuckte in eine Ecke. »Ich hasse entflohene Sklaven«, sagte er.

»Schaut euch doch an, wie der angezogen ist«, schnaubte ein weiterer Spucker. »So etwas hasse ich. Anständige Leute ziehen sich nicht so an. Meint ihr, das ist einer von diesen – ihr wißt schon –, wie heißen die gleich?«

»Seine Haare sind komisch«, belferte eine andere Stimme. »Seid ihr sicher, daß der kein Indianer ist?«

»Ich wette, der hat nicht mal einen Schwanz«, machte sich wieder ein anderer lustig.

»Ich wette, der ist auch kein Christ«, argwöhnte der Mann, dessen Gesichts- und Stiefelfarbe sich ähnelten.

»Natürlich ist der kein Christ«, pflichtete ihm ein Mann bei, der gerade etwas aus einer Flasche trank, das aussah wie Benzin. »Das ist so ein Ausländer.«

»Ich hasse Nigger«, zischte ein kräftiger Mann ohne Zähne.

»Nicht so sehr wie Indianer«, meinte ein Mann, dem, wie ich hoffte, nichts Schlimmeres als ein kleines Tier vom Gürtel hing.

Ich war mir nicht so sicher, ob es sich hier um ein in diesem Teil der Welt ganz normales Gespräch handelte oder ob die Stimmung der Gruppe sich zunehmend verschlechterte. Vielleicht, so dachte ich, war es an der Zeit, daß ich etwas sagte. Ich räusperte mich.

»Äh ... entschuldigt, Leute«, begann ich, »aber ich bin weder ein Indianer noch ein entflohener Sklave, sondern ein Besucher eures schönen Ortes und würde mich über jeden Beweis der Gastfreundschaft freuen, den ihr zu geben bereit seid.«

Während ich redete, starrten mich alle an, und auch nachdem ich aufgehört hatte zu reden, wandte keiner von ihnen den Blick von mir. Wieder hörte ich mehrere Stecknadeln auf den Boden fallen. Dann, wie auf ein vereinbartes Signal, knallten Gläser auf das Holz von Theke und Tischen. »Hängen wir ihn auf!« schallte es mir wie aus einem Munde entgegen. »Auf ihn!«

»Einen Augenblick«, beeilte ich mich zu sagen, als ich mich wieder an vergleichbare Situationen im Film erinnerte, »ich komme in friedlicher Absicht.«

Jemand verpaßte mir einen Kinnhaken.
Am Ende siegte die Vernunft, und sie knüpften mich nicht an den nächsten Baum, sondern teerten und federten mich und jagten mich aus der Stadt. »Laß dich ja nicht wieder in Venice, Oregon, blicken«, brüllten sie mir nach.
Ich nahm mir ihren Rat zu Herzen.

Gier

Die Menschen sind besessen von der Makro-Welt. Egal, wie oft man ihnen sagt, daß das Leben vergänglich und dem Wesen nach nicht-materiell ist, daß man all die Goldkettchen und BMWs nicht ins Grab mitnehmen kann – sie hören nicht zu. Nirgends sonst im ganzen Universum findet man ein Wesen, das nur zwei Füße hat, aber zweihundertsechsundneunzig Paar Schuhe sein eigen nennt. Wozu? Wann soll dieser Mensch all diese Schuhe tragen? Hätte er dann überhaupt noch Zeit, etwas anderes zu tun, als sie zu tragen? Außerdem würde es auch keinem anderen Wesen in den Sinn kommen, so viele Teekannen, Gemälde und unnütze Töpferwaren zu kaufen, daß man sie in einem Lagerhaus unterbringen muß und dann nie wieder auspackt. In keiner anderen Galaxis würden zwei Menschen und ein Pudel drei Häuser, eine Wohnung, ein Schiff und ein Privatflugzeug besitzen. Und wenn es doch möglich wäre, würde die Bedienstete dieser beiden Wesen nicht von ihnen gezwungen werden, die Teller, die sie vielleicht zerbrochen hat, aus eigener Tasche zu bezahlen. Und auch Gertrude und Arnie Lemstock können nur vom Planeten Erde stammen.

Meg Megan vom Planeten Tuli

Radaflox, mein Astronomenkollege, und ich hatten uns schon seit ein paar Tagen in den Hügeln aufgehalten, wo wir eine

Karte des sommerlichen Nachthimmels im Norden angefertigt hatten, als wir beschlossen, auf dem Rückweg noch auf etwas Käse und Brot im Little Fox Inn einzukehren. Wir nahmen Notiz von dem Paar am Nachbartisch, das zwanzig Minuten benötigte, um das Essen zu bestellen, aber wir dachten nicht weiter darüber nach. Erst als sie ihre fünfte Portion Jumbogarnelen mit Beilagen bestellten, wandte Radaflox sich mir zu und sagte: »Bilde ich mir das nur ein, oder haben die beiden schon vier Portionen Jumbogarnelen gegessen?«

Ich antwortete: »Das muß eine optische Täuschung sein und kommt sicher daher, daß wir fünf Nächte hintereinander durch das Fracraskop geschaut haben. So viele kleine, unschuldige Krustentiere können die beiden unmöglich verspeist haben.«

Nach einem schnellen Blick hinüber zu den Lemstocks (den Namen erfuhren wir später), die gerade einen neuen Korb mit Brot bestellten, murmelte Radaflox: »Also hast du es auch gesehen.«

»Ich muß unter Erschöpfungszuständen leiden«, flüsterte ich zurück. »Es ist doch völlig unmöglich, daß ein so kleines Wesen so viel verzehrt. Selbst ein Grizzly müßte ziemlichen Hunger haben bei solchen Portionen. Und das wäre dann ein Grizzly, der gerade aus dem Winterschlaf aufgewacht ist.«

Nach den Garnelen bestellten Gertrude und Arnie jeweils vier Dutzend Venusmuscheln, eine Schüssel Kartoffelpüree und einen großen Teller mit Butterkarotten. Radaflox und ich sowie die anderen Gäste in der Nähe hatten mittlerweile jeglichen Versuch aufgegeben, so zu tun, als widmeten wir uns unserem eigenen Essen, und starrten die Lemstocks entweder voller Hochachtung (die Menschen) oder voller Entsetzen (wir, die wir gerade erst vor einer Woche vom Planeten Tuli gekommen waren) an. »Vielleicht sind sie ja anders gebaut oder so«, flüsterte ich Rada zu. »Weißt du, vielleicht kommt alles gleich wieder durch ein Loch in ihren Füßen heraus.«

»Da täuschst du dich im Planeten«, raunte er mir zu. »Du denkst

wahrscheinlich an die Kapooner, diese genetischen Mißbildungen, die dazu verdammt sind, alles in sich aufzusaugen, was sie sehen, ohne jemals zufrieden zu sein.«

Ich beobachtete Gertrude Lemstock dabei, wie sie eine halbe Schüssel Karotten in sich hineinschaufelte und dann die Sauce mit einem halben Laib Brot auftunkte. »Vielleicht sind wir doch auf Kapoon«, begann ich zu argwöhnen.

Rada legte den Kopf schräg und schüttelte ihn. »In Kapoon habe ich noch nie ›Blowing in the Wind‹ von Mantovani und seinem Orchester in einem Restaurant gehört«, erinnerte er mich. »Und schau dir doch bloß mal die Tapete an.«

Ich sah mir die Tapete an. Es handelte sich um eine Velourstapete.

»Und außerdem hängt ein Bild von der Queen über der Salattheke.«

Es hing tatsächlich ein Bild von der Queen über der Salattheke, gleich neben einem Druck, auf dem mehrere Reiter auf der Fuchsjagd zu sehen waren.

»Und der Käse zerfließt, und die Milch muß nicht gekühlt werden«, sagte Rada.

»Du hast recht. Wir sind nicht auf Kapoon.« Ich war mir jetzt wieder ganz sicher.

Die Lemstocks bestellten zwei weitere Dutzend Venusmuscheln und ein Omelett aus zwölf Eiern (die Spezialität des Little Fox Inn), dazu einen halben Laib Käse und einen ganzen Korb mit Crackers. Mittlerweile hatten sie so viel in sich hineingestopft, daß die ganze Bevölkerung von Kalkutta ein üppiges Fest mit all den Nahrungsmitteln hätte feiern können.

»Vielleicht werden sie morgen in den Weltraum geschickt, und das ist ihre letzte richtige Mahlzeit für die nächsten zehn Jahre«, meinte Rada.

Die Lemstocks wählten einen halben Schokoladenkuchen und eine Schüssel Pudding als Dessert.

Ich trank einen Schluck Wasser. »Sie haben doch viel zuviel Gewicht für den Start.«

»Vielleicht essen sie ja nur einmal im Jahr«, sagte Rada. »Das wäre doch möglich. Weißt du, vielleicht ist das ja die genetische Reaktion auf eine Nahrungsmittelknappheit.«

»Gütiger Himmel«, stöhnte ich auf, »jetzt bestellen sie sich auch noch Eis.«

»Wahrscheinlich handelt es sich doch nicht um Nahrungsmittelknappheit«, sagte Rada. »Denn wenn es eine gegeben hat, dann haben sie sie vermutlich selbst verursacht.«

Schließlich verlangte Arnie die Rechnung und Gertrude fünf Plastikbeutel für die Reste.

»Ich halte das nicht mehr aus«, stöhnte Rada. »Ich muß fragen.« Er schob seinen nur halb verzehrten Käsetoast weg und ging hinüber zum Tisch der Lemstocks. Er lächelte. Er nickte. Er deutete zu mir herüber. Die Lemstocks lächelten und nickten ebenfalls. Sie winkten mir zu.

»Und?« fragte ich, als er wieder zu mir zurückkehrte. »Was haben sie gesagt?«

»Er hat gesagt, sein Arbeitgeber hat ihm und seiner Frau ein Essen spendiert, weil er schon seit zwanzig Jahren für ihn arbeitet.«

Ich fragte: »Wie bitte?«

Rada zuckte mit den Achseln. »Er hat gesagt, sein Chef hat keinen Höchstbetrag genannt, er und seine Frau sollten soviel essen, wie sie wollten.« Wir folgten den Lemstocks mit den Augen, als sie langsam das Restaurant durchquerten, die Arme voll mit Restebeuteln. Rada seufzte. »Also haben sie das auch getan.«

Der Mensch hat eine höchst eigenwillige Vorstellung davon, was Spaß macht.

Spaß

Es gibt kein Geschöpf im Universum, das keinen Spaß haben möchte. Aber nur wenige sind so verbissen auf Spaß aus wie der Mensch. Menschen lieben Spaß. Wenn sie Spaß haben, fühlen sie sich gut; und wenn sie sich gut fühlen, glauben sie, daß alles in Ordnung ist. Das einzige, worauf Menschen mehr Zeit und Geld verwenden, ist der Aufbau von Armeen.

Die Frage ist: Sind Sie als Außerirdischer in der Lage, menschlichen Spaß zu erkennen, wenn Sie ihm begegnen, oder halten Sie ihn für etwas anderes (zum Beispiel für einen Mann in Unterhose, der mit einem Lampenschirm auf dem Kopf zu den neuesten Schlagern tanzt)? Um Ihr Urteilsvermögen in dieser Hinsicht zu verbessern, haben unsere Forscher folgendes Quiz zusammengestellt. Wählen Sie bei jeder Frage die Antwort aus, die Ihrer Meinung nach ein Mensch darauf geben würde.

1. John heiratet am Samstag vormittag. Am Freitag davor feiert er mit seinen Freunden Dan, Rick, Mike und Lenny Polterabend. Sie tun das, weil:

   ☐ a. alle zusammen Johns Glück feiern wollen;
   ☐ b. die Ehe ein wichtiger Schritt zum Erwachsensein ist und deshalb gebührend gefeiert werden sollte;
   ☐ c. John, wenn er erst einmal verheiratet ist, keinen Spaß mehr haben wird;
   ☐ d. jeder Grund zum Feiern recht ist.

2. Um der Tatsache Rechnung zu tragen, daß John die Kindheit hinter sich läßt, ins Mannesalter eintritt und von nun an für eine einzige Frau sorgen, sie beschützen und mit ihr zusammen eine Familie gründen wird, machen Johns Freunde folgendes:

   ☐ a. Sie laden ihn zu einem Essen im engsten Kreis ein, wo sie dann in Erinnerungen an ihre gemeinsame Jugend schwelgen und auf sein künftiges Glück anstoßen;
   ☐ b. Sie besuchen mit ihm all jene Orte, die für John

einen besonderen nostalgischen Wert besitzen. Sie fahren an dem Haus vorbei, wo er aufwuchs; sie setzen sich zusammen auf den Schulhof, wo sie früher Ball spielten und hinter vorgehaltener Hand über den Sex tuschelten; sie gehen in das Geschäft, wo John sich zum erstenmal ohne seine Mutter Kleidung aussuchte, dorthin, wo er seine erste LP erwarb; sie besuchen gemeinsam den Friseur, wo John sich zum erstenmal den Schädel kahl rasieren ließ, und den Kiosk, wo sie immer ihre Pornoheftchen kauften. Dann laden sie – sozusagen ein symbolischer Akt der Verschmelzung von Vergangenheit und Zukunft – John zusammen mit seiner Braut zum Abendessen ein;

☐ c. Sie laden ihn in ein Striplokal ein, wo John sich vollaufen läßt und den größten Teil des Abends mit dem Versuch verbringt, der Tänzerin Fünf-Pfund-Noten in den Tanga zu stecken;

☐ d. Sie laden ihn in einen drittklassigen Nachtklub ein. Während John versucht, seinen eigenen Rekord von siebenundzwanzig Sekunden für das Trinken eines halben Liters Bier zu unterbieten, kommt eine junge Frau, die als Nonne verkleidet ist, an ihren Tisch, singt ein Lied, in dem es darum geht, daß John ins Kloster eintreten soll, und zieht zuerst sich aus und dann John die Hose herunter. Alle finden das zum Brüllen komisch, außer John, der, die Hose um die Knöchel, am Boden herumkriecht.

3. Linda und April lieben Barry Manilow.[24] Sie halten ihn für einen großartigen Sänger, für einen großartigen Menschen und für einen der Männer mit dem größten Sexappeal. Wenn sie Barry Manilow singen hören, ist das nicht nur ganz alltäglicher Spaß für sie, sondern höchstes Glück. Deshalb:

☐ a. besitzen sie jede Platte, die er je aufgenommen hat;
☐ b. besitzen sie nicht nur jede Platte, die er je aufgenommen hat, sondern spielen sie auch ständig. Linda meint: »Ich muß ihn nur singen hören, und schon bekomme ich schlagartig bessere Laune.« April meint: »Die Tatsache, daß Barry Manilow hier auf dem gleichen Planeten lebt wie ich, ist für mich eine Quelle höchster Freude«;
☐ c. warten sie während eines Schneesturms achtundvierzig Stunden lang darauf, daß Barry Manilow sein neues Album für sie signiert;
☐ d. gesellen sie sich zu fünfunddreißigtausend anderen Menschen in einem Sportstadion, wo sie auf harten Bänken sitzen oder inmitten von umgefallenen Coladosen und Bierflaschen stehen, zu weit von der Bühne entfernt, um Barry Manilow zu

[24] Ähnlich wie vieles andere auf der Erde ist auch eine Vorliebe für Barry Manilow (oder Heino) eine Frage des »persönlichen Geschmacks«. »Persönlicher Geschmack« bedeutet, daß es keinen objektiven oder auch nur einleuchtenden Grund gibt, eben diese Sache oder diesen Menschen zu mögen. Trotzdem tut man es. Der bedeutende Biologe Jala vom Planeten Yoqia meint, daß persönlicher Geschmack genetisch bedingt sein könnte. Wie sonst ließen sich Vorlieben für Standardtänze, Hüte mit Schleiern oder Wildwasserfahrten erklären?

sehen oder zu hören, obwohl sie natürlich davon ausgehen, daß es sich bei der zierlichen Gestalt am Klavier tatsächlich um ihn selbst handelt.

4. Um ihre Liebe und Hingabe an sowie ihre Hochachtung für Barry Manilow zu beweisen, tun Linda und April folgendes:

- ☐ a. Sie spenden Geld für die Wohltätigkeitsorganisation, für die auch Barry Manilow sich immer einsetzt;
- ☐ b. Sie pflanzen einen Baum in seinem Namen;
- ☐ c. Sie nennen ihre Katzen Barry und Manilow;
- ☐ d. Sie tapezieren ihre Zimmer mit Bildern von Barry Manilow und schlafen in Bettwäsche, auf der geschmackvolle Reproduktionen seines Profils zu bewundern sind.

5. Erst vor kurzem wurde eine Umfrage durchgeführt, mit deren Hilfe man herausfinden wollte, was tausend Durchschnittsmenschen in ihrer Freizeit am liebsten tun. Die Mehrheit:

- ☐ a. verbrachte ihre Zeit am liebsten mit der Familie;
- ☐ b. half am liebsten anderen;
- ☐ c. ging am liebsten einkaufen;
- ☐ d. wußte nicht, was sie in der Freizeit am liebsten tat.

6. Brittany und Lloyd sparen seit zehn Jahren, um sich endlich einmal einen wunderbaren, unvergeßlichen Traumurlaub zusammen leisten zu können. Sie haben gespart, wo es nur ging, sind am Samstagabend nicht

in die Kneipe gegangen und am Sonntagmittag nicht zum Essen, nur um sich diesen Urlaub ihres Lebens leisten zu können. »Spaß«, sagt Lloyd zu Brittany, »Schatz, das Wort wird eine völlig neue Dimension für uns bekommen.« Wie sieht die Neudefinition des Wortes »Spaß« für Lloyd und Brittany aus?

☐ a. Sie bauen ein Schiff, mit dem sie eine romantische, abenteuerliche Reise um die Welt unternehmen, die zwei Jahre dauert.

☐ b. Sie wandern mit dem Rucksack durch den Himalaja. Sie besuchen Tibet. In Nepal reiten sie auf Kamelen und in Indien auf Elefanten. Sie segeln auf einer Dschunke über das Chinesische Meer. Sie lieben sich am mondbeschienenen Strand von Bali. Zusammen zählen sie die Sterne über Thailand. Am Ende ihrer achtundzwanzig Monate währenden Reise kehren sie mit einem neuen Verständnis von Frieden, Harmonie und unaussprechlicher Freude nach Bognor Regis zurück.

☐ c. Sie fahren nach Hawaii. Sie kommen im besten Hotel am Platze unter und trinken unzählige Cocktails mit exotischen Namen, die alle in Kokosnußschalen und mit kleinen Papierschirmchen serviert werden. Brittany bringt drei Dutzend Plastikgirlanden als Souvenirs für ihre Freundinnen mit nach Hause, und Lloyd macht dreitausendsechshundert Fotos von ihrem Urlaub, von denen nur sechsunddreißig nicht überbelichtet sind (diese sechsunddreißig, die von Fremden aufgenommen wurden, zeigen Brittany und Lloyd mit Hawaiihemden und Papiergirlanden um den Hals).

☐ d. Sie machen eine Pauschalreise durch Europa. Zusammen mit einhundertfünfzig anderen unerschrockenen Touristen und ihren Kameras, Strohhüten und Namensschildern verbringen sie vierzehn Tage in einem Bus und dreizehn Nächte in engen Hotelzimmern, die alle gleich aussehen. Als sie nach Hause zurückkommen, fragt ihr Nachbar Charley sie, ob sie auch in Sevilla gewesen sind. Lloyd holt die Liste mit den Reisezielen heraus, um nachzusehen.

7. Stu und Ellen sind bei Dick und Suzette zum Abendessen eingeladen. Nach dem Essen schlägt Dick vor, Trivial Pursuit zu spielen. »O ja, das wird sicher lustig«, sagen die anderen. »Wir lieben Brettspiele.« Also spielen Stu, Ellen, Dick und Suzette Trivial Pursuit. Sie:

☐ a. haben Spaß;
☐ b. lernen eine Menge über Geographie, Pferderennen und Fernsehshows aus den sechziger Jahren. Alle sind überrascht, wieviel Stu über den japanischen Film weiß und daß Ellen sich in den Naturwissenschaften so gut auskennt; alle staunen über Dicks profunde Kenntnisse auf dem Gebiet der britischen Literatur und über Suzettes Wissen um so viele historische Schlachten;
☐ c. streiten sich darüber, wann genau *Der Fänger im Roggen* zum erstenmal erschien und wo Japan liegt. Als Folge dieser Auseinandersetzung gehen Stu und Ellen früher nach Hause, und Suzette verbannt Dick, dem sie die Schuld für den verpatzten Abend gibt, auf die Couch;
☐ d. streiten sich, als Suzette sich weigert, weiterzu-

spielen, weil Dick immer so herablassend ist. Außerdem bezeichnet Stu, erzürnt darüber, daß Ellen immer Orson Welles und George Orwell durcheinanderbringt, diese als Idiotin. Als Folge dieser Auseinandersetzung verläßt Ellen Stu und geht nun mit einem Mann, der nur wenig besser lesen kann als ein Analphabet, und Suzette wirft das Trivial-Pursuit-Spiel in die Mülltonne.

8. Die Jungs (die alle über zwanzig sind) wollen zu einem Fußballspiel ihrer Lieblingsmannschaft gegen die Italiener gehen. Ihre Frauen und Freundinnen sagen, sie seien »fußballverrückt«. Nichts macht sie glücklicher als der Fußball. Sie freuen sich schon seit Wochen auf dieses Spiel. Bereits Tage vorher sprechen sie von nichts anderem mehr. Der große Tag naht heran. Sie gehen auf den Fußballplatz und:

- ☐ a. haben Spaß;
- ☐ b. vergleichen später ein Supertor von Monihan mit einer religiösen Erfahrung;
- ☐ c. trinken vor dem Spiel so viel Bier, daß sie während der Pause einschlafen;
- ☐ d. treffen im Zug eine Gruppe von Fans der italienischen Mannschaft. Einer der italienischen Fans sagt zu einem seiner Freunde: »Weißt du noch, wie die beiden Mannschaften das letzte Mal gegeneinander gespielt haben? Wir haben die anderen förmlich vom Platz gefegt.« Das verletzt die Jungs so sehr, daß sie ihren Gefühlen freien Lauf lassen müssen. Als Folge dieser Auseinandersetzung verbringen sie den Nachmittag im Gefängnis und verpassen das Spiel.

9. Während die Jungs beim Fußballspiel sind – oder wo auch immer –, machen sich die Mädels einen schönen Nachmittag. Sie:

- ☐ a. gehen zum Essen und sehen sich einen Film an;
- ☐ b. gehen zum Essen und hinterher zu einer Dichterlesung;
- ☐ c. gehen zum Einkaufen;
- ☐ d. gehen zum Einkaufen, dann zum Friseur und hinterher noch einmal zum Einkaufen.

10. Mr. Brown freut sich schon das ganze Jahr auf seinen Urlaub. Das ganze Jahr arbeitet er fünf Tage die Woche in einem Beruf, der gleichzeitig höchst anspruchsvoll und todlangweilig ist. Er fährt mit dem Auto zur Arbeit, was bei fließendem Verkehr eineinhalb Stunden, bei stockendem drei dauert. Normalerweise stockt der Verkehr. Eigentlich müßte man sagen, daß Mr. Brown sich nicht nur auf seinen Urlaub freut, sondern sozusagen nur daraufhinlebt. Dieses Jahr hat Mr. Brown vor, zusammen mit Mrs. Brown und den drei kleinen Browns zu fahren nach:

- ☐ a. nirgendwohin. Sie bleiben zu Hause und erholen sich. Mr. Brown möchte endlich einmal wieder lesen. Mrs. Brown wird den Speicher aufräumen. Die kleinen Browns werden endlich viel Zeit mit ihrem Vater verbringen können, statt ihn nur zu sehen, wenn er müde und mürrisch ist und eigentlich nur mit einem kühlen Tuch auf der Stirn und einem Glas Gin-Tonic in der Hand auf der Couch liegen möchte. Mr. Brown und Mrs.

Brown bleiben länger als bis elf Uhr auf und lieben sich beim Mondenschein im Garten;

☐ b. nirgendwohin. Man schickt die kleinen Browns für zwei Wochen zu ihren Großeltern, und Mr. und Mrs. Brown machen noch einmal Flitterwochen. Sie quartieren sich in einem Fünf-Sterne-Hotel ein. Sie lassen sich alles aufs Zimmer bringen. Sie verbringen ihre Tage müßig am Pool. Mr. Brown bringt Mrs. Brown das Billardspielen bei, genau wie in ihren ersten Flitterwochen. Und wieder schlägt Mrs. Brown Mr. Brown dann im ersten Spiel. Sie singen und lachen und sind wieder jung und kehren erfrischt und gestärkt in den Alltag zurück;

☐ c. Sie gehen zelten. Mr. Brown meint, das Risiko, daß die Kinder den Urlaub verderben, verringere sich, wenn man sie nicht in einem Hotelzimmer einsperre. Mr. Brown erzählt jedem, der es hören möchte, daß er sich wirklich auf die Natur freut. Als Mensch, der das ganze Jahr am Schreibtisch sitzt, so sagt er, muß er hin und wieder einmal hinaus in die richtige Welt mit ihren Bäumen, dem Dreck und den Käfern. Wie sich dann herausstellt, hat sich Mrs. Brown in der Annahme getäuscht, Northumberland werde ihren Kindern als Spielplatz wohl ausreichen, und Mr. Brown hat vergessen, daß er sich nie soviel aus der Natur gemacht hat und daß die Natur auch nicht sonderlich viel für ihn übrig hat, besonders was Spinnen anbelangt;

☐ d. Sie fahren zwei Wochen lang in einen weltberühmten Vergnügungspark. Dieser Park ist so groß, daß man zwei Wochen benötigt, um ihn anzuschauen – abgesehen davon ist dort alles so teuer, daß die Browns nie wieder in Urlaub fahren können. Der Höhepunkt der Reise ist ein Gruppenbild der ganzen Familie zusammen mit Goofy.

11. Eines Tages wird Ed schlagartig klar, daß sein Leben langweilig und leer ist. »Was mache ich schon?« fragt Ed sich. Und er beantwortet seine Frage selbst: »Ich gehe zur Arbeit, ich komme heim. Ich esse zu Abend, ich sehe fern. Ich gehe ins Bett. Ich stehe auf. Ich gehe zur Arbeit. Ich komme heim. Und so weiter.« Ed bekommt Depressionen. »Aber es muß doch mehr im Leben geben«, überlegt er. »Wo sind nur Erregung und Abenteuer und Spaß geblieben?« Wo sind sie geblieben?

☐ a. In Kunst und Literatur und Musik. Ed beginnt, mehr zu lesen, Museen zu besuchen und Konzerte. Dann fängt er an, selbst zu schreiben. Er nimmt Oboestunden. Er kauft sich einen Kasten mit Aquarellfarben. Er wird ein völlig neuer Mensch. Statt wie ein Schlafwandler durchs Leben zu gehen, verweilt er und sieht alles mit anderen Augen. Schon ein Sonnenuntergang kann ihn entzücken, schon ein amüsantes Gespräch ihn zutiefst bewegen. Ed erkennt, daß das Leben nicht langweilig ist, sondern nur die Menschen.

☐ b. In der Wissenschaft. Er entdeckt sein Interesse für Biologie und Botanik. Ein ganzes wunderbares Universum steckt im winzigsten Frosch oder im kleinsten Blütenblatt. Er beginnt, darüber nachzudenken, wie die Dinge funktionieren und warum. Er fängt an, all die Dinge in Frage zu stellen, die er immer für selbstverständlich gehalten hat: Geburt, Tod, Gras, Bäume, Sterne, die Sonne, den guten alten Mond. Ed wird ein völlig neuer Mensch. Ein Mensch, für den nichts uninteressant oder seiner Aufmerksamkeit unwürdig ist.

☐ c. In der Körperertüchtigung. Ed kauft sich eine Laufhose aus Satin, ein Schweißband aus Frottee und ein teures Paar Laufschuhe mit eingebautem Kilometerzähler und Geschwindigkeitsmesser. Ed wird ein völlig neuer Mensch. Er erleidet einen leichten Herzanfall. Dieser Herzanfall läßt ihn erkennen, wieviel wichtiger ihm das Leben ist als der Tod, auch wenn das Leben noch so langweilig sein sollte.

☐ d. In Partys. Ed fängt an, die ganze Zeit auszugehen. Er besucht jede Party, zu der er eingeladen ist. Nach dem Abendessen eilt er sofort in die Kneipe. Er lädt seine Freunde zu allen erdenklichen Festtagen ein, bis hin zu dem Tag, an dem sein Wagen durch den TÜV gekommen ist. Natürlich erinnert er sich hinterher nicht mehr an allzu vieles, aber er weiß, daß er Spaß hat, weil er ständig mit einem Kater herumläuft und viel Zeit auf der Toilette verbringt.

12. Rasputin Elder ist einer der berühmtesten Fotoreporter der Erde. Er gewinnt eine Auszeichnung nach der anderen. Er hat nur soviel Erfolg, sagt er, weil er seine Arbeit liebt. Er liebt sie wirklich. Doch von all den interessanten, aufregenden und vergnüglichen Aufträgen in seinem Leben hat ihm der folgende am meisten Spaß gemacht:

- ☐ a. der Fotoessay über Mutter Teresa;
- ☐ b. Gorillas in Afrika zu fotografieren;
- ☐ c. den Krieg in Nicaragua zu fotografieren;
- ☐ d. den Krieg in Vietnam zu fotografieren. Vietnam war ihm lieber als Nicaragua, weil er in Vietnam verwundet wurde, den Krieg in Nicaragua jedoch unbeschadet überstand. Rasputin sagt, es gebe nichts Aufregenderes als einen Krieg, besonders wenn man darin fast umkommt. Denn nirgends sonst fühle man sich so lebendig.

Welche Antworten haben Sie denn gewählt? Wissen Sie, was Menschen darunter verstehen, Spaß zu haben, oder halten sie noch immer an der Vorstellung der Außerirdischen fest, Vergnügen sei eine Kombination aus Nützlichkeit, Freude und Aufregung?

Geben Sie sich einen Punkt für jedes gewählte a., zwei für jedes b., drei für jedes c. und vier für jedes d.

Wenn Sie auf zwölf bis vierundzwanzig Punkte gekommen sind, haben Sie zu viele Situationskomödien gesehen. Obwohl Ihre Antworten sich auf das gründen, was die Menschen als Logik betrachten, schaffen Sie doch jenen wichtigen Schritt vom Idealen zum Realen nicht.

Wenn Sie zwischen dreißig und sechsunddreißig Punkte erreicht haben, sind Sie gerade dabei, den Menschen verstehen zu lernen und mit ihm auch die Feinheiten seines Herzens und Geistes.

Eine Punktzahl zwischen siebenunddreißig und zweiundvierzig weist darauf hin, daß Sie sich allmählich zum Kenner menschlichen Verhaltens entwickeln.

Wenn Sie jedoch zwischen dreiundvierzig und achtundvierzig Punkte erzielt haben, sollten Sie sich ein wenig Ruhe gönnen. Die Amerikaner verstehen darunter zwei Wochen Wein,

Weib und Drogen. Ihnen täten vermutlich ein paar Tage in einer Höhle zusammen mit einem buddhistischen Mönch wohler.

Aggression

Die Menschen scherzen untereinander gern, daß es auf der Erde durchaus Leute gebe, die von Natur aus aggressiv seien. So gelten beispielsweise kleine Menschen als aggressiv. Oder Menschen aus kalten Ländern. Dazu kommen Busfahrer, Steuerprüfer, alte Frauen in Warteschlangen, Söldner, Manager, Fußballfans, Jugendliche aus sozial schwachen Familien, Inhaber von Reinigungen und kleinen Lebensmittelgeschäften, Kellner und so weiter. Aber wie gesagt, das ist natürlich nur als Scherz gedacht.

Denn die Menschen glauben, daß Gewalt und Brutalität genausowenig zu ihrem Dasein passen wie die Steinschleuder oder der Speer. Als Angehörige einer ihrer Meinung nach höheren Lebensform glauben sie, gelernt zu haben, wie man seine animalischeren Gefühle und Triebe im Zaum hält. Sie sind, so glauben sie jedenfalls, nicht mehr länger ihren Ängsten und Instinkten unterworfen. Schließlich schreiben wir fast schon das Jahr zweitausend. Sie haben nichts mehr mit Attilas Hunnenhorden zu tun. Sie haben statt dessen Therapeuten, Selbsthilfegruppen und -bücher sowie Rebirthing-Kliniken. Vergewaltigung, Plünderung und nackte Aggression sind out.

Aber auch in dieser Hinsicht täuschen sich die Menschen.

Jeder, der schon einmal Weihnachtseinkäufe getätigt hat, weiß, daß ein Hunne, der sich unversehens am 24. Dezember auf einer Straße im zwanzigsten Jahrhundert wiederfände, liebend gern wieder in seine eigene Zeit zurückkehren würde.

Die Lichter glitzern, in der Luft liegen Weihnachtslieder und der

Duft von heißen Maroni, und in den Geschäften wird überall für Frieden und Verständnis auf der Welt geworben.
Unser ahnungsloser Barbar, dessen Halskette mit den menschlichen Knochen sich sanft im Winterwind wiegt, marschiert die Straße hinunter. Verschmiert mit Schmutz, Blut und Schafsfett, wie unser Hunne nun einmal ist, sieht er ziemlich wild und furchterregend aus. Aber kann er mit den Einkäufern rund um ihn herum mithalten? Sie haben den Mantelkragen hochgeschlagen, den Hut tief ins Gesicht gezogen, ihre Erwerbungen wie Schilde gegen den Leib gepreßt und schwärmen über die Gehsteige, die Gesichter wild entschlossen, der Blick hart und leer. Sie nehmen keine Rücksicht auf die Schwachen, die Alten oder die Jungen. Sie schauen weder nach rechts noch nach links, sondern mähen alles nieder, was sich ihnen in den Weg stellt.
Normalerweise müßte sich unser Barbar hier eigentlich ganz zu Hause fühlen. Aber er hat Angst. Er wünscht sich, daß sein Hauswolf oder seine Mutter bei ihm wären. Während er ziemlich erfolglos versucht, sich einen Weg durch die Menge zu bahnen, sieht unser Hunne sich die Gesichter an, die ihn umgeben, und plötzlich merkt er, daß hier etwas nicht stimmt. Diese Leute kämpfen nicht ums Überleben. Diese Leute schreiben keine europäische Geschichte. Diese Leute kaufen ein!
»Da soll mich doch gleich ein Faustkeil treffen«, murmelt unser Barbar, sich der Gefährlichkeit dieser Vorstellung nicht bewußt. »Bin ich froh, daß Attila nicht hier ist, um das zu sehen. Killeromas und kaltblütige Hausfrauen. Das würde seinem Selbstvertrauen ganz schön schaden.«
Er ist völlig zu Recht nervös.
Schon nach fünf Minuten (die er braucht, um die drei Meter bis zur nächsten Straßenecke vorzudringen) hat ihm ein als Weihnachtsmann verkleideter Taschendieb Knüppel, Messer und

Feuerstein entwendet. Einer Auseinandersetzung zwischen zwei Kaufwütigen um ein Taxi entgeht er nur, weil er sich von einer Gruppe junger Männer umrennen läßt, die Bier trinken und »O Tannenbaum« singen.

Unser Barbar hat in seinem Leben schon ein paar Städte geschleift, also ist ihm die Mentalität der Masse nicht fremd, aber als er endlich an der Straßenecke anlangt, ist er doch ein wenig mitgenommen. Er hat nicht nur Fußabdrücke auf dem Rücken und Ohrensausen von dem Schlag, den er abbekommen hat, als er den Kandidaten für das Taxi zu nahe gekommen ist, nein, er ist auch zweimal auf die Straße gestoßen und viermal gegen einen Laternenpfahl gedrückt worden, man hat ihm mindestens dreizehnmal auf die Zehen getreten und sechsmal mit Geschenkpapierrollen auf den Kopf gehauen. Außerdem hat man ihn mit Beschimpfungen bedacht, die selbst einen Attila erröten ließen.

Da unser Barbar keinem hochentwickelten Kulturkreis angehört, sondern einer Invasionstruppe, entschuldigt er sich nicht, wenn man ihn herumstößt oder auf ihm herumtrampelt, sondern knurrt böse. Er würde mit seinem Messer drohen, aber das hat man ihm gestohlen, also schüttelt er statt dessen die Faust.

Eine Frau mit einem Buggy fährt ihn um. Ihr Kind schleudert ihm eine Flasche mit Fruchtsaft entgegen. Unser Barbar rappelt sich wieder hoch, um festzustellen, wieviel er abbekommen hat. Drei Leute, alle offenen Auges, rempeln ihn an.

Er beschließt, Deckung zu suchen.

Immer noch knurrend, wenn auch ein wenig leiser, versucht er, in das erste große Kaufhaus zu stürmen, das er sieht. Doch das Stürmen von Zitadellen ist auch nicht mehr das, was es einmal war.

Er benötigt vier Anläufe, um in das Kaufhaus zu gelangen. Das erste Mal wird er von Kaufwütigen mit starrem Blick zurückgedrängt. Das zweite Mal schlägt ihm eine nette alte Dame die Tür vor der Nase zu. Das dritte Mal hindert ihn ein kichernder Teenagerschwarm. Das vierte Mal durchbricht er das Glas. Das fällt niemandem auf. Mehrere Leute folgen ihm nach. Erst als er sich inmitten einer Horde von Kauflustigen eingezwängt und gegen ein Schaufenster mit witzigen Boxershorts gedrängt sieht, versteht er das alte Hunnensprichwort, in dem die Rede davon ist, den Löffel abzugeben.

Unser Barbar beginnt zu begreifen – nicht, warum der Vogel im Käfig singt, sondern warum er mit den Flügeln gegen die Gitterstäbe schlägt. Die Klaustrophobie ist etwas völlig Neues für jemanden aus dem fünften nachchristlichen Jahrhundert, genau, wie sie es auch für den Außerirdischen ist, aber schon bald versteht er, was dahintersteckt.

Die Menge beschließt, sich von den witzigen Boxershorts zu den Haushaltswaren fortzubewegen.

Unser Barbar – dem nicht viel anderes übrigbleibt –, bewegt sich mit. Da er nicht mit Rolltreppen vertraut ist, verfängt sich sein Stiefel in dem Mechanismus, so daß er nicht von der Rolltreppe herunterkommt. Aber das macht fast nichts, denn es fällt keinem auf. Achtundfünfzig Kaufwütige trampeln über seinen hingestreckten Körper.

Nun sehnt sich unser Hunne endgültig wieder in eine Zeit zurück, in der die Menschen nur mit blutigen Speeren aufeinander losgingen, um sich gegenseitig umzubringen.

Ego

Das Ego ermöglicht es dem Menschen, einer der unwesentlicheren Lebensformen im Universum, zu glauben, daß nicht nur Gott sich etwas daraus macht, was er tut,[25] sondern auch alle anderen Wesen im Kosmos.

Megoyd vom Planeten Q8

Nach meinem Erlebnis in Venice, Oregon, hatte ich große Sehnsucht, in die Meteoritenschwärme und metaxischen Feldaberrationen des Q8 zurückzukehren. Ich hatte keinerlei Be-

[25] Dem Menschen ist es noch nie in den Sinn gekommen, daß Gott ihn schon vor langer Zeit aufgegeben haben könnte. Und wer nähme ihm das schon übel? Gott gab dem Menschen die Gebote, und der Mensch hatte nichts Besseres zu tun, als sich sofort über jedes einzelne davon hinwegzusetzen. Gott hatte ihm gesagt, er solle nicht töten, und schon begann er, im Namen Gottes zu töten. Auf die Anweisung, keine falschen Götter zu ehren, reagierte er mit der Verehrung des Geldes, der Macht und des Nationalismus und schließlich noch mit der Verehrung von Filmstars, Rock'-n'-Roll-Sängern und Psychoanalytikern. Es hieß, er solle Vater und Mutter ehren, und schon kam er auf die Idee, Altenheime einzurichten. Es wurde ihm die Aufgabe übertragen, sich um einen hübschen kleinen Planeten mit einigen sehr attraktiven niederen Lebensformen zu kümmern, und bereits nach kurzer Zeit machte er sich daran, ihn systematisch zu zerstören. Er verarbeitete die Felle der größeren Säugetiere zu Vorlegern, machte Schirmständer aus Elefantenfüßen, Schmuckgegenstände aus ihren Stoßzähnen, verkochte den Wal zu Lebertran, begradigte Berge und Flüsse, baute Straßen durch die Wälder, vergiftete die Ozeane, verwandelte das Blau des Himmels in Grau und Gelb. Die Natur bot ihm eine bemerkenswerte Auswahl von verschiedenen Obst- und Gemüsesorten, aber er erfand den Käse aus der Dose. Der einzige Beweis dafür, daß Gott im Verlauf der letzten zweitausend Jahre irgendein Interesse am Menschen gezeigt hat, ist Jesus Christus, und den nagelte der Mensch ans Kreuz, so schnell es nur ging.

dürfnis mehr, die Oxford Street zu besuchen, Baseballmütze hin oder her, und ich wollte nichts mehr mit diesem Planeten zu tun haben, ganz gleich, an welchem Ort und zu welcher Zeit. Nach meinen Erfahrungen im neunzehnten und zwanzigsten Jahrhundert wollte ich es nicht riskieren, ins Mittelalter, in einen der Kreuzzüge oder in die Zeit des Holocaust zu geraten. Aber ich hatte eine Mission zu erfüllen, also blieb mir keine Wahl. Mein persönliches Transportsystem spielte noch immer verrückt, so daß ich, kaum hatte ich die letzten Federn von meinen Shorts gezupft, im Bus neben Mrs. Miller saß. Mrs. Miller begann sofort, mir ihre Lebensgeschichte zu erzählen. Sie verlief ziemlich normal bis zum Jahr 1989, als offenbar kleine, silberfarbene Wesen mit großen Köpfen, großen Augen und langen, feingliedrigen Händen im Garten hinter ihrem Haus landeten und dort großen Schaden in ihren Geranienbeeten anrichteten.

Ich bin schon viel in den Galaxien des Universums unterwegs gewesen, aber ich habe noch nie ein Wesen gesehen, auf das Mrs. Millers Beschreibung gepaßt hätte. Auch das Raumschiff, von dem sie mir erzählte, schien ziemlich veraltet zu sein. »Wie faszinierend«, sagte ich. »Und von welchem Planeten stammten diese Wesen?«

»Ach, ich habe ein ganz schlechtes Namensgedächtnis«, erwiderte Mrs. Miller, »aber ich glaube, es war irgend etwas mit P oder vielleicht auch X.«

Ich nickte gedankenverloren. »Ich verstehe. Mit einem P oder einem X. Und warum, sagten Sie, seien sie gekommen?«

»Um uns zu warnen«, antwortete Mrs. Miller in einem Tonfall, der implizierte, daß ich das doch eigentlich hätte wissen müssen.

»Um uns zu warnen?« fragte ich und versuchte, nicht allzu erstaunt zu klingen. »Uns wovor zu warnen?«

»Davor, daß wir den Planeten zerstören«, erklärte Mrs. Miller. »Das war ihre Botschaft. Sie haben gesagt, wenn wir nicht aufhörten, Giftmüll in die Ozeane zu kippen, die Regenwälder abzuholzen

und Pflanzen- und Tierarten auszulöschen, wird bald nichts mehr übrig sein.«

»Sie haben Raum und Zeit überwunden und die unsäglichen Schrecken des Universums bezwungen, um uns das zu sagen?«

Mrs. Miller nickte. »Genau.«

Ich wußte, daß es höchste Zeit war, sie wieder auf das Thema mit ihrer Nachbarin und den zehn Katzen zurückzubringen, aber ich konnte nicht von der Sache mit den Außerirdischen lassen. »Und Sie halten das nicht für ein bißchen merkwürdig?« erkundigte ich mich.

»Merkwürdig?« fragte Mrs. Miller und sah mich an, als sei ich merkwürdig. »Was soll daran so merkwürdig sein?«

»Tja«, gab ich zu bedenken, »schließlich ist das eine ziemlich weite Reise, nur um uns etwas zu sagen, was wir ohnehin schon wissen.«

»Sie machen sich eben Gedanken um uns«, war Mrs. Millers einfacher Kommentar.

Die unausgesprochene – und in Mrs. Millers Fall nicht einmal gedachte – Frage »Aber warum?« schwebte im Raum.

»Aber warum?« hätte ich sie am liebsten angebrüllt. »Warum sollten sich Lebewesen aus einem anderen Sonnensystem Gedanken über den Menschen machen? Glauben Sie denn, die Leute sind so versessen auf McDonald's? Meinen Sie, ihr Leben ist unausgefüllt, weil sie kein Müsli mit Ninja-Turtle-Figuren oder keine pinkfarbenen Sonnenbrillen haben?«

Ich hätte gern zu ihr gesagt: »Gute Frau, ihr deponiert euren Müll doch schon im Weltraum. Glauben Sie, es gibt auch nur eine höhere Lebensform, die sich nicht über folgendes im klaren ist: Wenn man euch Menschen läßt, dann macht ihr auch noch im All Werbung für Erfrischungsgetränke und Autos. Oder baut in der ganzen Milchstraße Fast-Food-Restaurants. Oder besiedelt Minata und C22 genauso, wie ihr Afrika und Nordamerika besiedelt habt: ›Wir bieten euch fünf Pfund, eine Flasche Whisky und die Pocken, wenn ihr uns die Ausbeutungsrechte an euren Bodenschätzen überlaßt.‹«

Andere Lebensformen beneiden den Menschen um seinen Geist und seine Phantasie.

»Tatsächlich?« preßte ich schließlich hervor.
Wieder nickte Mrs. Miller. »Ja«, wiederholte sie, »sie machen sich Gedanken.« Sie legte ihr Strickzeug zusammen. »Ich habe fast das Gefühl«, meinte Mrs. Miller dann, »daß sie uns trotz ihrer überlegenen Technologie und ihrer besonderen Fähigkeiten beneiden.«
Draußen vor dem Fenster stolperten ein paar lärmende junge Männer mit Baseballmützen und T-Shirts mit einer Palme und der Aufschrift »Ibiza« an uns vorbei.
»Sie beneiden uns?« fragte ich.
»Ja«, antwortete Mrs. Miller. »Sie beneiden uns um unseren Geist und um unsere Phantasie. Wissen Sie, so etwas haben die anderen Lebensformen nicht.«

Über uns glitt ein Flugzeug dahin, das ein Transparent mit der Aufschrift »Gott sieht alles« hinter sich herzog.
Darauf fiel mir keine rechte Antwort mehr ein.
»Ja«, sagte ich nur. »Ich verstehe.«

Angst

Viele angesehene Verhaltensforscher, Soziologen und Anthropologen glauben, daß die Hauptantriebskraft des Menschen die Gier sei. Bekommt er einen Kartoffelchip, möchte er zwei. Gibt man ihm zwei, reißt er einem die ganze Tüte aus der Hand. Versucht man, die Tüte wiederzubekommen, verprügelt er einen und nennt das dann Notwehr. »Werfen Sie doch nur einen Blick auf die Geschichte des Menschen«, fordern die Wissenschaftler uns auf. »Es gibt kein einziges Ereignis, sei es auch noch so klein oder unwürdig, aus dem nicht irgend jemand Profit geschlagen hat. Und seit Adam und Eva damals nicht mit Birnen, Pflaumen, Orangen, Kumquats und Mangos zufrieden waren und unbedingt auch noch Äpfel wollten, kennzeichnet die Gier das Verhältnis des Menschen zu allen anderen Lebensformen auf diesem Planeten. Nur der Mensch würde Freundschaft mit jemandem schließen, ihm zu essen geben, ihn wärmen und ihm dann Pfeffer in die Augen streuen und die Umwelt so sehr vergiften, daß die Krebsraten ins Astronomische steigen.«
Das stimmt alles. Und trotzdem hat nicht die Gier den Verlauf der Menschheitsgeschichte bestimmt.
»Nein?«
Nein.
»Was dann?«
Die Angst.
Natürlich hat jedes Wesen im Universum vor irgend etwas Angst. Manche haben Angst vor schwarzen Löchern, manche

vor der Unendlichkeit. Manche kommen ungern mit Wasser in Berührung oder mögen keine Urgonen berühren. Die meisten werden ein wenig nervös, wenn ein zwei Tonnen schwerer Pp sich auf sie stürzt. Hunger, Schmerz, ein Buchhaltertreffen in Chelmsford, eine Wagner-Aufführung der Grundschule von East Ealing – all das sind Dinge, die auch noch dem Hartgesottensten den Angstschweiß auf die Stirn treiben, aber die Ängste des Menschen sind einfacher zu beschreiben.

Der Mensch hat Angst vor allem. Er hat Angst davor, zuviel zuzunehmen, eine Glatze zu bekommen oder alt zu werden, aber am meisten Angst hat er vor dem Alleinsein.

Wegen dieser Angst vor dem Alleinsein versucht der Mensch immer wieder, andere Tiere – Katzen, Hunde, Vögel, Frettchen, Schlangen und ähnliches – zu domestizieren und sich selbst ähnlich zu machen. Er gibt ihnen Namen wie Patsy, Bob oder Rufus Blue III. Er bringt ihnen das Sprechen bei, und wenn sie nicht sprechen können, dann spricht er für sie.

»Möchte Rufus Blue III. vielleicht ein Stückchen Käse?« fragt er. Rufus Blue, einer der fettesten und faulsten Beagles, die der Kosmos je gesehen hat, schaut ihn an, ohne den Kopf zu heben. Er atmet keuchend. »Ja, Dad«, sagt der Mensch dann in einer quäkenden Babystimme, die Rufus Blue seiner Meinung nach am angemessensten ist. »Ja, ich hätte gern ein Stück Käse. Am liebsten ein ganz großes.«

Er zieht ihnen Stiefel und Regenmäntel und Trainingsanzüge an. Er setzt ihnen zu Weihnachten Rentiergeweihe aus Schaumstoff und Nikolausmützen auf. Er läßt sie von seinem eigenen Teller fressen und in seinem Bett schlafen. Er erfindet Diätnahrung für Hunde und kulinarische Leckerbissen für Katzen. Er bringt seinem Hund bei, die Leine bei Spaziergängen selbst zu tragen, und der Katze, den Kühlschrank zu öffnen. »Schau doch nur«, sagt er, »wie Hanky Poo fernsieht. Fast wie ein Mensch.«

Doch kein anderes Tier auf der Erde ist wie der Mensch. Bären

Der Mensch liebt seine Haustiere.

holzen keine Wälder ab. Waschbären stellen keine Mäntel aus Chinchillas her. Zebras legen keine anderen Zebras in Ketten. Hunde fahren nicht Auto. Löwen halten sich keine Fruchtfliegen als Haustiere. Hamster bauen keine Ketten mit Fast-Food-Restaurants auf. Katzen verkaufen den Todeskommandos in Guatemala keine Waffen.

Aber solche Details interessieren den Menschen nicht. Der Mensch vermenschlicht alles von der Ratte bis zur Kröte, weil er den Gedanken nicht erträgt, ganz allein auf diesem winzigen Planeten durch das All zu sausen und als einziges Wesen in der Lage zu sein, die eine Frage zu stellen, auf die es keine Antwort gibt.[26]

Diese Angst vor dem Alleinsein macht auch die Werbung zu einem so wichtigen Faktor im Leben des Menschen, denn die Werbung kann nur bei Wesen funktionieren, die dazugehören und die Bestätigung aller anderen erfahren wollen. Wesen, die

[26] Diese eine Frage lautet: »Was tue ich eigentlich hier?«

ihren eigenen Weg gehen, so riechen, wie sie eben riechen, sich damit begnügen, ein weißes Telefon ihr eigen zu nennen, wenn alle anderen ein blaues haben, oder ganz normale Slippers tragen, wenn alle anderen Turnschuhe mit Neonschnürsenkeln anhaben, fühlen sich mit Sicherheit auch nicht dem Zwang unterworfen, dieselbe Zahnpasta wie alle anderen zu kaufen.

Die Angst vor dem Alleinsein erzeugt auch die Vorliebe des Menschen für den Lärm. Die Stille treibt ihn zum Wahnsinn. Er kann nachdenken, wenn es um ihn herum still ist – über sein Verhältnis zu seiner Mutter, darüber, daß er krank ist, eine Glatze bekommt, ein neues Auto braucht, die Beförderung, die ihm eigentlich zusteht, nie bekommen wird, dicker wird. Und sobald er damit anfängt, führt natürlich die eine Sorge zur nächsten. Er beginnt mit der Überlegung, ob der blaue Fleck an seinem Knie wohl von seinen Tanzversuchen stammt oder auf eine chronische Erkrankung hinweist, und landet irgendwann einmal bei der Frage, was Gott ihm eines Tages alles vorwerfen wird. Konzentrationslager? Die Sklaverei? Kriege? Das CIA? Das Aussterben der Delphine? Daß er Büroklammern und Farbbänder für die Schreibmaschine aus dem Büro mitgehen läßt?

Also erfand der Mensch die lauten Städte. Laute Klubs. Laute Kneipen. Fernsehen. Radio. Walkman und Stereoanlage. Berieselungsmusik. Wer macht sich schon über den Tod Gedanken, wenn vierzig Violinen und ein Cello »Raindrops Keep Falling on My Head« spielen?

Die Angst vor dem Alleinsein ist auch der Grund dafür, daß der Mensch an die Invasion durch Außerirdische glaubt. Wenn er daran glauben kann, daß andere Lebewesen ihn für wichtig genug erachten, seine Städte erobern zu wollen oder ihn vor den Gefahren der Luftvergiftung warnen zu müssen, hat er kein so ungutes Gefühl mehr bezüglich seiner Reise durch das All, und es macht ihm auch nicht mehr so viel aus, daß er keine Ahnung hat, was der Sinn und Zweck seines Daseins ist.

Noch mehr Ängste

Ähnlich, wie der Tod mit der Beulenpest einherging, geht auch die Angst davor, vergessen zu werden, mit der Angst vor dem Alleinsein einher. Diese Angst vor dem Vergessenwerden ist eine weitere Hauptantriebskraft des Menschen. Der Mensch verwendet unglaubliche Energien darauf, sich selbst von seiner Wichtigkeit zu überzeugen, weil er tief in seinem Inneren fürchtet, genau das Gegenteil könne der Fall sein. »Der Mensch?« fragen die Tiere, wenn die Nacht hereinbricht und sie eine Weile ihre Ruhe haben. »Wer ist denn das?«

Und natürlich möchte der Mensch, daß insbesondere Gott ihn nicht vergißt. Denn dann wäre er wirklich allein. Der Mensch – vom primitivsten, der Tiere opferte und der Sonne Schalen mit Getreide als Gaben darbrachte, bis zum zivilisiertesten, der Flugzeuge abschießt und Städte dem Erdboden gleichmacht – hat schon immer versucht, die Aufmerksamkeit Gottes auf sich zu ziehen. »Ich bin hier!« kreischt er immer wieder. »Hier, zwischen Venus und Mars. Du erinnerst dich doch noch an mich, oder? Du siehst doch, wieviel ich für dich tue, oder?« Und immer wieder redet er sich ein, daß Gott nicht hinter den Wolken hervorlugt und fragt: »Wer ist denn das?«

Sex

Auch der Sex gehört zu den Dingen, die der Mensch nie so recht verstanden hat.

Auf der Erde hat der Sex eine biologische Funktion, die der Erhaltung des Lebens dienen soll. Doch der Schöpfer war sich sehr wohl bewußt, worauf er sich da einließ. Etwas so Lebenswichtiges konnte man nicht der Kontrolle des Menschen überlassen.

Stellen Sie sich einmal vor, was passiert wäre, wenn der Sex nicht nur weniger angenehm als das Essen wäre, sondern auch noch dem freien Willen des Menschen unterliegen würde … Äonen sind vergangen. Die menschliche Spezies stirbt aus. Niemand macht sich die Mühe. Später, heißt es. Morgen vielleicht. Im Moment habe ich etwas anderes zu tun. Ein Mann und eine Frau – sie gehören zu den letzten Überlebenden – sitzen eines Abends beieinander und betrachten den Mond und den Sternenhimmel.

»Was sollen wir jetzt machen?« fragt die Frau.

Der Mann zuckt mit den Achseln. »Weiß nicht«, antwortet er. »Wir könnten drachenfliegen oder jagen oder wildwasserfahren.«

»Das ist mir alles ein bißchen zu gefährlich«, meint die Frau und streckt sich neben ihm aus.

»Aber es macht Spaß«, widerspricht er.

Sie sieht ihn mit kokettem Blick an und lehnt den Kopf an seine Schulter. »Was könnten wir denn sonst noch tun?«

Er denkt nach. »Na ja, vielleicht könnten wir uns sinnlos betrinken«, schlägt er schließlich vor: »Das würde mir gefallen.«

Die Frau schmiegt sich ein wenig enger an ihn. »Aber Trinken ist schlecht für den Körper«, flüstert sie. »Es muß doch noch etwas anderes geben, was wir tun können. Etwas Schönes.«

»Drogen?« fragt der Mann.

»Nein, nicht Drogen«, antwortet die Frau. »Drogen sind genauso schlecht wie Alkohol. Da wird das Gehirn träge, und man erzählt immer die gleichen Geschichten. Was könnten wir denn tun? Ich meine, etwas, das gut für den Körper und für die ganze Spezies ist?«

»Willst du in einen anderen Stadtteil fahren und Leute zusammenschlagen, die anders sind als wir?«

Sie verdreht die Augen seufzt voller Verzweiflung und sagt: »Ich habe eigentlich eher an Sex gedacht.«

Er wendet sich ihr mit mißtrauischem Blick zu. »Sex?« wiederholt er.
»Du weißt schon – Küsse und Umarmungen. Die positive Verwendung der Energie, um Zuneigung auszudrücken und sich vielleicht sogar fortzupflanzen. Sex.«
Er runzelt die Stirn. »Aber Sex macht keinen Spaß«, meint er. »Man muß sich ausziehen und ist hinterher ganz verschwitzt, und manchmal dauert es Stunden, bis überhaupt etwas passiert. Ich meine, der Sex hat natürlich auch seine Berechtigung, aber wollen wir nicht lieber fernsehen?«
Um solche Situationen zu vermeiden, hat der Schöpfer den Sex ausgesprochen angenehm gestaltet. Angenehm und einfach. So einfach, daß auch der einfachste Mann ihn beherrscht, und so angenehm, daß auch er ihn möchte. Aber genau da liegt der Haken.
Da der Sex nun einmal etwas Angenehmes ist, tut der Mensch so, als handle es sich dabei nicht nur um eine biologische Funktion, die Erdferkeln und Menschen gemein ist, sondern als habe er ihn höchstpersönlich erfunden. Und darüber hinaus hat er noch eine eher zwiespältige Einstellung dieser Erfindung gegenüber. Ist sie einer seiner besseren Einfälle oder einer von den schlechteren? Handelt es sich dabei um eine angenehme körperliche Erfahrung, eine ernsthafte Form der emotionalen Kommunikation, oder ist der Sex etwas Schlimmeres als die Bombardierung von Kambodscha? Die Hälfte der Menschheit tut so, als sei der Sex erfunden worden, um dem Menschen etwas wirklich Verwerfliches an die Hand zu geben, und die andere Hälfte verhält sich, als habe der Mensch den Sex erfunden, weil das Leben ohne ihn nicht sonderlich interessant gewesen wäre – auch wenn Gott natürlich sein Bestes gegeben hatte.
Egal, welche Einstellung Sie dazu haben: Der Mensch hat jedenfalls ein ganz anderes Verhältnis zum Sex als jede andere Spezies, die je existiert hat.

Alle anderen schreiten einfach zur Tat.
Die Sonnen gehen unter über den silbernen Tafelländern von Lqu. In der Luft summt es. In den Sümpfen blubbert es vor sich hin. Ein Prickeln durchläuft Ihren Körper. Sie wenden sich dem Wesen neben Ihnen zu und sagen: »Weißt du was, ich habe eine gute Idee. Laß uns doch miteinander schlafen.« Und schon geht's los.
Aber beim Menschen ist das anders. Der Mensch muß zuerst darüber nachdenken. Er denkt darüber nach, und dann hat er Schuldgefühle, weil er darüber nachgedacht hat. Danach denkt er noch ein bißchen nach. Dann redet er darüber. Der Mensch redet die ganze Zeit über den Sex. Er macht sich Gedanken darüber, daß er, als er noch klein war, seinen Vater nackt gesehen hat. Er fragt sich, ob er weniger Probleme mit dem Sex hätte, wenn er seine Eltern je dabei ertappt hätte. Er verbringt fünfzehn Jahre in der Psychotherapie und gibt ein kleines Vermögen dafür aus, weil er seine Eltern einmal zusammen im Bett gesehen hat. Wenn er eine positive Einstellung zum Sex hat, kann er nicht genug davon bekommen. Er schläft mit allem und jedem, sogar mit einer Gummipuppe oder der Freundin seines besten Freundes und nennt das dann Liebe. Der Sex ist für ihn der Beweis, daß er attraktiv und interessant ist und unsterblich. Wenn er jedoch den Sex für eine Sünde hält, ist schon das eine Mal – voll bekleidet, in einem Wandschrank, in völliger Dunkelheit – genug.

Edna Vz vom Planeten Avo

Worauf ich mich während meines Aufenthaltes auf der Erde freute, war, abgesehen von Pizza mit Artischocken und Windsurfen, der Sex. Nach allem, was ich darüber gehört hatte, machte der Sex Spaß. Die Menschen redeten so viel darüber, es gab so viele Bücher und Zeitschriften und Filme und Artikel und Shows und Anzeigen, es wurden ständig Witze darüber gemacht, und man verkaufte Zahnpasta und Autos damit ... also mußte der Sex doch wohl etwas Interessantes sein, oder? Falsch gedacht. Ich hatte gemeint, die Menschen wüßten, was sie tun. Doch dann lernte ich Damian Pinelli kennen.

Damian Pinelli war, mit seinen Worten ausgedrückt, ein Mann von Welt. »Ich habe schon so manches gesehen«, pflegte er zu sagen, obwohl er die Erdatmosphäre noch nie verlassen hatte. Für einen Mann sah er recht gut aus. Ich hätte ihn mir zwar nicht als Kommandanten der Intergalaktischen Föderation vorstellen können, aber er konnte gut tanzen und war auch recht hilfreich, wenn ich mal nicht genug Kraft hatte, um eine Dose zu öffnen. Wir gingen ein paar Monate miteinander aus, und dann begann die Geschichte ernster zu werden. Eines besonders romantischen Abends wandte Damian sich mir zu und sagte: »Schau, Edna. Schau dir nur mal diese Hand an.«

Ich schaute mir die Hand an. Sie hatte fünf Finger, kurz geschnittene Fingernägel und eine kleine Narbe auf dem Handrücken, wo sein Bruder ihn verletzt hatte, als sie noch Kinder waren. »Ja?« fragte ich. »Was ist damit?«

»Schau nur, wie groß sie ist.« Er hielt sie hoch. »Weißt du nicht, was das bedeutet?« Er grinste.

»Vielleicht, daß du Bauarbeiter werden solltest?«

Er zwinkerte mir zu. »Es bedeutet, daß du großes Glück hast, Mädchen.« Dann steckte er mir die Zunge ins Ohr.

»Glück?« wiederholte ich. »Liebling, was meinst du denn damit?«

Er kniff mich ins Hinterteil. »Ich meine: groß«, säuselte er. »So groß wie ein Knüppel.«

Ich betrachtete ihn neugierig. »Was ist groß wie ein Knüppel?« erkundigte ich mich.

»Mein Häschen Peter«, antwortete Damian.

Allmählich dämmerte mir, was er sagen wollte. »Ach so, der«, rief ich aus. Damian meinte nicht, daß er einen riesigen Hasen namens Peter besaß, vielmehr nannte er seinen Penis »mein Häschen Peter«. Ich fand nie heraus, warum. Ich hatte das Gefühl, daß ich diese Frage nicht so ohne weiteres stellen konnte. »Einen Augenblick«, sagte ich. »Habe ich nicht irgendwo gelesen, daß die Penisgröße nichts mit der sexuellen Leistungsfähigkeit des Mannes zu tun hat? Geht es dabei nicht eher um Einfühlsamkeit und Sinnlichkeit? Um Leidenschaft und Geschick?«

Damian winkte mit seiner riesigen Hand ab. »Der Kerl, der das geschrieben hat, hat einen Schwanz wie eine Schnecke.« Er umschloß meine Hand mit der seinen. »Glaub mir, Baby, es ist das gleiche wie bei Autos und Fahrrädern. Je größer, desto besser.«

Wir gingen zu ihm.

Weil ich noch nie zuvor das Vergnügen gehabt hatte, mit einem Mann zu schlafen, war Damian besonders geduldig und einfühlsam. Er gab mir einen schwarzen Straps und einen Büstenhalter mit ausgeschnittenen Spitzen zum Anziehen. Dann sollte ich auf dem Bett auf und ab hüpfen, während er auf dem Boden saß und Bier trank. Ich drohte gerade ein wenig müde zu werden von dem Auf- und-Abhüpfen, als Damian seinen Penis herausholte. So groß war er nun auch wieder nicht. Das heißt, er war groß für einen Menschen, aber auf dem Planeten Avo hätte man darüber nur gelacht.

»Ist er nicht schön?« fragte er mit tiefer, rauher Stimme.

Und nun machte ich meinen zweiten Fehler. »Er sieht aus, als müsse er sich noch ein bißchen entwickeln«, sagte ich. Zum Glück lachte ich dabei, so daß er dachte, ich scherze.

»Dafür werden wir gleich sorgen«, rief er aus, während er sich auf mich stürzte, dabei aber vergaß, daß er die Unterhose noch immer um die Knöchel hatte.

Ich half ihm hoch.

Das Vorspiel dauerte etwa fünf Minuten. Es hätte nicht einmal so lange gedauert, wenn er nicht darauf bestanden hätte, mir den

Büstenhalter und den Straps mit den Zähnen herunterzuzerren, wie er es in einer Illustrierten gesehen hatte.
Als alles vorbei war, fragte er mich, ob die Erde auch unter mir gebebt habe.
Ich antwortete: »Aber natürlich.« Ich meinte damit, daß es immer seismische Bewegungen auf der Erde gibt; weit bemerkenswerter für mich wäre es gewesen, wenn diese Bewegungen während des Sex aufgehört hätten.
Aber vermutlich war er mit dieser Antwort zufrieden, weil er sich eine Zigarette anzündete, sich gegen die Kissen lehnte und anfing, mir die Geschichte seines Lebens zu erzählen.

Religion

Am Menschen ist mehr dran, als man auf den ersten Blick sieht. Das ist eine Binsenweisheit, aber der intergalaktische Reisende ist trotzdem beruhigt und erleichtert, wenn er feststellt, daß diese Binsenwahrheit tatsächlich stimmt. Der Mensch – das bedeutet nicht nur Quizsendungen, Seifenopern und Kriegsberichterstattungen. Das bedeutet auch nicht nur ein Glas Bier, eine Tüte Chips und laute Musik. Natürlich haut er schon mal gern ein bißchen Geld auf den Kopf. Natürlich setzt er seinen Penis ein, wenn er Gelegenheit dazu hat. Natürlich sagt er nicht nein, wenn jemand ihm einen Jaguar oder drei Wochen auf den Bahamas oder ein Sofa für fünftausend Pfund anbietet. Aber man täuscht sich, wenn man glaubt, Geld, Sex, schnelle Autos und materielle Güter seien seine einzigen Interessen im Leben.
Was hinter dem Menschen steckt, ist die Religion. Die Religion ist das Wesen und die Seele des Menschen. Mit ihrer Hilfe kann er das Unsägliche sagen, seine Verbindung mit der Schönheit und Macht des Universums bestätigen und sich über die Pro-

bleme und Unwägbarkeiten des Lebens sowie die kindischen Auseinandersetzungen erheben, die ihn von seinen Brüdern und Schwestern trennen. Sorgen am Arbeitsplatz oder die Aussicht, am Samstagabend nicht ausgehen zu können, oder der Cholesterinspiegel reduzieren das Dasein des Menschen fast auf das eines Wurmes, doch die Religion erhöht ihn. Die Religion ermöglicht es dem Menschen, die Beschränkungen und Blindheit einer weltlichen Gesellschaft abzuschütteln und in die Unendlichkeit hinauszurufen: »Ich bin eins mit den Sonnen und Monden und Sternen! Auf immer und ewig!«

Natürlich beschäftigen wir uns hier nur mit der Theorie.

Sessia Murutu Q vom Satelliten 252

Vor zwei- oder dreihundert Jahren verbrachte mein Großvater, der damals eine fünftausendköpfige Einheit zum Schutz von vierundzwanzig Planeten befehligte, seinen Urlaub gern auf der Erde.

Er besuchte dort immer eine abgelegene subtropische Insel, deren Bewohner, ein kleinwüchsiger, dunkelhäutiger Stamm, sich die Einzigen nannten. Die Einzigen führten ein einfaches Leben. Sie jagten, fischten, aßen Früchte und bauten Wurzelgemüse an. Dreimal täglich opferten sie ihren Göttern Essen und Blumen in wunderschönen kleinen geflochtenen Körben. Einmal im Monat veranstalteten sie eine Feier zu Ehren des Lebens und tanzten und sangen unter den Sternen. Sie waren ein friedliches Volk, das, da es nicht kämpfen mußte, um zu überleben, einen Großteil seiner Zeit damit verbrachte, schöne Dinge aus Treibholz und Muscheln herzustellen und fröhliche Lieder zu komponieren.

Genau wie die Einzigen selbst glaubte auch mein Großvater, daß die Belange der Welt damit geregelt seien. Er sagte, er hätte keine Ahnung gehabt, daß ganz in der Nähe Menschen lebten, die weit weniger friedfertig waren.

Und eines ansonsten ganz normalen, ruhigen Tages, an dem mein Großvater und die Einzigen sich auf dem Strand ausruhten und winzige Sterne und Monde aus Muscheln fertigten, machten sie am Horizont drei Schiffe aus, die sich auf sie zubewegten.
»Was ist denn das?« fragten die Einzigen.
Mein Großvater zuckte mit den Achseln. »Keine Ahnung«, antwortete er.
Die drei Schiffe, so mußten die Einzigen und mein Großvater schon bald feststellen, wurden von Kapitän Alphons Hanolon befehligt; sie hatten eine internationale Mannschaft aus Kriminellen, Psychopathen und Glücksrittern an Bord, die auf Kasse des Königs und zu Ehren Gottes auf große Fahrt gingen. Kapitän Hanolon annektierte die Insel der Einzigen sofort im Namen Spaniens, seine Mannschaft begann sogleich, die Männer anzugreifen und die Frauen zu vergewaltigen, und Pater Sebastian, der Bordgeistliche, machte sich daran, den Einheimischen die Lehren Gottes nahezubringen.
Als erstes erklärte Pater Sebastian ihnen, daß sie schuldbeladen seien. Er zog ihnen Kleidung an, hinderte sie daran, den ganzen Tag zu singen und zu lachen, verbot ihnen, der Sonne und dem Mond weiterhin zu opfern, und brachte ihnen die Zehn Gebote bei. Mein Großvater meinte, die Zehn Gebote hätten keinen eigentlichen Bezug zu den Einzigen, weil in ihrer Sprache keine Worte für Lügen, Stehlen, Töten oder Ehebrechen existierten, ganz zu schweigen von den Taten selbst.
»Wollen Sie denn, daß sie alle in die Hölle müssen?« fragte Pater Sebastian.
»Aber für diese Leute hat es, bevor Sie hierhergekommen sind, überhaupt keine Hölle gegeben«, argumentierte mein Großvater. »Sie wissen ja nicht einmal, was das Böse ist.«
»Das beweist doch nur, wie verderbt sie sind«, meinte Pater Sebastian.
Kapitän Hanolon ließ meinen Großvater als Ketzer ins Gefängnis

werfen. »Schaut ihn euch an«, sagte Kapitän Hanolon. »Er ist kein Eingeborener. Ich habe sofort gewußt, daß er Jude ist.« Er runzelte nachdenklich die Stirn. »Ich kann mir nur nicht vorstellen, wie er hierhergekommen ist.«

Pater Sebastian schüttelte traurig den Kopf. »Die Legionen des Teufels sind überall«, seufzte er.

Zum erstenmal seit Hunderten, wenn nicht gar Tausenden von Jahren, spalteten sich die Einzigen, und zwar in die eine Gruppe, die an Pater Sebastians Gott glaubte, und in die andere, die weiterhin an ihrem Glauben an Sonne und Mond festhielt. Um die Richtigkeit des jeweiligen Glaubens zu beweisen, begannen die Angehörigen der einen Gruppe, die Mitglieder der jeweils anderen Gruppe zu ermorden. Mein Großvater, der solchen Haß und solche Zwietracht nicht gewöhnt war und Angst davor hatte, daß die friedliche Welt der Einzigen zerstört würde, befreite sich aus seinen Fußfesseln und wurde Anführer der Rebellen.

Dann kamen unter dem Befehl von Kapitän Donal Spur noch drei weitere Schiffe an. Kapitän Spur annektierte die Insel im Namen der britischen Krone, seine internationale Mannschaft aus Verbrechern und Psychopathen fing an, die Mannschaft von Kapitän Hanolon zu bekämpfen (wenn sie nicht gerade damit beschäftigt war, die Einzigen zu ermorden oder zu vergewaltigen), und der Reverend Murgatroyd und seine Schwester Alicia klärten alle darüber auf, wer der einzig wahre Gott sei. Als mein Großvater mit einer weißen Fahne in der Hand zu erklären versuchte, daß auf der Insel alles wieder in Ordnung kommen würde, wenn nur Kapitän Spur und Kapitän Hanolon, ihre jeweiligen Mannschaften, ihre Missionare und ihre Schiffe die Insel verließen, ließ Kapitän Spur ihn wegen Ketzerei und Aufwiegelei ins Gefängnis werfen.

Mein Großvater kehrte zu seiner eigenen intergalaktischen Streitkraft zurück, nachdem die Pocken fast die ganze Bevölkerung der Einzigen dahingerafft hatten.

Als ich zum erstenmal auf die Erde kam, stattete ich der Insel meines Großvaters ebenfalls einen Besuch ab. Man hatte sie mittlerweile in einen Ferienort umgewandelt. Es gab dort FKK-Strände, Spielkasinos und Pornofilme im Kabelfernsehen. Die wenigen Nachkommen der Einzigen führten am Donnerstag-, Freitag- und Samstagabend Eingeborenentänze rund um den Swimmingpool auf.

Heuchelei

Die einzigen beiden Maßnahmen, die der Mensch jemals ersonnen hat, um sich Arbeit zu sparen, sind die Sklaverei – sie war nicht nur höchst effektiv, sondern schadete auch der Umwelt nicht – und die Heuchelei – ohne die sowieso nichts funktionieren würde.

Die Heuchelei ermöglicht es dem Menschen, etwas zu sagen, woran er mit ganzem Herzen glaubt, während er genau das Gegenteil tut und so die Gesellschaft am Laufen hält. Die Heuchelei erlaubt es den Regierungen, über Freiheit und Menschenrechte zu reden, während sie sie zerstören; sie ermöglicht es den großen Industrieunternehmen, über das Wohl des Konsumenten zu sprechen, während sie Produkte voller Giftstoffe herstellen, und zu guter Letzt kann Mr. F. mit ihrer Hilfe Mrs. F. sagen, wie sehr er sie liebt, während er mit seiner Sekretärin ein Techtelmechtel hat.

Das Wesen des Menschen: ein Quiz

Wählen Sie die Antwort aus, die Ihrer Meinung nach am besten paßt. Bei manchen Fragen gibt es mehrere mögliche Antworten; Sie sollen sich jedoch für diejenige entscheiden, die Ihrer Ansicht nach das Wesen des Menschen am besten beschreibt.

1. A und B sind enge Freunde. Eines Tages muß A für eine Woche nach Barcelona und bittet B, währenddessen auf seine Wohnung, seine Pflanzen und seinen Leguan aufzupassen. Nachdem A weg ist, tut B als erstes folgendes:

   - ☐ a. die Pflanzen gießen und den Leguan füttern;
   - ☐ b. von As Telefon aus alle anrufen, die er kennt;
   - ☐ c. sich As Sachen anschauen.

2. A hat B gebeten, die Waschmaschine nicht anzurühren, weil sie seit kurzem Probleme macht und Überflutungen verursacht, was den Leuten im unteren Stockwerk nicht so recht ist. B:

   - ☐ a. rührt die Waschmaschine nicht an;
   - ☐ b. beschließt, As Bitte dahingehend zu interpretieren, daß er lediglich keine schweren Sachen in der Waschmaschine waschen soll, und stopft ein paar Kleidungsstücke hinein, woraufhin er die Wohnung überflutet und dazu beiträgt, daß sich bei den Leuten im unteren Stockwerk die halbe Dekke ablöst;
   - ☐ c. beschließt, A einen Gefallen zu tun und die Waschmaschine zu reparieren. Unglücklicher-

weise bleibt ihm beim Zusammenbauen ein Teil übrig. B wirft es weg. Er verbringt so viel Zeit damit, die Waschmaschine zu reparieren, daß er nicht dazukommt, sie zu benutzen. Er sagt A auch nicht, daß er sie repariert hat oder daß ein Teil übriggeblieben ist. Also überflutet A seine eigene Wohnung und ruiniert die Wohnung der Leute im unteren Stockwerk.

3. C und D sind seit zehn Jahren verheiratet. C argwöhnt, daß D ein Verhältnis mit einer anderen hat. D weiß, daß C ihn verdächtigt, ein Verhältnis mit einer anderen zu haben. Er weiß es, weil:

☐ a. sie wie erwachsene Menschen darüber gesprochen und darüber gelacht haben, wie kindisch doch die Eifersucht ist;
☐ b. C bei allen Telefongesprächen Ds mithört;
☐ c. D seine Frau an Abenden, an denen er noch länger im Büro bleiben muß, oft mit dem Auto draußen vor der Tür stehen sieht, die Augen hinter einer großen Sonnenbrille verborgen, ein Tuch um den Kopf gewickelt.

4. Wie sich herausstellt, hat D tatsächlich ein Verhältnis, und zwar mit einem Mädchen, das gerade laufen lernte, als er selbst sich bereits ins Bad seiner Eltern einschloß und heimlich die Verwendung eines Kondoms übte. D hat dieses Mädchen eines Abends in einer Tankstelle kennengelernt, wo er ihm dabei half, den Deckel vom Tank abzuschrauben. D hat große Schuldgefühle wegen dieser Affäre. Er:

☐ a. beendet sie schnellstens;

☐ b. versucht mindestens einmal die Woche Schluß zu machen, schafft es aber nie ganz;

☐ c. notiert alles in seinem Tagebuch, das er herumliegen läßt, so daß C es findet.

5. Als C das Tagebuch findet, verhält D sich folgendermaßen:

☐ a. Er sagt: »Es ist alles ganz anders, als du denkst.«

☐ b. Er wirft C vor, sie treibe ihn noch zum Wahnsinn mit ihrer Eifersucht;

☐ c. Er verläßt seine Frau. Wie könnte er weiter mit einer Frau zusammenleben, die sein Tagebuch liest? Was ist nur aus ihrem Vertrauen und ihrer Hochachtung geworden?

6. Mr. E stirbt, hinterläßt sechs erwachsene Kinder, ein Haus und eine ganze Reihe von anderen Besitztümern. Bei seiner Beerdigung:

☐ a. sitzen die sechs Kinder beisammen und weinen;

☐ b. sitzen vier der Kinder beisammen und weinen, eines konnte wegen eines wichtigen geschäftlichen Termins nicht zur Beerdigung kommen, und das sechste spricht wegen einer Auseinandersetzung über ein Brathähnchen, die sich anläßlich eines Picknicks im Jahre 1978 zugetragen hat, nicht mehr mit den anderen;

☐ c. streiten sich fünf der sechs Kinder am offenen Sarg. Das sechste ist gerade im Haus des Vaters und macht sich mit Mr. Es Mikrowellenherd und seinen goldenen Manschettenknöpfen aus dem Staub.

7. Lorna Beetle, die Bürgermeisterin von West Westford, steht eines Morgens in ihrer Küche, trinkt eine Tasse Tee und hört Radio. Es ist Samstag, sieben Uhr siebenundvierzig morgens. Plötzlich wird die paradiesische Stille von Lorna Beetles idyllischem kleinen Ort durch ein Geräusch wie von zweitausend wilden Pferden gestört. Lorna Beetle, die bereits seit dem Zweiten Weltkrieg mit einer Invasion ihres Ortes rechnet, sieht besorgt aus dem Fenster. Aber draußen entdeckt sie keine zweitausend wilden Pferde und auch nicht die wiedererstandene Hitler-Armee. Nein, zwei junge Männer mit Preßluftbohrern verlegen eine neue Gasleitung. Lorna Beetle verhält sich folgendermaßen:

☐ a. Sie schenkt sich noch eine Tasse Tee ein und dreht das Radio lauter;

☐ b. Sie öffnet das Fenster und brüllt hinaus, daß die Männer die Arbeit mit dem Preßluftbohrer verdammt noch mal auch zu einer weniger unchristlichen Stunde beginnen könnten. Als die jungen Männer nicht darauf reagieren, steckt sie sich Ohropax in die Ohren, setzt eine Strickmütze auf, schlingt sich einen Wollschal um den Hals und trägt ihren Tee, ihr Radio und die Morgenzeitung ins Bad. Dann bekommt sie einen Migräneanfall;

☐ c. Sie marschiert fluchend hinaus auf die Straße, ihre Bullterrier folgen ihr auf dem Fuße. Dann schüttet sie den beiden jungen Männern Tee ins

Gesicht und versetzt dem Bohrer einen Fußtritt. Die Hunde stürzen sich auf die Waden der Arbeiter.

8. 1986 hat F G ein Auto verkauft. F sagte zu G, der Wagen sei dreitausend Pfund wert, da sie aber befreundet seien, mache sie G einen guten Preis, nämlich zweieinhalbtausend Pfund. Bereits als G das Auto von F zu sich fährt, hat es die erste Panne. In der nächsten Woche ereignen sich noch einmal vier Pannen. Mit weiteren Pannen ist nicht zu rechnen, weil der Wagen von nun an überhaupt nicht mehr anspringt. Als G sich beklagt, reagiert F folgendermaßen:

- ☐ a. Sie nimmt den Wagen zurück und erstattet G das Geld;
- ☐ b. Sie erstattet das Geld zurück, spricht aber nie wieder ein Wort mit G;
- ☐ c. Sie weigert sich, jemals wieder ein Wort mit G zu sprechen, und erzählt überall, G habe sie auf Knien angefleht, ihr den Wagen zu verkaufen, und wolle sich nun aus der Abmachung herauswinden.

9. G ist wütend. Sie könnte verstehen, daß F nicht wußte, was für eine Schrottlaube sie da verkauft hat, aber sie versteht nicht, warum sie selbst daran schuld sein soll. Je mehr sie darüber nachdenkt, desto wütender wird sie. Schließlich unternimmt G folgendes:

- ☐ a. Sie belangt F vor Gericht;
- ☐ b. Sie stellt den Wagen in Fs Garten ab und läßt ihn dort;

☐ c. Sie stürzt sich mit einer Axt und einem Lötkolben auf Fs neuen Suzuki.

10. 1991, fünf Jahre später also, treffen sich F und G zufällig auf dem Parkplatz eines großen Einkaufszentrums. F fährt einen neuen Mercedes, G einen höchst repräsentativen Estate Wagon. F und G verhalten sich folgendermaßen:

☐ a. Sie grüßen einander vorsichtig, aber nicht feindselig. Sie machen ein bißchen Small talk. »Mein Gott, wie lächerlich, daß wir uns damals über den Wagen gestritten haben«, sagt F. G stimmt ihr zu. »Du hast recht«, sagt sie. »Ich bin ja so froh, daß wir uns hier getroffen haben. Ich habe die ganze Zeit ein schlechtes Gewissen gehabt, weil ich deinen Suzuki damals mit Farbe vollgesprüht habe.«
☐ b. Sie tun so, als würden sie einander nicht sehen;
☐ c. Sie tun so, als würden sie einander nicht sehen. Sobald G im Einkaufszentrum verschwunden ist, läßt F die Luft aus den Reifen von Gs Wagen. Daraufhin schleudert G einen großen Stein durch Fs Windschutzscheibe.

11. H, I, J und K rauben gemeinsam eine Bank aus. Sie haben alles genau geplant: H fährt das gestohlene Fluchtauto. I schiebt dem Kassierer den Zettel über den Tresen, und J und K stehen Schmiere. Am Tag des Überfalls passiert folgendes:

☐ a. Alles läuft wie geplant;
☐ b. I läßt die Waffe auf seinen eigenen Fuß fallen und schiebt dem Kassierer den falschen Zettel

über den Tresen (statt »Das ist ein Überfall« steht darauf: »Bitte Licht löschen, wenn Sie den Raum verlassen«);

☐ c. H vergißt, den Wagen vollzutanken; sie sind kaum einen Häuserblock weit gefahren, als der Wagen schon stehenbleibt.

12. Miss L, die aus einem fremden Land kommt, steigt am Flughafen in ein Taxi. Sie gibt dem Fahrer die Adresse. »Wissen Sie, wo das ist?« fragt sie mehrere Male. Der Fahrer sagt, er wisse es. Er:

☐ a. weiß es tatsächlich. Und er weiß nicht nur, wo die Adresse ist, sondern fährt Miss L auch auf dem kürzesten Weg dorthin und trägt ihr Gepäck noch bis zur Haustür;

☐ b. hat keine Ahnung, wo sich die Adresse befindet. Als der Fahrpreis schließlich so hoch ist, daß er Sorge hat, sie könnte ihn nicht begleichen – und als sie sich wieder dem Flughafen nähern und er Angst bekommt, sie könnte ihn wiedererkennen–, läßt er sie vor einer chemischen Reinigung und einem Billardsalon aussteigen;

☐ c. weiß die Adresse. Er fährt sie auf Umwegen zu ihrem Ziel, so daß der Fahrpreis zehn Pfund mehr beträgt, als er eigentlich sollte, und fährt dann mit ihrem Koffer davon.

13. Miss L, die aus einem fremden Land kommt, ist nicht völlig hilflos. Sie spricht die Sprache des Landes, das sie besucht, und weiß auch ungefähr, wohin sie möchte. Sie winkt ein Taxi heran. Etwa auf halbem Weg zu ihrem Ziel fliegt ihr eine kleine, aber ziemlich übellau-

nige Fledermaus ins Gesicht. Miss L glaubt, daß diese Fledermaus – die eigentlich nur aus dem Taxi heraus möchte –, sie beißen will. Miss L fängt an, ziemlich hysterisch zu schreien. Der Fahrer verhält sich folgendermaßen:

☐ a. Er hält an und kommt ihr zu Hilfe;
☐ b. Er hält an, springt aus dem Wagen und geht in Deckung;
☐ c. Er fährt gut fünfzehn Minuten lang im Kreis herum, weil er glaubt, daß Miss L zu sehr mit der Fledermaus beschäftigt ist, um zu merken, daß er den Fahrpreis bewußt in die Höhe treibt.

14. M geht eines Abends vom Zug nach Hause, als zwei Männer ihr nachstellen, sie verprügeln, vergewaltigen und ihr die Handtasche stehlen. M stolpert auf die Straße und winkt ein vorbeifahrendes Auto heran. Der Wagen hält. Die beiden Männer im Auto verhalten sich folgendermaßen:

☐ a. Sie helfen M in den Wagen, leihen ihr ein Sakko, damit sie ihre Blößen bedecken kann, und fahren sie ins nächste Krankenhaus;
☐ b. Sie wollen kein Blut auf ihren neuen Polstersitzen, aber sie sagen, sie rufen die Polizei, sobald sie an einer Telefonzelle vorbeikommen;
☐ c. Sie lassen M einsteigen, vergewaltigen sie, stehlen ihren Schmuck und lassen sie ein paar Kilometer vor der nächsten Stadt liegen.

15. Mr. N fährt eines Tages zur Arbeit. Er fährt dahin, ohne an etwas Böses zu denken, als plötzlich Mr. O aus dem Nichts auftaucht, ihn schneidet und Mr. N in Gefahr bringt, einen Herzinfarkt zu erleiden. Mr. N hupt und droht Mr. O mit der Faust, um diesen wissen zu lassen, daß er alles andere als erfreut über dessen Fahrweise ist. Dann:

☐ a. fährt er weiter zur Arbeit;
☐ b. überholt er Mr. O und macht im Vorbeifahren eine Geste, die besonders bei zwölfjährigen Jungen sehr beliebt ist;
☐ c. folgt er Mr. O zur nächsten Ampel. Als beide zum Stehen kommen, steigt er aus dem Wagen und beginnt, mit dem Wagenheber auf das Dach von Mr. Os Auto einzuschlagen.

16. Menschen landen auf dem Planeten Quxqyo. Auf diesem Planeten lebt schon seit Tausenden von Jahren eine hochentwickelte Lebensform. Die Menschen, die aus dem Raumschiff herauskommen, tragen eine Flagge und Geschenke bei sich. Sie bemühen sich, das Quxqyo-Wort für Frieden herauszufinden. Sobald die Bewohner des Planeten Quxqyo sich mit ihnen angefreundet haben, verhalten sich die Menschen folgendermaßen:

☐ a. Sie fahren wieder nach Hause, erfüllt von ihren neuen Erfahrungen;
☐ b. Sie fahren nach Hause und kehren nach kurzer Zeit mit zusätzlichen Raumschiffen und Waffen zurück, um unter dem Vorwand, den Quxqyos Gott und die Zivilisation zu bringen, die Macht zu

ergreifen. Sie rauben den Quxqyos alles ihrer Ansicht nach Wertvolle und versklaven sie. Wenn sich einer der Quxqyos über diese Behandlung beklagt, bekommt er zur Antwort: »Eines Tages werdet ihr uns noch dankbar sein.«

☐ c. Sie vernichten die Bewohner des Planeten Quxqyo, zerstören ihre Städte, löschen praktisch jede Spur ihrer alten Kultur aus und geben einer Tankstellenkette ihren Namen.

17. Wir schreiben das Jahr 2100. Trotz vieler Warnungen hat sich der Zustand der Erde weiter verschlechtert. Die Ozeane sind nach wie vor verschmutzt, aus den Wäldern sind Golfplätze und Reihenhaussiedlungen geworden. Die Delphine sind ausgestorben. Das Ozonloch ist mittlerweile so groß wie der Pluto. Ob all dieser Dinge beschließt der Sohn Gottes, ein zweites Mal auf die Erde zu kommen. Er landet in einem kleinen Ort im Nahen Osten. Man verfährt folgendermaßen mit ihm:

☐ a. Man überträgt ihm die Führung der Welt;
☐ b. Man lädt ihn zu den vier wichtigsten Talkshows ein und bietet ihm einen lukrativen Werbevertrag;
☐ c. Die CIA erschießt ihn.

18. Jesus Christus ist Gast in einer beliebten Talkshow. Zwanzig Millionen Zuschauer hängen an seinen Lippen. Die Telefone laufen heiß. Jesus:

☐ a. verkündet den Menschen seine Botschaft, und sie tun sofort, was er sagt;
☐ b. erhält mehrere Angebote für die Erstellung

seines Horoskops sowie zwei Filmverträge und wird von einer Gruppe radikaler Christen überfallen und gesteinigt, die ihn für Satan hält;

☐ c. wird wegen Unruhestiftung vom FBI festgenommen und unter tragischen Umständen von einem Wahnsinnigen erschossen, der erklärt – das Fernsehen überträgt dieses Ereignis live –, daß er ihn für Satan hält, während er in seine Zelle geführt wird.

19. Die zweiundachtzigjährige Alicia Patterson lebt allein in einem kleinen Vorort. Sie wohnt schon über dreißig Jahre dort. Als sie dem Zeitungsjungen eines Morgens nicht öffnet, geht dieser zur hinteren Tür und sieht, wie Mrs. Patterson Kräuter hackt. Er verhält sich folgendermaßen:

☐ a. Er weiß natürlich, daß die einstmals weltberühmte Ärztin Alicia Patterson heute die einflußreichste und erfolgreichste Kräuterspezialistin der westlichen Welt ist, und ergreift die Gelegenheit, sie zu fragen, ob sie ihm nicht etwas gegen seine Akne empfehlen kann;

☐ b. Er nimmt an, daß sie senil ist;

☐ c. Er erzählt allen, sie sei eine Hexe.

20. Vier Ehepaare, die einander nicht sonderlich gut kennen, gehen eines Samstag abends zusammen zum Essen. Sie kommen im Restaurant an, bestellen Wein und unterhalten sich. Die Kellnerin nimmt ihre Bestellung auf. Sie haben gerade mit der Vorspeise begonnen, als Mr. Q Mrs. Q bittet, ihm das Brot zu reichen. Mrs. Q:

☐ a. reicht Mr. Q das Brot;
☐ b. bricht in Tränen aus;
☐ c. reicht Mr. Q das Brot und sagt zu Mr. R, der zu ihrer Linken sitzt, Mr. Q werde selbst bald wie ein Laib Brot aussehen, wenn er nicht aufpasse. Das bringt Mr. Q dazu, eine ziemlich aggressive Bemerkung über Mrs. Qs Hüften und ihre Mutter zu machen. Mrs. Q erzählt daraufhin allen Gästen des Restaurants von Mr. Qs Alkoholproblem und von jenem Abend, als sie ihn zusammen mit ihrer Schwester in der Badewanne erwischt hat. Mr. Q geht mit der Salatgabel auf Mrs. Q los.

21. Andy und Barbara sind im Supermarkt und kaufen ein. Andy legt eine Packung Schokoladenkekse in den Einkaufswagen. Barbara, die gerade erfolgreich nach dem Tahini gesucht hat (es befindet sich weder bei den Saucen noch bei den Mayonnaisen, und von den Verkaufskräften scheint auch niemand zu wissen, wo es sein könnte), entdeckt die Kekse unter dem braunen Reis, den Äpfeln und dem Müsli und sieht rot. »Wie kannst du nur solchen Mist essen?« will sie wissen. »Weißt du denn nicht, wie schädlich das für deinen Magen ist? Und für deine Leber? Für deine Blutzuckerwerte? Ist es dir denn egal, wie deine Zähne später einmal aussehen? Hast du nicht gehört, daß Schokoladenkekse den Alterungsprozeß beschleunigen, Atemnot verursachen und umweltschädlich sind? Mir wird schon schlecht, wenn ich nur daran denke, eins von den Dingern in den Mund zu stecken!« Andy, der merkt, daß dreizehn Menschen, darunter vier unter fünf Jahren, sie mit offenem Munde anstarren, legt die Kekse mit hochrotem Gesicht wieder ins

Regal zurück. Einige Tage später sind Andy und Barbara bei Freunden zum Tee eingeladen. Die Gastgeberin reicht ein Tablett mit Schokoladenkeksen, Kuchen und Cremetorten. Barbara:

☐ a. ißt keine der Süßigkeiten und erklärt ihrer Freundin, daß sich der Verzehr von süßen Sachen nicht mit ihren Vorstellungen von gesunder Ernährung vereinbaren läßt;
☐ b. sagt, sie mache gerade eine Diät, und ißt einen halben Keks;
☐ c. ißt alles auf.

Geben Sie sich für jede Frage, die Sie mit a. beantwortet haben, einen Punkt, für jedes b. zwei, für jedes c. drei. Eine Punktzahl zwischen einundzwanzig und einunddreißig läßt darauf schließen, daß Sie ein idealisiertes Bild vom Menschen haben und vermutlich auf unangenehme Weise erfahren müssen, daß Menschen sich besser zum Presseagenten als zum Heiligen eignen. Wenn Sie zwischen zweiunddreißig und zweiundvierzig Punkten erreicht haben, haben Sie eine ganz vernünftige Vorstellung davon, wie Menschen sich *wirklich* verhalten, auch wenn Sie ihnen mit Ihrem Bild noch immer ein wenig schmeicheln. Sie wollen immer noch nicht glauben, wie schlecht sie sind, und fällen ein mildes Urteil. Eine Punktzahl zwischen dreiundvierzig und zweiundfünfzig bedeutet, daß Sie genug Erfahrungen mit Menschen gemacht haben, um das Schlimmste zu erwarten, auch wenn Sie noch immer auf das Beste hoffen. Sie haben mehr als dreiundfünfzig Punkte? Fahren Sie sofort nach Hause, bevor es zu spät ist.

☐ [illegible] Nancy [illegible] sind Andy und Pat [illegible] zum [illegible] eingeladen. Die Gastgeberin reicht ein Tablett mit [illegible]

Es geht weiter

[illegible] und ändert ihre [illegible] Verhalt[illegible] [illegible] auf ihre Vorstellungen von gesunder Ernährung verzichten muß.

☐ [illegible] sie macht gar [illegible] und [illegible] [illegible]

☐ [illegible] ist alles aus.

[illegible] Frage, die Sie mit a beantwortet haben, einen Punkt, für jedes b zwei [illegible] Eine Punktzahl zwischen [illegible] läßt darauf schließen, daß Sie ein idealisiertes Bild vom Menschen haben und [illegible] Menschen [illegible] Wenn Sie zwischen zwölf [illegible] und zwanzig [illegible] Punkte haben, haben Sie eine ganz vernünftige Vorstellung davon, wie Menschen sich [illegible], auch wenn Sie [illegible] immer noch [illegible] Sie wollen immer noch nicht glauben, wie [illegible] sie sind, und [illegible] Urteil. Eine Punktzahl zwischen [illegible] und [illegible] bedeutet, daß Sie [illegible] Menschen [illegible] haben, um [illegible] zu [illegible] auch wenn [illegible] haben Sie schon nach [illegible] zu [illegible]

Teil zwei

Es geht ums nackte Überleben

Situationen, in denen es ums nackte Überleben geht

Das Reisen bringt immer gewisse Gefahren mit sich. Egal, wie viele Reiseführer man liest und mit wie vielen Leuten man sich unterhält, die das betreffende Land schon bereist haben – man ist nie vorbereitet genug. Vielleicht wissen Sie alles über das Klima, wie viele Zentimeter Regen im Oktober im Schnitt zu erwarten sind, welchen Nahrungsmitteln Sie lieber aus dem Weg gehen sollten und welche Sehenswürdigkeiten sich zur Besichtigung lohnen, aber was wissen Sie schon wirklich über das Land? Nichts. Sie könnten genausogut in ein Land fahren, von dem Sie noch nie etwas gehört haben. Es gibt immer Komplikationen und immer Dinge, die Sie nicht vorhergesehen haben. Sie packen Ihre Badesachen ein, und es regnet drei Wochen lang. Sie nehmen den Sunblocker mit, und in dem Land herrscht gerade eine Revolution. Sie wappnen sich mit Insektenschutzmitteln und werden von einer Schlange gebissen. Sie werden auch nie dahinterkommen, warum der Kellner immer Cole Porter zu Ihnen gesagt hat.
Wir hoffen jedoch, daß die folgenden Erlebnisse von Außerirdischen, die die Erde besucht und diesen Besuch überstanden haben, Ihnen bei der Vorbereitung helfen werden.

Reisen

»Ich kam, sah und verlief mich.«

Akka Ka vom Planeten Beezeldworp

Unbegreiflicherweise konnte ich mir nicht vorstellen, wie man vom Flughafen nach London gelangen sollte. Der Flughafen war mir als Ankunftsort logisch erschienen, doch obwohl ich erfolgreich die mehreren Billionen Lichtjahre von Beezeldworp zur Erde überwunden hatte, wußte ich nicht, wie ich die wenigen Meilen von Heathrow zur Kensington High Street hinter mich bringen sollte, wo Freunde eine Wohnung hatten.

Jedesmal wenn ich ein Hinweisschild sah, las ich es, aber alle Schilder hatten entweder mir unverständliche Symbole als Aufschrift oder deuteten in keine bestimmte Richtung. So las ich zum Beispiel »Bus« auf einem Schild, doch der zugehörige Pfeil zeigte auf einen Zeitungskiosk oder auf einen Strumpfladen. Ich begriff nicht, ob das bedeutete, daß man durch den Kiosk gehen mußte, um zu dem Bus zu gelangen, ob der Bus vor dem Kiosk hielt oder ob es irgendein Gesetz gab, das besagte, daß man frische Strümpfe anziehen mußte, bevor man das Flughafengelände verließ.

Ich begann, Leute zu fragen, wo sich die Haltestelle der U-Bahn nach London befinde. Die ersten paar Menschen drängten an mir vorbei, ohne meine Frage überhaupt zu hören. Die nächsten hatten keine Ahnung. Schließlich wies mir ein Gentleman, der kein Englisch zu sprechen schien, den Weg zur Toilette. Ich betrat den Strumpfladen. Es dauerte eine Weile, bis die beiden Verkäufer ihre Unterhaltung über zwei Freunde namens Hope und Michael abbrachen und sich mir zuwandten. »Wohin wollen Sie?« fragte der erste Verkäufer schließlich.

»Nach London«, wiederholte ich. Ich sah mich um, plötzlich ein bißchen nervös geworden. »Ich befinde mich doch hier in

Heathrow, oder?« fragte ich. »Ich bin doch nicht in Glasgow, oder?«
Die Verkäufer warfen sich einen Blick zu. Es war das erste Mal, daß ich diesen Blick zwischen Menschen bemerkte, also wußte ich nicht, was er bedeuten sollte. »Sie wollen also nach London?« fragte der zweite Verkäufer, ohne meine Frage zu beantworten.
»Ja«, sagte ich in der Hoffnung, daß seine Frage bedeutete, ich befände mich tatsächlich nicht am Flughafen von Glasgow. »Ich möchte nach London.«
»Der Bus fährt gleich da draußen«, teilte er mir mit und deutete auf eine Safttheke.
»Aber ich möchte nicht mit dem Bus fahren, sondern mit der U-Bahn«, erklärte ich.
»Nach London?« staunte der erste Verkäufer.
»Ja«, sagte ich und fragte mich, ob wohl meine mangelnden Sprachkenntnisse schuld an der schlechten Kommunikation waren. »Nach London.«
Wieder warfen sie sich einen Blick zu. »Gleich da drüben«, sagten sie wie aus einem Munde und deuteten auf eine Wand.
Ich dankte und verabschiedete mich.
Wie sich nun herausstellte, war »gleich da drüben« eine Treppe, die zu einer Rampe führte, welche zu einer Rolltreppe führte, die zur U-Bahn führte.
Endlich kam die U-Bahn. Als ich in den Waggon einstieg, befand sich bereits eine Gruppe lärmender junger Männer darin. Sie trugen Mützen und Wollschals (obwohl es ziemlich warm war und nicht einmal regnete) und tranken aus Dosen, die sie in braune Tüten eingewickelt hatten. Sie begrüßten mich mit lautem Grölen und Freudengeheul. Ich lächelte höflich und setzte mich. Wie ich ihrem Gespräch entnehmen konnte (»Das ist doch nicht der Flughafen, oder?« flüsterten sie einander zu. »Ich hab gedacht, Doug sagt uns, wann wir am Piccadilly Circus sind.«), hatten sie die richtige Haltestelle verpaßt. Wenn sie sich schon als hier Ansässige

so leicht verfuhren, dachte ich mir, stellte ich mich wohl gar nicht so dumm an. Doch gleichzeitig kam mir der Gedanke, daß die Beförderung von einem Ort zum anderen sich vielleicht als schwieriger erweisen könnte, als ich mir vorgestellt hatte. Die jungen Männer weckten Doug auf, um ihn zu fragen, warum er ihnen nicht gesagt hatte, wann sie am Piccadilly Circus waren. Doug mußte sich übergeben. Ich betrachtete die U-Bahn-Karte über ihren Köpfen. Einer der jungen Männer kam zu mir herüber und fing an, mir seine Lebensgeschichte zu erzählen. Sein Vater war gestorben, als er noch klein war. Seine Mutter hatte einen Mann geheiratet, der ihn nicht leiden konnte. Die Fremden bemächtigten sich aller Dinge in seinem Land, sogar des Fußballs. Als er einen Augenblick schwieg, um einen Schluck aus seiner Dose zu nehmen, fragte ich ihn, ob ich in Hammersmith umsteigen müsse. »Was?« fragte er.

Nachdem ich mir nur noch eine Geschichte seines Sitznachbarn hatte anhören müssen, der mir erzählte, daß seine Freundin einmal seinetwegen die Polizei gerufen hatte, und nachdem eine Gruppe anderer Fahrgäste mich zurechtgewiesen hatte, die glaubte, ich wolle mehr als nur Informationen von den jungen Leuten, stieg ich in Hammersmith aus.

Obwohl niemand meine Frage beantworten konnte (»Fährt von hier aus die District Line in die Innenstadt?«), schien doch eine Tafel über meinem Kopf anzuzeigen, daß der besagte Zug in ein paar Minuten auf meinem Gleis eintreffen würde. Ich wartete. Während ich wartete, baten mich mehrere Leute um Geld, ein Mann versuchte, mir ein T-Shirt mit einer Palme und dem Aufdruck »Jamaika« zu verkaufen, und zwei ältere Damen mit Regenmänteln drängten mich gegen die Wand. Allmählich füllte sich der Bahnsteig. Von Zeit zu Zeit traten die Leute ans Gleis und schauten nach links. Dann traten sie erneut ans Gleis und schauten nach rechts. Ein Zug kam, hielt jedoch nicht. Wieder traten wir alle ans Gleis und schauten nach links. Eine Frau in der Nähe der Treppe begann zu schreien, sie wolle das pinkfarbene Kleid nicht zu der Tanzveranstaltung anziehen. Wir traten alle ans Gleis und schauten nach rechts. Und dann hörte ich ein fernes, knisterndes Geräusch. Alle schauten hinauf zu den Lautsprechern über unseren Köpfen. Voller Erwartung. Anfangs war ich verwirrt, denn ich meinte, wir erhielten eine Nachricht von meinem Raumschiff. Was wollten sie nur von mir? Knisterknisterknister. Der Empfang war nicht klar genug, als daß es sich um eine Nachricht meines Schiffes hätte handeln können. Und dann war durch das Knistern hindurch eine Stimme zu vernehmen. Sie sprach schnell, undeutlich und in einer Sprache, die ich noch nie zuvor gehört hatte. Ich schaute mich um. Alle anderen auf dem Bahnsteig hatten diese Sprache ebenfalls noch nie zuvor gehört. Es folgte eine kurze Pause, dann wurde die Botschaft – denn ich nahm an, daß es sich um eine Botschaft handelte – wiederholt, noch schneller, noch unverständlicher und in einem anderen Dialekt. Auf einen Schlag begann die Hälfte der Leute auf dem Bahnsteig zu der Treppe links zu gehen. Alle anderen blieben stehen, wo sie waren. »Entschuldigen Sie«, sagte ich zu einem Pärchen gleich neben mir, »aber könnten Sie mir bitte sagen, was da gerade im Lautsprecher durchgesagt worden ist?«

Die Frau zuckte mit den Achseln.

Der Mann sagte: »Die District Line kommt drüben auf der anderen Seite.«

Der Mann hinter ihm wandte sich uns zu. »Nein, das stimmt nicht«, versicherte er mir. »Er hat gesagt, der Zug hat ein bißchen Verspätung, kommt aber bald.«

Jemand tippte mir mit dem Finger auf die Schulter. »Er hat gesagt, die Linie ist gesperrt, weil sich jemand vor den Zug geworfen hat, und die Reisenden sollen lieber den Bus nehmen.«

Eine füllige Frau, die etwas Kleines, Behaartes und vermutlich Lebendiges unter dem Arm trug, mischte sich in die Diskussion ein. »Was für ein Blödsinn!« rief sie aus. »Er hat etwas ganz anderes

gesagt. Alle Züge nach Westen halten bis auf weiteres wegen einer Signalstörung nicht an dieser Haltestelle.«
Ich war sehr verwirrt und erklärte, daß ich zur Kensington High Street wolle.
»Ach, da kommen Sie von hier aus sowieso nicht hin«, meinte einer meiner neuen Bekannten.
»Da müssen Sie hinüber auf den anderen Bahnsteig«, sagte jemand anderes.
»Nehmen Sie den Zug da«, wies mich die Frau mit der lauten Stimme an und schob mich in den Zug, der gerade neben uns gehalten hatte.
Schließlich stieg ich am Piccadilly Circus aus.

Die Stadt

»Das ist wie in einem Kriegsgebiet, wo der Fernsehempfang noch gut funktioniert und man sich die Pizza nach wie vor nach Hause liefern lassen kann.«

Tom vom Planeten Tartuga

Ich bin Historiker mit dem Spezialgebiet Intergalaktische Studien und habe fast den ganzen Kosmos bereist. Ich bin schon in den Kristallhöhlen von Coper gefangen gewesen, von den zuckenden Geschöpfen des Planeten Shrop angegriffen worden, habe die Mondstürme von De erlebt und bin auf der dunkelroten Luft von GH2 spazierengegangen. Kurz: Es gab nur weniges in diesem wilden, merkwürdigen Universum, was ich noch nicht erlebt oder gesehen hatte. Ich betrachtete mich selbst als kenntnis- und einfallsreichen Bürger dieses Kosmos.
Ich kam eines Augustnachmittages an einer Straßenecke in New York an und stand zwischen einem kräftigen Mann, der ein T-Shirt

mit dem Aufdruck »Wir haben den Krieg für euch gewonnen« trug, und einem jungen Pärchen, das sich zu streiten schien. »Raum!« rief das Mädchen. »Ich habe nicht genug Freiraum!«

Ich konnte sie gut verstehen. Überall, wo ich jemals gewesen war, ging man davon aus, daß alles – egal, ob belebt oder unbelebt – nur dann funktionieren konnte, wenn es genügend Raum hatte. Aber hier war das offenbar anders. Die Straßen waren so überfüllt, daß es schwerfiel, sich fortzubewegen, sei es nun zu Fuß oder mit dem Auto oder mit dem Bus. Laute Musik war aus allen Richtungen zu hören. Sirenen heulten. Dazu kam Hupen, und alle schienen durcheinanderzureden. Ich stand in einer der größten Städte des Planeten im Freien und hatte das Gefühl, als befinde ich mich zusammen mit einem behaarten Stinktier vom Planeten Mu und siebzehn seetangspuckenden Zwergen aus der achtzehnten Galaxis in einer Raumkapsel. Die Luft war schwer und träge. Obwohl es schwierig war, die Arme zu bewegen, ohne die Leute neben mir anzurempeln, gelang es mir, mein Tartuga-Informationsbulletin 30,456: Erde zu konsultieren. Darin stand nichts darüber, daß man die Atmosphäre auf der Erde bisweilen sehen könne. Ich machte mir eine Randnotiz. Dann atmete ich tief durch. Wieder konsultierte ich mein Bulletin und strich die folgende Information durch: »Sauerstoff: 20,94%«. Plötzlich fingen alle an zu gehen. Mir blieb keine andere Wahl, also ging ich mit. Wir begaben uns ins Erdinnere.

Ich hatte zuerst gedacht, alle begäben sich in den Untergrund, um der Hitze und den Menschenmassen zu entkommen. Wahrscheinlich, so dachte ich mir, war das Atmen unter der Erdoberfläche leichter. Wahrscheinlich war es dort kühler und angenehmer. Aber das stimmte nicht. In dem unterirdischen Raum, in dem ich mich plötzlich befand, schien es ziemlich viel $C_4H_4N_4O_3$ *zu geben. Schließlich waren dort auch eine Menge Leute. Auf einem Schild stand »U-Bahn«. Wir bewegten uns noch weiter nach unten. Ich schlug »U-Bahn« im Bulletin 30,456 nach. Dort hieß es, bei der*

U-Bahn handle es sich um ein »schnelles und praktisches Beförderungsmittel«. Aber ziemlich viele der Leute rund um mich herum schienen nirgendwohin befördert zu werden. Sie schliefen auf dem Boden. Sie bettelten um Geld. Sie wühlten im Abfall herum. Sie verkauften Blumen an Ständen. Sie spielten Gitarre und sangen. Vielleicht hatte ich das Schild falsch verstanden. Diejenigen, die so aussahen, als wollten sie sich an einen anderen Ort befördern lassen – das heißt diejenigen, die an der Bahnsteigkante standen und hinunter auf die Gleise starrten, wo sich unerschrockene Nager tummelten –, schienen keine sonderliche Eile zu haben. Endlich kam ein Zug. Und endlich wurde ich auch wieder an meine Heimat erinnert. Auf Tartuga haben wir ein kleines Lebewesen, das wir Meglaphyt nennen. Meglaphyten rotten sich zusammen. Sie sind nie allein anzutreffen und fühlen sich am wohlsten, wenn sich Hunderte von ihnen auf engstem Raum befinden. Als der Zug einfuhr, dachte ich: »Meglaphyten! Sie sind zwar größer als Meglaphyten«, mußte ich zugeben, »und Meglaphyten tragen auch normalerweise keine Kopfhörer oder große technische Geräte mit sich herum, aber sie haben ganz ähnliche Instinkte.« Die Menschen drängten sich und wurden gegen Wände gedrückt. Als die Zugtüren sich öffneten, setzten sich die Leute auf dem Bahnsteig in Bewegung, und auch die Leute aus dem Zug setzten sich in Bewegung. Ich schlug den Begriff »Physik« in meinem Bulletin nach und strich Newtons Drittes Gesetz durch. Jemand schob mir einen Kinderwagen über die Zehen. Ich beschloß, wieder nach oben auf die Straße zu gehen.

Laut Bulletin 30,456 war die beste Form der Beförderung, wenn man nicht so genau wußte, wo man hin wollte, das Taxi. »Die New Yorker Taxifahrer kennen ihre Stadt wie andere Bewohner des Kosmos die Molekularstruktur des Kohlenstoffs«, hieß es im Bulletin. »Sie sind freundlich, hilfsbereit, gesprächig und gehören zu den besten Autofahrern des Planeten. Wenn Sie nicht wissen, wohin Sie müssen, sollten Sie ein Taxi nehmen.« Ich folgte diesem Rat.

In dem Taxi war es noch heißer als auf der Straße. Mr. Pitu, der Fahrer, saß auf einem Sitzschoner aus Holzperlen und aß etwas, das schon geraume Zeit tot war. Wuschelwürfel schwangen am Rückspiegel hin und her. Auf dem Armaturenbrett stand eine Figur aus Plastik. Ich gab Mr. Pitu die Adresse des Hotels Garibaldi, dem der Tester des Bulletin im Jahre 1912 vier Sterne gegeben hatte. Mr. Pitu fragte: »Was ist denn das?«

»Das ist die Adresse des Hotels Garibaldi«, erklärte ich. »Es ist in Brooklyn.«

Mr. Pitu sah mich mit neugierigem Blick an. »Wo?«

»In Brooklyn.«

Ich merkte, daß der Blick, mit dem Mr. Pitu mich betrachtete, weniger mit Neugierde als mit Unverständnis zu tun hatte. »Brooklyn«, wiederholte ich. »Das ist ein Bezirk.«

»Ein Was?« fragte Mr. Pitu.

Ich schlug den Kartenteil meines Führers auf. »Ich glaube, Sie müssen über eine Brücke«, teilte ich ihm mit.

»O, si«, sagte Mr. Pitu. »Eine Brücke.«

Wir fuhren nach Queens. Dort irrten wir eine ganze Weile herum, bis wir merkten, daß wir uns in Queens befanden. Vermutlich würden wir noch immer in Queens nach Brooklyn suchen, wenn Mr. Pitu, der allmählich ein wenig nervös wurde, nicht eine purpurfarbene Limousine geschnitten hätte. Die Herren, die in dieser Limousine saßen, stiegen aus und begannen, mit unterschiedlichen Werkzeugen und Waffen auf Mr. Pitus Taxi einzuhämmern. »Kurbeln Sie die Fenster hoch!« rief Mr. Pitu.

Ich kurbelte. »Warum machen sie das?« fragte ich, als das Dach des Taxis allmählich nachzugeben begann.

Mr. Pitu zuckte mit den Achseln. »Sie sind verrückt.«

Schließlich zeigten uns die Beamten Andrews und Martell den richtigen Weg nach Brooklyn. »Pah«, sagte Officer Andrews. »Es ist ja ein richtiges Wunder, daß Sie noch nicht in Vermont sind.«

»Oder flacher als eine Pizza«, meinte Officer Martell.

Als wir dann wieder unterwegs waren, sagte ich zu Mr. Pitu, es täte mir leid wegen seines Wagens, der aussah, als wäre jemand damit zwischen den Sternen hin und her gesurft.
Mr. Pitu zuckte mit den Achseln. »Wenigstens klaut ihn mir jetzt niemand mehr«, sagte er. Dann erzählte er mir, daß er, seine Frau, seine sechs Kinder, seine drei Brüder und seine Tante aus Guatemala stammten, wo es schwer war, sich seinen Lebensunterhalt zu verdienen, aber leicht, erschossen zu werden.
»Und hier ist es besser?« fragte ich.
Mr. Pitu machte das Kreuzzeichen. »Hier ist es auch schwer, seinen Lebensunterhalt zu verdienen, und leicht, erschossen zu werden«, sagte er, »aber die Kinder lieben Pizza, und wenigstens haben wir hier einen Videorecorder.«
Das kam mir merkwürdig vor. Nicht die Tatsache, daß man möglicherweise erschossen wurde, denn das war nachvollziehbar, sondern die Tatsache, daß man hier kein Geld verdiente. Schließlich schuldete ich ihm mittlerweile schon etliche hundert Dollar, und dabei kannte ich ihn erst kurze Zeit. »Aber Sie haben doch das Taxi«, sagte ich. »Sie müssen doch Geld verdienen mit dem Taxi.«
Wieder zuckte Mr. Pitu mit den Achseln. »Das ist nicht mein Taxi«, sagte er. »Es gehört meinem Schwager. Er läßt mich manchmal damit fahren.« Wieder machte er das Kreuzzeichen. »Ich bin ein illegaler Einwanderer«, flüsterte Mr. Pitu.
»Ach«, sagte ich. »Ich auch!«
»Amigo!« rief Mr. Pitu aus und schaltete die Taxiuhr aus.
Endlich kamen wir in Brooklyn an. Brooklyn, so nahm ich an, befand sich, trotz unserer Probleme, es zu finden, noch immer dort, wo es sich schon immer befunden hatte, aber es war nicht so, wie ich es mir vorgestellt hatte. Der Tester aus dem Jahre 1912 hatte von grünen Hügeln und Meeresbrisen gesprochen, von ländlichen Gemeinden mit ganz eigenem Reiz und eleganten Häusern. Das einzig Grüne, an dem wir vorbeikamen, waren die Ampeln. Auch von einer Meeresbrise konnte ich nichts spüren. Die Häuser waren

nur dann elegant und die Gemeinden nur dann ländlich und besaßen einen ganz eigenen Reiz, wenn man von einem verlassenen Asteroiden kam. An den Straßenrändern war eine beachtliche Anzahl von Autos ohne Räder abgestellt. Jedesmal wenn wir an einer Ampel hielten, versuchte jemand, uns künstliche Blumen oder Luftsprays zu verkaufen. »Das sind auch illegale Einwanderer«, versicherte mir Mr. Pitu.

Endlich fanden wir die Straße, die wir suchten. Sie sah aus, als wären Meteoritenschwärme darauf herabgeprasselt. Wir konnten das Hotel nicht finden.

»Und jetzt?« erkundigte sich Mr. Pitu.

»Es muß hier irgendwo sein«, meinte ich. Ich schlug vor, auszusteigen und mich umzusehen.

»Nicht allein«, sagte Mr. Pitu. »Sie sind gerade erst angekommen. Sie kennen sich nicht aus. Ich begleite Sie.«

Wir waren kaum zwanzig Meter gegangen, als ein neues Geräusch das Geheul der Sirenen in der Ferne übertönte.

»Was ist denn das?« fragte ich. »Will jemand da eine kleine Rakete starten?«

»Das sind Gewehrsalven!« rief Mr. Pitu. »Ducken Sie sich!«

»Auf wen schießen die denn?« fragte ich, als ich unter ein Auto ohne Räder tauchte. »Sie schießen doch nicht auf uns, oder?«

»Nein, nein«, beruhigte mich Mr. Pitu. »Sie schießen nicht auf uns. Sie schießen aufeinander.«

Kugeln prallten von der Stoßstange unseres Verstecks ab.

»Puh«, seufzte ich, »dann bin ich ja erleichtert.«

Als wir wieder an die Stelle zurückkamen, an der wir das Taxi abgestellt hatten, war es genauso verschwunden wie das Hotel Garibaldi.

Wieder seufzte Mr. Pitu schicksalsergeben. »Kommen Sie doch mit zu mir nach Hause. Dann bestellen wir uns eine Pizza und schauen uns ein Video an«, schlug er vor. »Vielleicht könnten Sie mir ja helfen, Eiscreme im Park zu verkaufen.«

Fernsehen

»Auf der Erde ist das Fernsehen das Gegenteil vom Sex. Alle reden ständig über Sex, aber kaum jemand tut etwas in dieser Richtung. Niemand gibt zu, die ganze Zeit fernzusehen, aber in Wahrheit scheinen die Menschen kaum etwas anderes zu tun.«

Djo Kropol,
Spezialberater der Sternenflotte Glu

Im Winter 1986 mietete ich ein Zimmer von Alan und Hilary Budd aus Streatham. Ich bewohnte den Raum ihres ältesten Sohnes Daniel, der seit Herbst die Universität besuchte. Daniel hatte einen Kalender mit Sein-bester-Freund-Comics hinterlassen, dazu einen Tennisschläger, ein Aquarium, mehrere Pornoheftchen unter dem Teppich, eine aufblasbare Mistgabel und einen Farbfernseher. Ich zog am 13. Dezember um 5 Uhr 54 ein, nachdem ich um 5 Uhr 52 am Ende der Straße gelandet war. Ich trank eine Tasse Tee zusammen mit Mrs. Budd, die mich für einen Austauschstudenten hielt, der sein Englisch verbessern wollte. Mrs. Budd schaute gerade eines ihrer Lieblingsprogramme auf ihrem Watchman an. (»Das ist die tollste Erfindung überhaupt«, sagte sie mir. »Damit kann ich gleichzeitig die Hausarbeit machen und ›Coronation Street‹ ansehen.«) Um 6 Uhr 30 betrat ich mein neues Zimmer. Um 6 Uhr 35 schaltete ich den Fernseher an.

Ich verließ mein Zimmer fünf Tage lang nicht. Ich schaute mir die Nachrichten an. Ich sah Dokumentarfilme. Ich sah Talkshows und Diskussionen. Ich sah Filme und Situationskomödien und Fernsehserien. Ich schaute mir Seifenopern an. Ich sah Krimis, Varietésendungen, Komödien und Werbung. Wie ich zusammen mit Bette Davis weinte! Wie ich mit Steve Martin lachte! Welche Sorgen ich mir um JR machte! Und welche Gedanken ich mir darüber machte, daß ich Mundgeruch oder Schuppen haben könnte oder es nie zu einem Wagen mit Vierradantrieb bringen würde!

Jeden Morgen schaltete ich den Fernseher an, sobald die erste Sendung lief, und jeden Abend schaltete ich ihn wieder aus, wenn die letzte Sendung zu Ende war. Dazwischen saß ich am Fenster, starrte hinaus auf die Straße und sang die eingängigeren Melodien aus den Werbespots. Alles sah so friedlich aus. Friedlicher als im ersten Programm. Die Hunde trotteten die Gehsteige entlang, die Katzen schliefen auf den Fensterbrettern. Die Menschen fuhren zur Arbeit, die Kinder gingen zur Schule, die Mütter schoben ihre Kinderwagen zum Einkaufen, und ich lehnte am Fenster und wartete darauf, daß sie anfingen, Lieder über Schokolade oder Kaugummi zu singen.

Ich war verwirrt. Wie paßte all das zusammen? Da draußen, nur wenige Meter entfernt von dem baumbestandenen Brinkley Crescent, wo der Kaffee noch nach Kaffee schmeckte, wo es aus den Toiletten duftete wie auf einer Frühlingswiese und wo Mütter ihre Liebe dadurch bewiesen, daß sie die Bettlaken und die Tennissokken der Familienmitglieder immer blütenrein wuschen, gab es Panzer, Kamikazepiloten, militärische Aktionen, Hungersnöte, Rockstars mit sozialem Gewissen, Psychopathen, die früher der Marine angehört hatten, Cowboys, Indianer, wilde Tiere, sprechende Katzen, Waschmaschinen, Autos, singende Kühe, Kartoffeln, Erfrischungsgetränke, tanzende Mülltonnen, Kellner, Chipstüten, Killer, die eine unglückliche Kindheit verlebt hatten, Engel, die alle anderen bekehren wollten, Söhne Satans, die die Herrschaft über die Welt übernehmen wollten.

Und nicht nur das – es war auch keinerlei Verlaß darauf, wie etwas aussah. Der freundliche Arzt konnte sich in einen Werwolf verwandeln. Der gläubige Priester in einen Vampir. Der Polizeichef in einen Drogenhändler. Die nette alte Dame am anderen Ende der Straße in eine Agentin.

Am sechsten Tag klopfte Mrs. Budd an meine Tür. »Ich wollte Sie ja nicht stören, Djo«, entschuldigte sie sich. »Ich meine, ich möchte nicht, daß Sie glauben, ich spioniere Ihnen nach oder so, aber Sie sind jetzt schon ziemlich lange da drin. Ist alles in Ordnung?«

»Ja, ja«, antwortete ich. »Alles ist in Ordnung.«

»Das Bett ist nicht zu hart?« erkundigte sich Hilary. »Das Zimmer ist nicht zu heiß? Sie haben doch inzwischen herausgefunden, wie die Toilette und die Heizung funktionieren, oder?«

Ich machte die Tür auf, um ihr zu zeigen, daß wirklich alles in Ordnung war.

»Aber schauen Sie sich doch bloß mal im Spiegel an!« rief Mrs. Budd aus. »Ich möchte ja wirklich nicht, daß Sie meinen, ich mische mich ein oder so, aber Sie sehen sehr, sehr blaß aus. Warum gehen Sie denn überhaupt nicht aus dem Zimmer?«

»Aus dem Zimmer?« wiederholte ich.

»Ja, aus dem Zimmer«, sagte Mrs. Budd. »Sie brauchen ein bißchen frische Luft, Djo, wirklich, das meine ich ernst.«

Wenn man dem Dokumentarfilm »Wie lange ist ewig? Die Zukunft der Erde« Glauben schenken konnte, fand man frische Luft auf diesem Planeten nur noch unter einem Sauerstoffzelt, aber das war nicht mein Hauptanliegen. Schon eher machte ich mir Sorgen darüber, daß ich auf ein Minenfeld treten oder von hungernden Samurai überfallen werden könnte. Oder was wäre, wenn man von mir erwartete, daß ich sang? Ich war mir nicht so sicher, ob ich mir den ganzen Text des Liedes aus der Butter- und Margarinewerbung gemerkt hatte. »Nein, wirklich«, murmelte ich, »mir gefällt's hier drin.«

»Unsinn«, sagte Mrs. Budd, »warum kommen Sie nicht herunter und trinken mit mir eine Tasse Tee, und dann können wir zusammen einkaufen?«

Mrs. Budd war klein und sehr ordentlich, und sie sah der Frau sehr ähnlich, die in dem Spätfilm vom vorletzten Abend einsame Männer umgebracht hatte.

»Nein, nein«, wehrte ich ab, »das kann ich nicht annehmen ...«

Doch Mrs. Budd war, genau wie Lillian, die Mörderin mit den guten Absichten, wild entschlossen. »Sie brauchen nicht so schüchtern zu sein«, rügte sie mich. »Kommen Sie ruhig herunter, trinken Sie eine schöne Tasse Tee mit mir, und essen Sie ein paar Kekse, und dann gehen wir zusammen spazieren.«

Ich beobachtete sie genau dabei, wie sie den Tee machte. Natürlich wußte ich, daß ich keinerlei Grund hatte anzunehmen, daß Mrs. Budd mich vergiften wollte, denn schließlich hatte ich schon einmal eine Tasse Tee mit ihr getrunken, und auch wenn er ein wenig bitter gewesen war, hatte er mich doch nicht umgebracht. Aber andererseits hatte ich auch keinen Grund anzunehmen, daß sie mich nicht beseitigen wollte. Eins hatte ich in meiner jahrelangen Beschäftigung mit der Telekommunikation gelernt: Genaues läßt sich nicht sagen. Auf die Menschen ist kein Verlaß.

Nachdem Mrs. Budd die Tassen auf den Tisch gestellt hatte, wechselte ich sie hinter ihrem Rücken aus (genauso, wie es der kluge Held im Film getan hatte), nur, um sicherzugehen.

Mrs. Budd kehrte mit einem noch ungeöffneten Päckchen Keksen aus der Speisekammer zurück. Es handelte sich um die Marke mit den Eiern von freilaufenden Hühnern. Ich beschloß, das Risiko einzugehen.

Während wir Tee tranken und ich mich fragte, ob die Eier von freilaufenden Hühnern wohl anders schmeckten als andere, erzählte Hilary mir die Geschichte ihres Lebens. Irgendwie hatte ich das Gefühl, in einem Zug zu sitzen.

»Also dann«, sagte Hilary, als wir den Tee ausgetrunken hatten, »sollen wir gehen?«

Ich sah sie völlig verblüfft an, denn ich war so vertieft gewesen in ihre Ausführungen über ihre Auseinandersetzungen mit ihrer Nachbarin Mrs. Murphy über deren Kater Bob und seine sexuelle Unersättlichkeit, daß ich unsere Pläne, das Haus zu verlassen, vergessen hatte. »Jetzt?« fragte ich.

Mrs. Budd nickte und rückte den Stuhl zurück. »Nun kommen Sie schon«, sagte sie mit forscher Stimme. »Sie haben doch wohl nicht diese weite Reise gemacht, um nur in Ihrem Zimmer zu sitzen, oder?«

Eigentlich hätte meine Antwort auf diese Frage folgendermaßen lauten müssen: »Nein, ich wollte hier Studien über die Sprachen der Erde betreiben, aber wenn ich ehrlich sein soll, Mrs. Budd, würde ich lieber in meinem Zimmer bleiben, als das Risiko einzugehen, von einer Herde wilder Büffel niedergetrampelt zu werden.«

Statt dessen sagte ich nur: »Nun ...«

Mrs. Budd reichte mir einen Schirm. Im Fernsehen regnete es normalerweise nur in Kriminalfilmen, Thrillern, Ehedramen und Werbespots für Erkältungsmittel, aber am Brinkley Crescent regnete es die ganze Zeit.

Wir machten uns auf den Weg zu den Geschäften.

Zu meiner großen Überraschung schoß niemand auf uns, während wir so dahingingen. Mrs. Budd teilte mir ihre Vermutungen darüber mit, ob Prinzessin Di glücklich war oder nicht, und schien sich keinerlei Sorgen darüber zu machen, daß uns an der nächsten Straßenecke vielleicht eine Gruppe von kriegslustigen Apachen auflauern könnte. »O je«, meinte Mrs. Budd plötzlich inmitten ihrer Ausführungen über das Fressen der königlichen Corgies, »Sie sind aber ganz schön nervös. Wahrscheinlich ist das das europäische Essen, meinen Sie nicht auch? Es ist viel zu würzig, wenn Sie mich fragen. Wenn wir wieder zu Hause sind, mache ich Ihnen einen schönen Pudding und noch eine Kanne Tee.«

Ich folgte ihr auf die High Street. Nirgendwo war ein Panzer zu sehen. Die einzigen Tiere, an denen wir vorbeikamen, gingen entweder an der Leine oder schliefen. Niemand tanzte oder sang oder ritt auf einem Elefanten. Aber natürlich wußte ich, daß das nur die Ruhe vor dem Sturm war. Jeden Augenblick konnte uns eine Kugel dahinraffen oder ein Klavier auf den Kopf fallen.

»Das macht der Krieg, nicht wahr?« fragte Mrs. Budd, als wir zum

Supermarkt hinübergingen. »Sie und Ihre Leute haben den Krieg immer noch nicht ganz verwunden, stimmt's?«
Und dann sah ich ihn. Vor einer Bank stand ein Panzerwagen. Zwei Männer in Uniformen, die aussahen wie Raumanzüge, gleich daneben. Ich wußte, was das bedeutete. Eine ganz normale Einkaufsstraße. Ein verregneter Nachmittag. Mit Einkäufen bepackte Hausfrauen und Kinder, die von der Schule nach Hause liefen. Es handelte sich um eine Szene, wie ich sie im Verlauf der letzten fünf Tage mindestens schon siebenmal gesehen hatte. Gleich würde ein Banküberfall stattfinden. Die Bank würde ausgeraubt oder in die Luft gesprengt. Jeden Augenblick würden Männer mit russischen Maschinengewehren und Strumpfmasken hineinstürmen und Angst und Schrecken verbreiten.
Jahrzehntelange Patrouillen in den achtzehn Galaxien des nordöstlichen Quadranten hatten meine Reflexe und meine Fähigkeit zu sofortigem Handeln geschärft. Ohne eine Sekunde zu verlieren, stieß ich Mrs. Budd zu Boden und schützte ihren Körper mit meinem eigenen. Ich wartete auf die ersten Schüsse, auf die Schreckensschreie, auf die Titelmelodie von Superman. Plötzlich durchzuckte mich ein spitzer Schmerz. »Es muß das Wasser sein«, sagte Mrs. Budd, als sie mich wegschob. »Das Wasser ist einfach nicht mehr dasselbe seit dem Krieg.«
Als wir dann später am Küchentisch saßen, Pudding aßen und Tee tranken, erklärte ich Mrs. Budd, warum ich sie so plötzlich zu Boden geworfen hatte, und sie entschuldigte sich dafür, daß sie beinahe für meine dauerhafte Unfruchtbarkeit gesorgt hätte. Sie lachte. »Das Fernsehen darf man nicht so ernst nehmen«, sagte sie. »Ich selbst sehe nicht viel fern«, erklärte sie mir. »Wir haben den Apparat hauptsächlich für die Kinder.«

Die Dinnerparty

»Die Menschen geben Dinnerpartys, statt ihre Freunde zum Essen einzuladen oder Romane zu schreiben.«

M_2 vom Galaktischen Feger im Zweiten Quadranten

Während eines meiner Besuche auf der Erde arbeitete ich in einer Werbeagentur. Ich hatte vorgehabt, eine Beschäftigung beim Fernsehen zu finden, weil ich mich mit von der Norm abweichenden Technologien befassen wollte[27]*, das war aber nicht möglich, denn seinerzeit arbeitete bereits eine Technikerin auf diesem Gebiet. Also entschied ich mich für eine Tätigkeit als Werbetexterin, weil Fernsehen und Werbung meiner Ansicht nach fast identisch waren. Meine Arbeitgeber sagten, ich sei noch ganz »unverbraucht«.*

Einer meiner Kollegen (ich kannte ihn nicht sehr gut und hatte immer das Gefühl gehabt, er könne mich nicht sonderlich gut leiden, weil er jedesmal wenn ich während einer Sitzung etwas sagte, nur lächelte und sagte: »Tja, so kann man das wohl auch sehen«) lud mich zum Abendessen ein. »Andina und ich haben für Samstag abend ein paar Leute eingeladen«, sagte er mir, »und wir haben uns gefragt, ob Sie nicht vielleicht auch kommen möchten.«

Ich nahm ihn beim Wort und sagte zu, da ich nichts anderes vorhatte und auch nicht glaubte, daß mich irgendwer oder irgend etwas davon abhalten würde, seiner Einladung zu folgen. Es wäre mir nie in den Sinn gekommen, daß ich durchaus die Möglichkeit

[27] Nur auf der Erde dient der technologische Fortschritt nicht dem Planeten und seinen Bewohnern, sondern den wenigen Wohlhabenden und ihrem Bedürfnis, immer neue Dinge zu erwerben, die sie bei Licht besehen gar nicht brauchen.

Wo wäre der Mensch wohl, wenn er nicht wüßte, wie er seine Zeit produktiv und angenehm verbringen könnte?

gehabt hätte, mir eine Entschuldigung auszudenken und abzusagen (was vermutlich derjenige getan hatte, den er zuerst eingeladen hatte). »Danke, Hal«, sagte ich also, »das freut mich aber«, ohne mir im klaren darüber zu sein, daß diese Freude vielleicht etwas verfrüht sein könnte.

Hal begrüßte mich an der Tür und sah ganz ähnlich aus wie in Situationen, in denen er nur noch einen Tag Zeit hatte, sich einen neuen Spruch für ein Spülmittel einfallen zu lassen. »Schön, daß Sie gekommen sind«, sagte er und entfernte seinen Mund gerade lange genug von seinem Glas, um die Spitze meines Ohres zu küssen. »Es freut mich wirklich, daß Sie es geschafft haben, zu kommen. Sie sehen blendend aus. Kommen Sie doch rein, dann stelle ich Ihnen die anderen vor.«

Im Wohnzimmer saßen fünfzehn Leute im Kreis herum, die Gastgeberin nicht mitgezählt, die man in der Küche herumhantieren hören konnte. Alle klammerten sich an ihre Drinks wie an Rettungsboote und reichten die Nüsse weiter. Als wir auf der Schwelle standen, schnappte ich ein paar Gesprächsfetzen auf: »Was haben wir doch in den letzten Tagen für schönes Wetter gehabt ...«, »Natürlich kündige ich so bald wie möglich, damit ich endlich meinen Roman schreiben kann ...«, »Eigentlich kann ich ihn ja verstehen, aber ...«, »Meine Mutter hat auch immer etwas an mir auszusetzen ...«, »Ich würde das ja nicht jedem sagen, aber meiner Meinung nach wird Tolstoi einfach ein bißchen überbewertet ...«

Hal drückte mir ein Glas Wein in die Hand und rief: »Hört mal alle her: Das ist Meg Hol ... Meg Har ... Meg ...«

»Tue«, half ich ihm weiter. »Meg Tue.«

»Meg«, schloß er. »Meg, das sind Dan, Janet, Ellen, Lila, Ray, Terence, Burn, Natalia, Sue, Mark, Omar, Gerry, Pauline, Richard, Steve und Mrs. Harris.« Kurze Begrüßungen von den Menschen und ein schwaches Miauen von Mrs. Harris schallten mir entgegen. Ich fand ein Plätzchen auf der Kante des Sofas, gleich neben der Katze, und lächelte genauso grimmig wie alle anderen. Mrs. Harris streckte sich und grub mir ihre Krallen in die Oberschenkel. Aus dem Zustand des Sofas schloß ich, daß es ratsam wäre, die Katze dazu zu überreden, sich einen anderen Platz zu suchen.

Die Frau mir gegenüber beugte sich zu mir herüber und schüttelte mir die Hand. »Ich heiße Natalia«, sagte sie mit einem Lächeln. »Welches Sternzeichen sind Sie denn?«

»Wie bitte?« fragte ich.

Ich hatte mich zwar schon mehrmals auf der Erde aufgehalten, mich aber kaum jemals in die Gesellschaft von Menschen begeben (das ist eine lange Geschichte, aber ich will sie hier kurz erzählen: Ein Onkel von mir verbrachte einmal neun Monate in einem Gefängnis in Glasgow, Ohio, weil er es mit Glasgow, Schottland, verwechselt hatte und im Kilt erschienen war, und diese Erfahrung hatte mich Vorsicht gelehrt), und deshalb hatte ich auch keine Ahnung, wovon sie sprach.

»Welches Sternzeichen sind Sie?« fragte sie wieder. »Ich wette, Sie sind Zwilling.«

»Zwilling?«

Sie deutete meine Verwirrung als ein Nein. »Wenn Sie kein Zwilling sind, dann sind Sie mit Sicherheit Krebs«, erklärte sie mir. »Ich spüre nämlich Ihre ... Ihre Aura ...«

»Aura, Schmaura«, sagte der Mann, der jenseits der Katze saß. »Diese ganze Sache mit der Astrologie ist doch Unfug. Wirklich interessant ist nur die hypnotische Regression.[28] *Als mir klar war, daß ich einmal ein indischer Radscha gewesen bin, konnte ich die Probleme mit meinem Vater sofort lösen.«*

»Sie sind Stier«, sagte Natalia und sah ihn mit scharfem Blick an.

»Einzig und allein auf Glaskugeln ist Verlaß«, sagte die Frau neben dem Mann, der einmal ein indischer Radscha gewesen war, fast im Flüsterton. Ihr Name war Pauline. »Erst durch sie wurde es mir möglich, einige außerkörperliche Erfahrungen zu durchleben.«

Er schnaubte verächtlich. »Sie wollen doch nicht etwa behaupten, daß die Erinnerung an frühere Leben eine außerkörperliche Erfahrung ist? Glauben Sie mir, als ich ins dreizehnte Jahrhundert kam und merkte, daß ich mich zusammen mit Marco Polo auf einer Reise nach China befand, bekam ich eine völlig neue Einstellung zum Leben.«

»Das Leben ist eine außerkörperliche Erfahrung«, mischte sich Natalia ein. »Sie scheinen das beide nicht richtig zu verstehen.«

Der Rauchmelder ging los.

Alle schauten in Richtung Küche.

[28] Es ist höchst interessant, daß die meisten Menschen zwar unglücklich oder unzufrieden mit ihrem gegenwärtigen Leben sind, sich aber nichts sehnlicher wünschen, als Sicherheit über ihre vorhergehenden Leben zu erlangen. Es ist weiterhin interessant, daß sich unter den Millionen von Menschen, die im Hypnosezustand erfolgreich in ihre früheren Leben zurückversetzt wurden, offenbar bedeutend mehr Könige, große Krieger, berühmt-berüchtigte Schönheiten oder Nofreteten als Sklaven, Bettler oder Versicherungsvertreter befinden.

Hal erschien in der Tür. »Die Suppe ist fertig, Leute«, verkündete er.
Nachdem ich Mrs. Harris von meinem Stuhl entfernt hatte, wurde ich zwischen Richard, den Mann, der sowohl ein indischer Radscha als auch ein Begleiter Marco Polos gewesen war, und Burn, einen Songschreiber, dessen Rockhit aus dem Jahre 1971 über Liebe und Freiheit Hal für einen von der Presse ausgezeichneten Werbespot verwendet hatte, gesetzt.
Hals Frau Andina, die gerade aus der Küche kam, sah aus, als habe sie soeben einen Krieg gegen die Galtronen geführt und ihn verloren. »Ich hoffe, die Suppe schmeckt«, sagte sie, als sie die Suppenterrine auf den Tisch stellte. In ihren Haaren hing etwas Grünes. »ich habe sie nach einem Rezept zubereitet, das ich aus der Times ausgeschnitten habe.«
Anerkennendes Gemurmel.
Marco Polos Begleiter beugte sich zu mir herüber und flüsterte mir ins Ohr. »Ich hoffe, das ist nicht wieder diese verdammte Gurkensuppe, die sie immer macht.«
Burn begann, den Wein einzuschenken.
»O Gott«, sagte Andina, als sie die Suppe aus der Terrine schöpfte. »Ich hoffe, ich habe nicht zuviel Pfeffer in die Suppe getan.«
Noch ein bißchen Gemurmel und ein paar Versicherungen, daß sie sich keine Sorgen zu machen brauche, schließlich sei sie doch so eine gute Köchin. Gleichzeitig griffen zahlreiche Hände nach dem Brot.
»Oder Salz«, sagte Andina.
»Haben Sie hier schon mal was gegessen?« fragte Burn.
»Oder Minze«, fuhr Andina fort.
Ich schüttelte den Kopf.
»Dann schenke ich Ihnen lieber noch was ein«, sagte er und zwinkerte mir zu.
»Gott steh uns bei«, murmelte der indische Radscha. »Ich rieche Gurken, in Joghurt und Mehl gekocht.«

»Sie müssen nichts essen, wenn es Ihnen nicht schmeckt«, meinte Andina.
Hal kippte ein halbes Glas Rotwein hinunter und lachte. »Schatz, so sei doch nicht albern«, sagte er. »Es wird allen schmecken, und das weißt du auch.«
Ich beäugte die Suppenterrine.
»Sie sind also die Sowieso von Daundda«, sagte Richard, der Herrscher und Entdecker.
Ich fragte: »Wie bitte?«
»Die Soundso aus Daundda«, wiederholte er.
Einen kurzen Augenblick lang glaubte ich, er wolle mir sagen, er wisse, wer ich wirklich sei, nämlich M_2 vom Galaktischen Feger im Zweiten Quadranten, doch dann wurde mir mit einem Schlag klar, daß er die Frau meinte, die die Einladung in weiser Voraussicht ausgeschlagen hatte und sich nun zu Hause in Ruhe die Haare waschen konnte. »Ich bin Meg von Wiley & Wiley«, berichtigte ich ihn und beäugte noch immer mißtrauisch meine Suppe.
»Ach«, sagte er, und er klang irgendwie enttäuscht. »Ich hätte gedacht, Sie wären die Frau von der Presse.«
»Die Frau von der Presse?« fragte ich.
Der Mann, der Marco Polo begleitet hatte, als dieser die Spaghetti entdeckte, nickte. »Hal hat gesagt, er will Bettina Davis-du Menoza einladen. Sie hat Kontakt mit einem Aztekenpriester.«
»So ratsam sind solche Kontakte nicht, nach allem, was ich über die Aztekenpriester gehört habe«, meinte ich.
»Darf ich Ihnen noch ein bißchen Wein nachschenken?« fragte der Songschreiber.
Ich schüttete den Wein in meine Suppe.
Der Songschreiber wollte wissen, ob ich schon einmal von ihm gehört hatte.
Ich vergaß vorübergehend, daß die Menschen ihre Fragen nicht stellen, um eine ehrliche Antwort zu erhalten, sondern um das

zu erfahren, was sie hören wollen, und sagte: »Nein, ich glaube nicht.«

Burn fing an, sich mit Sue zu unterhalten, die auf der anderen Seite saß.

Andina wollte wissen, ob irgend jemand noch einen Nachschlag wolle.

Keiner wollte sich den Appetit für den Hauptgang verderben.

Das war ein Fehler.

»Ich weiß, daß ein paar von unseren Gästen Vegetarier sind«[29]*, entschuldigte sich Andina, als Hal mit einer dampfenden Platte aus der Küche kam, »aber wahrscheinlich sieht niemand hier die Sache so eng, daß er auch kein Hühnchen ißt.«*

Der Radscha und ich griffen gleichzeitig nach dem Wein.

»Hoffentlich ist es durch«, sagte Andina, während sie das Geflügel tranchierte. »Und nicht zu weich«, meinte sie dann.

Wieder murmelnde Geräusche und Versicherungen, daß sie eine perfekte Köchin sei.

Blut tropfte auf meine vorgekochte Kartoffel und das kleine Häufchen Erbsen. Ich mußte an die süßen kleinen Küken in der Farbfilmwerbung denken, die ich gerade gemacht hatte, an die Küken, die dazu verdammt waren, auf Hals und Andinas Wedgwood-Geschirr zu landen, das sie zur Hochzeit geschenkt bekommen hatten. Mrs. Harris biß mich in den Knöchel.

»Wie ist es?« fragte Andina. »Hat schon jemand etwas davon probiert? Das Rezept habe ich aus Cosmopolitan.«

Etwa zu dieser Zeit brachte Sue das Gespräch auf Jim Morrison.

Sie lächelte Burn an und sagte: »Als ich noch jünger war, habe ich Sie immer mit Jim Morrison verwechselt.«

[29] Vegetarier ernten, genau wie Umweltschützer und Pazifisten, von den meisten Menschen normalerweise schiefe Blicke. Offenbar gehen sie davon aus, daß jeder, der sich weigert, das Fleisch anderer Lebewesen zu verzehren, und der sich um das Schicksal des Planeten Sorgen macht oder gegen Massenmord ist, mit dem Teufel im Bund steht.

Vom anderen Ende des Tisches war Mark, der wahrscheinlich ihr Mann war, zu vernehmen: »Mein Gott, Sue, bitte fang nicht wieder damit an, ja?«
»Wer ist Jim Morrison?« erkundigte ich mich.
Als Reaktion erntete ich ein paar Entsetzensschreie. »Wer Jim Morrison ist? Könnt ihr glauben, daß sie nicht weiß, wer Jim Morrison ist? Wo kommt sie denn her, von Alpha Centuri?«
Ich merkte schon: Hier würde ich keine Informationen bekommen. Mrs. Harris krallte sich an meinem Knie fest.
Burn spuckte mittlerweile ein halbes Glas Wein in seine Suppe. »Mich?« keuchte er, als er sich wieder erholt hatte, um etwas zu sagen. »Jim Morrison? Sie haben mich mit Jim Morrison verwechselt?«
Sue nickte. »Es sind nicht die Augen«, erklärte sie. »Jim hatte diesen phantastischen, fast schon besessenen Blick. Aber irgend etwas an Ihrem Mund ...«
»Er war Schütze«, rief Natalia von der anderen Seite des Tisches. Da ich glaubte, daß sie den Planeten Sagittaria meinte, auf dem ich schon ziemlich viel Zeit verbracht hatte, fing ich an: »Das glaube ich nicht. Ich bin mir sicher, daß ich noch nie ...«
»Er war völlig bekloppt«, mischte sich Burn ein. »Ein talentloser Säufer.« Er tunkte etwas Blut mit einem Brötchen auf. »Genau das war er, dieser Jim Morrison. Nicht mehr und nicht weniger.«
»Entschuldigen Sie«, sagte ich, sah zuerst Richard, dann Natalia und dann Burn an, »aber ich weiß wirklich nicht, über wen Sie sprechen.«
»Er war einer der schönsten Männer, die je gelebt haben«, sagte Sue.
»Trink keinen Wein mehr, Sue«, rief Mark quer über den Tisch. »Keinen Tropfen mehr.«
Terence warf seine Serviette auf den Tisch und starrte Burn mit einem wütenden Blick an. »Sind Sie vielleicht eifersüchtig?« fragte er, griff nach Sues Glas und trank ihren Wein aus. »Jim Morrison

hatte mehr Talent im kleinen Finger, als Sie in Ihrer ganzen Laufbahn bewiesen haben.«

Burn neigte sich ihm zu, das Gesicht ziemlich rot für einen Menschen. »Einen Augenblick mal«, sagte er mit bösem Grinsen. »Daß wir uns nicht mißverstehen. Sie wollen mir etwas über Musik erzählen? Sie, ein Mann, der Werbesprüche für Schuppenshampoo und Rasenmäher schreibt?« Die Kerzen flackerten. Seine Haare hingen im Wein.

»War er ein Komponist?« erkundigte ich mich.

Terence' Stimme klang ruhig und vernünftig, was mich wunderte. Ich hatte bisher die Erfahrung gemacht, daß jemand, der so viel so schnell trank, zur Hysterie neigte. »Wir wollen doch nicht vergessen, daß ich Ihre Songs als Hintergrundmusik für meine Sprüche verwende, mein Lieber.«

»Es ist noch ein bißchen Hühnchen übrig, wenn noch jemand etwas möchte«, rief Andina.

»Welche Art von Musik schrieb er denn?« fragte ich. Mrs. Harris hatte mittlerweile fast meinen Schoß erreicht. Ich fütterte sie mit meinem Hühnchen.

Omar sagte: »Ach hören Sie doch auf damit, Burn. Sie ärgern sich doch bloß, weil das Mädchen damals behauptet hat, Jim Morrison in Brighton gesehen zu haben, und dabei waren Sie das.«

Lila zeigte mit der Gabel auf Burn. »Jim Morrison war einfach göttlich, mehr ist zu diesem Thema nicht zu sagen.«

»Er war drogen- und alkoholabhängig«, erwiderte Burn. »Sein bester Song war noch nicht mal von ihm selbst.«

»Er war einfach toll«, seufzte Ellen.

Sue schüttelte den Kopf. »Nein«, sagte sie mit abwesender Stimme, »Lila hat recht. Er war ein Gott.«

»Ist er tot?« fragte ich.

»Was hast du denn mit den Kartoffeln gemacht, Andina?« erkundigte sich Mark. »So etwas habe ich noch nie gegessen.«

»Jim war wie Dionysos«, sagte Lila. »Er war göttlich.« Sie wischte

eine Träne weg. »Sein Tod war eine schreckliche Tragödie«, hauchte sie.
»Also ist er tot«, sagte ich.
»Ich habe sie über Dampf garen lassen«, sagte Andina. »Das ist ja so gesund. Möchte noch jemand Erbsen?«
»Schützen haben oft Probleme, und sie lieben den Alkohol«, sagte Natalia, »aber es läßt sich nicht leugnen, daß sie einen natürlichen Hang zur Dichtkunst und einen eigenwilligen Geist besitzen.«
»Ich dachte, sie sind besonders bekannt wegen ihres technischen Geschicks«, mischte ich mich ein. »Wir sagen immer, sie haben das Gehirn eines Computers und die Seele eines erkalteten Meteors.«
Natalia warf mir einen bösen Blick zu. »Nun sagen Sie nur nicht, daß Sie auch so eine von diesen New-Age-Frauen sind«, sagte sie mit eiskalter Stimme und versetzte mir unter dem Tisch einen Stoß.
Burn ließ seine Gabel fallen und griff nach der Flasche. Er kam Terence nur um Sekundenbruchteile zuvor. »Das einzig Natürliche, was Jim Morrison jemals gehabt hat, war ein Ständer«, brüllte er. »Und sein einziger Geist hieß Jack Daniels.«
»Schatz«, sagte Hal, »du hast dich diesmal wirklich selbst übertroffen. Das Hühnchen ist einfach perfekt.«
»Sie wissen doch, daß er immer noch lebt, oder?« fragte Richard. »Er unterrichtet symbolistische Dichtkunst an der Sorbonne.«
»Nun hört doch mal auf«, bettelte Burn.
»Ich dachte, er ist tot«, warf ich ein. Mrs. Harris kletterte nun auf meinen Schoß und fing an, von meinem Teller zu fressen.
»Meine Liebe«, sagte Andina, »das sollten Sie nicht zulassen.« Sie lächelte mir zu. »Schieben Sie sie einfach weg, wenn sie Ihnen auf die Nerven geht.«
Ich konnte sie nicht wegschieben, denn sie hatte sich in meinen Oberschenkeln verkrallt.
»Haben Sie ihn persönlich gesehen?« fragte Lila Richard.
»Ich habe einmal eine Vision von ihm gehabt«, sagte Natalia. »Er war in der Wüste und führte einen indianischen Tanz an.«

»Waren sie alle nackt?« fragte Burn mit verächtlichem Grinsen.
Ich drehte meinen Teller ein wenig, damit Mrs. Harris die Kartoffel besser erreichen konnte. »Sie meinen, daß er Indianer war?« erkundigte ich mich.
»Ich habe ihn gesehen«, flüsterte Pauline. »Ich habe meinen Körper in der Nacht des 18. August 1988 verlassen und bin nach Tibet gereist, und dort habe ich Jim getroffen, der in den Bergen lebte und Gedichte schrieb.«
Mrs. Harris machte sich nun über die Erbsen her. Ich schenkte mir noch ein wenig Wein ein und verstand allmählich, warum die Menschen so viel tranken. »Er war also ein Mönch?«
»Wie sah er aus?« fragten Lila, Ellen und Sue.
»Wie ein Yak«, fauchte Burn.
Terence warf mit seinem Brötchen nach Burn. »Nur weil Sie vor zwanzig Jahren einen leidlich erfolgreichen Popsong geschrieben haben, können Sie nicht an der Tatsache rütteln, daß Jim Morrison ein großer Dichter war«, ereiferte sich Terence.
»Vergessen Sie nicht, Sie müssen noch eine Nachspeise essen«, erinnerte Andina.
Burn erhob sich und stieß dabei mehrere Gläser und eine Flasche mit Wasser um. »Das reicht«, rief er. »Ich bleibe keine Sekunde länger bei diesen Schwachsinnigen am Tisch.«
»Aber Sie müssen doch noch die Nachspeise essen«, sagte Andina. »Das Rezept habe ich aus Harper's Bazaar.«
Omar, Dan und Terence erhoben sich ebenfalls. »Wen meinen Sie denn mit den Schwachsinnigen?« wollten sie wissen.
»Was denken Sie denn?«
»Entschuldigen Sie«, sagte ich, »aber wer ist denn nun Jim Morrison?«
Alle fingen an, auf mich einzubrüllen.
Als die Polizei dann das Haus wieder verlassen hatte und alle Wunden versorgt waren, meinte Andina: »Wissen Sie, ich glaube,

nächstes Mal würze ich das Hühnchen noch mit ein bißchen Salbei.«

Werbung

Alice Popola, Sonderabgesandte vom Planeten Lute[123]

Wie Sie vielleicht wissen, befindet sich der Planet Lute im Zentrum einer Wandergalaxis. Manchmal sind wir in einem Quadranten, dann wieder in einem anderen. Manchmal sind wir von völliger Leere umgeben, dann wieder von einem richtigen Sternenmeer. Wir bringen Tausende von Jahren hinter uns ohne Kontakt zu anderen Lebensformen, und eines Morgens sind wir dann urplötzlich Gastredner bei einem großen Planetentreffen. Raumklüfte verschlucken uns, Astralkörper kollidieren mit uns, intergalaktische Expeditionen können uns nicht finden. Deshalb lautet der Wahlspruch der Lutianer auch: Man gewöhnt sich an alles.

Erst als ich die Erde zum erstenmal besuchte, wurde mir klar, daß dieser Spruch nur bedingt zutrifft.

So habe ich mich beispielsweise nie an das Kino gewöhnen können. Ich weiß nicht, warum, aber es war einfach nicht möglich. Es macht mir nichts aus, daß das Popcorn immer kalt ist und daß es im Foyer stinkt wie im Wattenmeer. Ich habe auch nichts gegen die sogenannten Wohnzimmerkinos. Mir macht es nichts aus, wenn die Leute hinter mir sich während des ganzen Films unterhalten und dabei entweder die Geschichte kommentieren oder die nächsten Schritte verraten. Es ist mir egal, wenn in der ersten Reihe immer ein Mensch sitzt, der lacht wie ein heliumtrunkener Raumfahrer vom Planeten Bjorkia. Es macht mir nicht einmal etwas aus, daß die Füße immer am Boden ankleben.

Wogegen ich etwas habe, sind die Werbespots.

Man kommt in den Kinopalast: siebzehn verschiedene Kinos, eine Bar, kaltes Popcorn, achtundzwanzig Sorten Schokolade[30] *und der unverwechselbare Geruch von gebratenen Schweineohren.*
Nach einer kleinen Auseinandersetzung mit der Ticketverkäuferin (die merkwürdigerweise nie weiß, ob Sie zwei Tickets für Kino vier oder vier Tickets für Kino zwei gesagt haben oder nur die Uhrzeit von ihr wissen wollten) dürfen Sie endlich hinein. Sie betreten das Kino. Sie setzen sich. Es wird dunkel. »Ist das nicht alles schrecklich aufregend?« flüstern Sie Ihrer Begleiterin zu. »Auf der großen Leinwand ist doch alles so ganz anders.«
Das Bild auf der großen Leinwand flackert. Ihre Begleiterin reicht Ihnen das Popcorn.
Es folgt eine lange Sequenz mit strahlend blauem Meer. Die Musik beginnt zu spielen, achtundfünfzig Streichinstrumente und eine Hammondorgel liefern eine herzerweichende Version eines Songs über die persönliche Freiheit, der in den sechziger Jahren beliebt war. Eine wunderschöne junge Frau mit einem weißen Badeanzug taucht ins Meer. Sie lächelt.

[30] Auf der Erde weiß man, anders als auf anderen Planeten, nichts von der Vorstellung, daß allzuviel ungesund ist. Die Menschen sind der Meinung, wenn ein Hamburger gut ist, sind zwei noch besser; wenn eine Bombe dazu dient, den Gegner auszulöschen, dann sind dreitausend noch wirkungsvoller; wenn Milchschokolade sich gut verkaufen läßt, lassen sich weiße Schokolade, dunkle Schokolade, herbe Schokolade, Halb-und-halb-Schokolade, grüne Schokolade, mehrfarbige Schokolade, Luftschokolade, Schokolade mit Nüssen, Schokolade mit Rosinen, Schokolade mit Nüssen und Rosinen, Schokolade mit Müsli, Schokolade mit Karamel, Schokolade mit Nougat, Schokolade mit Karamel und Nougat, Schokolade mit Cremefüllung, Schokolade mit Minzfüllung, Schokolade mit Kokosnüssen, Schokolade mit Erdnußbutter und so weiter sogar noch besser verkaufen. Der lutianische Dichter, Philosoph und Physiker Myke Ike scherzte einmal: »Würden die Menschen nur halb soviel über neue Geschmacksrichtungen für Eiscreme nachdenken, müßte sich der Rest der Welt, ganz zu schweigen vom Rest des Universums, keine Sorgen mehr machen.«

Ein guter Grund, alles zu kaufen.

Sie neigen Ihrer Begleiterin den Kopf zu. »Worum geht's in dem Film eigentlich?« flüstern Sie. »Ist das nun der Thriller oder die Komödie über die Hausfrau, die bei einem Flugzeugabsturz vor fünf Jahren verschwunden ist und fälschlicherweise für ein Sexidol gehalten wird?«
Plötzlich entsteigt ein Mann mit einem Taucheranzug dem Wasser, als das Meer zurückweicht. Der Mann im Taucheranzug steht dann auf einer Klippe und blickt mit besorgter Miene in die Ferne.
»Das muß der Thriller sein«, flüstert Ihnen Ihre Begleiterin zwischen zwei Bissen kalten Popcorns zu. »Ich weiß nicht mehr, für welches Kino wir Tickets verlangt haben.«
»Ich dachte, der Film spielt in Finnland oder Schweden oder so. Es scheint ein bißchen warm dort zu sein für Helsinki.«
Ihre Begleiterin schüttelt den Kopf. »Wahrscheinlich fängt die Geschichte irgendwo auf Kuba an und endet dann in Finnland. Du weißt doch, daß sie bei solchen Filmen gern mehrere Drehorte haben. Das macht das Ganze spannender.«

»Ist dieser Kerl nun der Bösewicht, oder was?«
»Wahrscheinlich«, meint sie. »Aber berühmt ist der nicht, oder? Und besonders gut sieht er auch nicht aus. Den Helden spielt sicher Bruce Willis oder Mel Gibson oder so jemand.«
»Viel Blut und kurze Dialoge«, sagen Sie zufrieden und greifen nach einem Schokoriegel.
Plötzlich taucht die Kamera unter die Wellen, und es gleiten sechs leuchtendbunte Fische und die wunderschöne junge Frau mit dem weißen Badeanzug vorbei. Sie lächeln alle.
»In das Mädchen verliebt sich der Held wahrscheinlich«, meinen Sie.
Es folgen eine Gegenlichtaufnahme und ein Crescendo.
Der Mann im Taucheranzug gleitet ins Meer.
»Vielleicht doch nicht«, sagt Ihre Freundin. »Vielleicht ist das auch seine Schwester oder seine Frau, und sie soll ermordet werden.«
Sie schließen die Augen. »Das kann ich nicht mit ansehen!« zischen Sie. »Sag mir, wenn ich wieder hinschauen kann.«
»Moment mal«, sagt Ihre Begleiterin. »Das verstehe ich nicht. Sie lächeln einander an.«
Sie machen die Augen wieder auf. Tatsächlich: Der Mann und die wunderschöne junge Frau lächeln einander verführerisch an.
»Du lieber Himmel«, murmeln Sie und stoßen Ihre Freundin in die Rippen, »das ist ja noch gar nicht der Film, das ist ein Werbespot.«
Sie stöhnt. »Ein Werbespot?« zischt sie zurück. »Wofür?«
»Für Schokolade?«
Sie schüttelt den Kopf. »Nein. Die Schokoladenwerbung ist nie im Wasser. Vielleicht ist das Werbung für Uhren.«
Jetzt schütteln Sie den Kopf. »Sie trägt keine Uhr. Wenn das eine Uhrenwerbung wäre, würden sie beide eine Uhr tragen.«
»Puerto Rico?« meint sie. »Die Bahamas vielleicht? Ibiza? Jamaika? Die Riviera? Vietnam? Cornwall?«

»Die Werbung kann nicht für einen Urlaubsort sein«, sagen Sie. »Ich sehe keine Palmen.«
»Rum? Gin? Bier?«
»Nie.« Sie lassen sich nicht beirren. »Ich sehe keine Palmen oder Schiffe. Bist du dir sicher, daß die Werbung nicht für Schokolade ist?«
»Ich glaube, sie ist für Uhren«, sagt sie. »Oder für Autos.«
Wieder huscht eine Gruppe leuchtendbunter Fische vorbei, als der Mann im Taucheranzug und die Frau mit dem weißen Badeanzug händchenhaltend an die Oberfläche kommen.
»Aber sie trägt keine Uhr«, widersprechen Sie. »Und wenn es eine Autowerbung wäre, würden sie auch im Auto sitzen und nicht im Meer herumschwimmen.«
Das Paar auf der Leinwand schwimmt immer noch lächelnd durchs Wasser.
Während Sie sich noch immer darüber streiten, ob es sich um eine Autowerbung handelt oder nicht, und Sie versuchen, die letzten Reste Popcorn aus dem Karton herauszubekommen, schwenkt die Kamera zurück, und die Szene löst sich in Schwarz und Weiß auf.
Ein junger Mann steigt aus dem Bus. Er lächelt.
Sie sehen Ihre Begleiterin an. »Ist das jetzt eine neue Werbung?« fragen Sie sie flüsternd.
Die Hintergrundmusik stammt ebenfalls aus den sechziger Jahren, doch diesmal geht es darin ums Tanzen und ums Motorradfahren, und sie wird auf der Gitarre gespielt.
»Sicher«, meint sie. »Schau, das Mädchen ist angezogen.«
Das Mädchen, das lächelt und sich dem jungen Mann aus dem Bus in die Arme wirft, trägt in der Tat Kleider.
»Jeans?« fragen Sie.
»Alkohol«, erwidert Ihre Freundin.
»Aber sie tragen beide Jeans«, sagen Sie. »Es kann keine Werbung für Alkohol sein, wenn sie beide Jeans tragen.«
»Es könnte Bier sein.« Ihre Begleiterin sieht gedankenverloren zur

Leinwand. »Und außerdem kommt das Paar in der Jeanswerbung nie zusammen. Sie haben sich entweder gerade getrennt, oder sie lernen sich erst kennen.«

»Vielleicht ist die Werbung für Uhren?« überlegen Sie. »Schließlich tragen sie beide Uhren.«

»Sie tragen auch beide Schuhe«, meint Ihre Begleiterin. »Vielleicht ist das Werbung für Turnschuhe.«

»Oder Zahnpasta?« schlagen Sie vor. »Haargel? Deo?«

Das Paar verschwindet, immer noch lächelnd, in eine kleine Kneipe an der Straße. Sie fragen sich, ob es wohl Erdnüsse gibt in der Kneipe. Die Kamera schwenkt zurück. Dann wird abgeblendet. Danach wird wieder aufgeblendet. Jetzt ist wieder alles in Farbe. Sie essen noch ein bißchen Popcorn. Rockmusik aus den späten sechziger Jahren – ein Lied über Glück und Freude – erschüttert die Grundfesten des winzigen Kinos. Eine junge Frau mit Jeans, Bikinioberteil, Sonnenbrille und hochhackigen Sandalen steigt aus einem kirschroten Sportwagen.

»Polaroid«, sagen Sie.

Ihre Freundin schüttelt den Kopf. »Nein. Der Spot ist für den Wagen. Schließlich ist die Musik fröhlich.«

»Aber für eine Autowerbung ist das Schlagzeug zu dominant. Da wird sicher für die Jeans geworben. Siehst du denn nicht, wie der Kerl an der Tankstelle ihren Hintern anstarrt?«

»Vielleicht sind's auch Sonnenbrillen«, meint sie. »Er trägt auch eine.«

»Sie sind in der Wüste.«

Sie zuckt mit den Achseln. »Es geht sicher um Sonnenbrillen. Oder um Bier. Für Bier, Sonnenbrillen und Autos machen sie in der Wüste Werbung, aber nicht für Jeans.«

»O doch«, berichtigen Sie sie. »Erinnerst du dich denn nicht mehr an den Spot, wo der Wagen eine Panne hat und dieser hübsche Kerl ihr hilft?«

Ihre Freundin holt den letzten kalten Krümel Popcorn aus dem

Karton. »Ich habe immer auf eine Fortsetzung von dem Spot gewartet«, sagt sie. »Ich hätte so gern gewußt, was passiert, wenn sie wieder in der Stadt sind.«

»Du hast recht«, sagen Sie schließlich. »Das muß ein Spot für den Wagen sein. Jetzt schaut er das Auto genauso an wie vorher ihren Hintern.«

»Einen Augenblick«, sagt Ihre Begleiterin plötzlich. »Da ist ja ein Hund. Das wirft alles über den Haufen.«

»Nicht unbedingt«, argumentieren Sie. »Wenn die Werbung für Hundefutter gewesen wäre, wäre der Hund schon früher aufgetaucht.«

»Das ist nicht immer so«, erwidert sie. »Jedenfalls nicht, wenn ein jüngeres Zielpublikum angesprochen werden soll.«

Erst als der Vorspann über die Leinwand flimmert, merken Sie, daß Sie schon seit zehn Minuten den Hauptfilm sehen. »Und was ist das nun für ein Film?« fragen Sie Ihre Freundin. »Der Thriller oder die Komödie?«

Sie läßt den leeren Popcornkarton auf den Boden fallen und seufzt: »Ich hatte gehofft, du könntest mir das sagen.«

Arbeit

> »Sie arbeiten, um die Hypothek abzubezahlen, damit Ihre Kinder das Haus nach Ihrem Tod verkaufen und für den Erlös eineinhalb Wochen nach Hawaii fahren können.«

BuBu Patu, Beauftragter zur Überwachung der Entwicklung des Asteroiden $X^{*}X^{6}$

In einem der beliebtesten Filme dieses Planeten sind sieben kleine Männer mit Spitzhacken auf der Schulter zu bewundern, die jeden Morgen pfeifend und singend zur Arbeit gehen. Wir *fingen damals, als wir den Asteroiden X^*X^6 bauten, oft Übertragungen dieses Films auf und sahen ihn uns an, wenn wir mit der Arbeit fertig waren. »Was für ein wunderbarer Ort muß doch die Erde sein«, sagten wir dann immer zueinander. »Die Leute haben solchen Spaß an der Arbeit. Sie bekommen durch die Arbeit nicht nur das Gefühl, erfüllt und etwas wert zu sein,[31] sondern sind dabei auch glücklich.« Ich konnte es kaum erwarten, auf der Erde zu arbeiten.*

Ich nahm eine Stelle in einer Schuhfabrik an. Meine Aufgabe war es, die Schnürsenkel durch die ersten beiden Löcher zu schieben, wenn die Schuhe vom Fließband kamen.

[31] Man kann Sigmund Freuds Bedeutung für das zwanzigste Jahrhundert nicht hoch genug einschätzen. Er machte einen lukrativen Beruf aus dem, was Frauen, Mütter, Geliebte, Prostituierte und Barkeeper schon seit Jahrhunderten taten (nämlich anderen Leuten zuhören und ihnen schlechte Ratschläge erteilen). Er erfand nicht nur Psychoanalyse und Penisneid, sondern unterstrich auch immer wieder die Bedeutung der Arbeit für das Wohlbefinden der Psyche. Der Mensch, so Freud, braucht die Arbeit, um glücklich zu sein. Natürlich erinnert sich niemand auf der Erde mehr so genau daran, was Freud eigentlich unter »Arbeit« verstand, aber heute versteht man darunter eine Beschäftigung, mit der man Geld verdient. Im übrigen Kosmos unterscheidet man zwischen Arbeiten, die verrichtet werden müssen, weil sie eben nötig sind (zum Beispiel drei Monate damit zuzubringen, eine Umweltkuppel auf X^*X^6 zu bauen, nur um dann festzustellen, daß man diese Kuppel an der falschen Stelle errichtet hat und man auf der anderen Seite des Kraters noch einmal von vorn anfangen muß), und Arbeiten, die man verrichtet, weil sie einem innere Ruhe und Zufriedenheit und eine ganz ähnliche Freude verschaffen, wie man sie empfindet, wenn man die Mondtürme über Sillup Sillup betrachtet (zum Beispiel sieben Jahre mit der Bepflanzung und Pflege eines Gartens auf X^*X^6 zu verbringen und dann während der Meteorensaison stundenlang draußen zu sitzen und Schutzschilde über die Glockenblumen zu halten). Auf der Erde jedoch erwartet man vom Menschen, daß er erfüllt ist, wenn er den ganzen Tag Autotelefone verkauft und dann nach Hause geht, um fernzusehen.

Die Arbeit verleiht dem Leben Sinn.

Als erstes fiel mir auf, daß alle viel größer waren, als ich erwartet hatte.
Außerdem bemerkte ich, daß niemand sang oder vor sich hin pfiff, wenn er morgens durch das Fabriktor ging.
»Mein Gott«, stöhnte mein Arbeitskollege Jerome und stützte den Kopf in die Hände. Megalwi-Sumpf-ähnliche Geräusche entrangen sich seinem Mund. Ich schaute auf den Boden, um sicherzugehen, daß keine grün-purpurfarbenen Reptilien um meine Füße herumhuschten.
Ich hatte die erste Woche in der Fabrik hinter mir, und Jerome und ich waren auf dem Nachhauseweg noch auf ein Bier in einer Kneipe eingekehrt. »Was ist denn los?« fragte ich, als ich die zweite Runde Bier auf den Tisch stellte. »Bekommst du Kopfweh von dem grellen Teppich?«
Jerome hob den Blick. »Nein«, seufzte er, »das ist es nicht. Es hat

damit zu tun, daß heute Freitag ist.« Er stöhnte noch einmal. »Der Freitag deprimiert mich immer.«
Das verwunderte mich, denn alle anderen Arbeiter in der Fabrik schienen sich am Freitag immer unerklärlicherweise zu freuen.
»Weil du zwei ganze Tage nicht arbeiten darfst?« wollte ich wissen.
Jerome sah mich über den Rand des Glases hinweg an. »Warum?« fragte er.
»Weil du zwei Tage lang nicht arbeiten darfst?« wiederholte ich.
»Na ja, es hat schon irgendwie etwas damit zu tun«, antwortete Jerome und beäugte mich dabei mißtrauisch. »Obwohl ich die Formulierung vielleicht umändern darf in ›in zwei Tagen wieder arbeiten mußt‹.«
Ich schnüffelte nachdenklich an meinem Päckchen mit Paprikachips. »Ich verstehe nicht«, gestand ich.
»Hol uns noch ein Bier, dann erkläre ich es dir«, sagte Jerome.
Jerome erzählte, daß er früher immer die Montage gehaßt hatte. Am Montagmorgen wachte er auf und dachte: »Lieber Gott, ich muß wieder in die Arbeit.« Aber er hatte die Freitage geliebt. Am Freitagmorgen wachte er auf und dachte: »Gelobt sei der Herr! Zwei ganze Tage, mit denen ich machen kann, was ich möchte!« Nachdem er jahrelang die Sohlen von Frauenlaufschuhen überprüft hatte, wurden aus den zwei ganzen Tagen allmählich »zwei Tage« und dann »nur noch zwei Tage«, bis Jerome die Freitage schließlich haßte, weil sie unmittelbar vor den Montagen kamen.
»Wahrscheinlich erklärt das auch, warum niemand während der Arbeit singt oder pfeift«, sagte ich, als er fertiggeredet hatte. »Darüber hatte ich mir schon Gedanken gemacht.«
»Daß niemand singt?« fragte Jerome überrascht. »Wovon redest du? Bist du übergeschnappt? Was gibt's für uns schon zu singen?«
Ich nahm mein Bier in die Hand und versuchte, mich daran zu erinnern, ob es mein drittes oder mein viertes war. »Vielleicht könnte man ja wegen der Arbeit singen?« meinte ich.
Jerome spuckte einen Mundvoll Bier über den Tisch. »Wegen der

Arbeit singen?« Er erstickte fast an seinen Worten. »Soll das so etwas wie ein Klagegesang sein oder so?«
»Nein«, erklärte ich. »Wie in Schneewittchen und die sieben Zwerge.«
Jerome sah mich mit demselben Blick an wie normalerweise die Sohlen der Schuhe.
»Weißt du«, beharrte ich, »wie bei Freud. Die Arbeit ist nötig, damit der Mensch glücklich ist.«
Jerome fing an zu lachen. »Ich weiß ja nicht, wie das mit Schneewittchen war«, prustete er, »aber Freud war ein Scharlatan, wenn du mich fragst. Die Arbeit gibt deinem Leben vielleicht Sinn, wenn du den ganzen Tag nichts anderes zu tun hast, als in einem Zimmer zu sitzen und jemandem zuzuhören, der dir seine Träume von seiner Mutter erzählt – obwohl ich nicht einmal da genau sagen könnte, worin der Sinn läge –, aber wenn man die ganze Woche jeden Tag sieben Stunden lang die Dicke von einem blauen Stück Gummi überprüft, kommen am Ende dieser Woche lediglich ein paar Pfund heraus.«
»Und du hast nicht das Gefühl, nützlich und produktiv zu sein?«
»Mit Laufschuhen für Frauen?« fragte Jerome. »BuBu, jedes Jahr kommen hundertfünfzig verschiedene Modelle heraus. Das heißt, daß Frauen, die bereits wunderbare Schuhe besitzen, alle paar Monate ein neues Paar kaufen sollen, nur weil in dieser Saison Klettverschlüsse oder orangefarbene Ziernähte in sind. Wie nützlich und produktiv kann man sich da wohl vorkommen?«
»Du bekommst durch die Arbeit also nicht das Gefühl, etwas Sinnvolles zu tun?«
Jerome zuckte mit den Achseln. »Wahrscheinlich hält mich die Arbeit davon ab, auf den Straßen herumzulungern«, mußte er zugeben.
»Wie würdest du dann die Arbeit definieren?«
Wieder trat diese dunkle Leere in seine Augen. »Die Arbeit ist das, was ich mache, wenn ich nicht schlafe, esse oder fernsehe.«

»Und was ist mit dem unstillbaren Durst des menschlichen Geistes nach Schönheit und Freude, nach einem Ausdruck seines Ich und nach einer Identifikation mit der universellen Lebenskraft und dem Wesen der Schöpfung?«
Er zwinkerte mir zu. »Hier in der Gegend nennen wir das Bier.«

Einkaufen

»Einkaufen, bis man tot umfällt.«

Lydia Mercedes, eine Studentin von Venus II

Ich wohnte bei den Whistledowns in der Cherry Lane in Chiswick. Mrs. Whistledown engagierte sich sehr in der Sozialarbeit, und es war ihre Idee, mich bei sich aufzunehmen, als die Frau, bei der ich vorher gewohnt hatte – eine alte Freundin meines Onkel Ben –, verhaftet wurde, weil sie eine Tonne Schlamm auf dem Parkplatz eines Unternehmens abgeladen hatte, das mit Giftmüll zu tun hat. Die Whistledowns hatten eine Tochter in meinem Alter (auf der Erde war ich achtzehn), ein sechzehnjähriges Mädchen namens Penelope Grace.
Penelope mußte gewöhnlich für die Schule lernen[32] *und be-*

[32] Auch die Bildung gehört zu den Dingen auf der Erde, über die mehr gesprochen wird, als daß man wirklich etwas dafür unternimmt. Die Erwachsenen scheinen zu meinen, daß das Kind eine ausreichende Bildung hat, wenn es einen Frosch sezieren, sich ein gewisses Basishalbwissen über die Weltgeschichte merken kann und ein Stück von William Shakespeare gelesen hat, das es sein Leben lang falsch zitieren wird. Nicht-Erwachsene hingegen betrachten die Schule eher als lästiges Übel, das ihr gesellschaftliches Leben empfindlich beeinträchtigt.

schäftigte sich ansonsten damit, mit ihren Freunden auszugehen, Partys zu veranstalten, lange Telefongespräche zu führen, in den Spiegel zu sehen oder Musik zu hören, während sie sich die Beine mit Wachspapier enthaarte. Am dritten Samstag meines Aufenthaltes bei den Whistledowns fand ich Penelope am Fuße meines Bettes liegend, als ich aufwachte.

»Penny?» rief ich aus.

Die Gestalt, die mit dem Gesicht nach unten auf meiner Bettdecke lag, rührte sich nicht und gab kein Geräusch von sich.

»Penny?« Ich beugte mich nach vorn und berührte sie vorsichtig an der Schulter. »Penny? Was ist denn los?«

»Umbiffelded«, flüsterte Penny.

Ich fragte: »Wie bitte?«

Sie hob den Kopf. Ihre Augen waren dunkel und matt, und ihre Mundwinkel hingen ihr herunter wie einem armen Wesen, das auf einem verlassenen Planetoiden seit fünfzig Jahren nichts anderes im Fernsehen zu sehen bekommen hat als die Wiederholungen von Raumschiff Enterprise.

»Ich bin deprimiert«, sagte Penny mit rauher, tränenerstickter Stimme.

Natürlich bedauerte ich sie. »Was ist denn los?« fragte ich. »Möchtest du darüber reden? Willst du, daß ich mit deinen Eltern spreche? Kann ich irgend etwas tun?«

Penny rollte auf den Rücken. »Ich möchte einkaufen gehen«, sagte sie.

»Einkaufen?«

»Ja«, antwortete sie. »Das ist das einzige, was mich jetzt aufmuntern kann.«

Wahrscheinlich überrascht es Sie zu hören, daß mich das nicht überraschte, denn allmählich gewöhnte ich mich daran, wie die Dinge auf der Erde funktionierten. Zum Beispiel lautete die Antwort auf die Frage: »Was könnte ich dem Billionär schenken, der schon alles hat?« nicht »Mehrere Dutzend obdachlose Kinder« oder vielleicht sogar »Äthiopien«, sondern: »Einen goldenen Zahnstocher oder ein Computerfußballspiel«. So ergab es auf merkwürdige Weise Sinn, daß Penelope, ein Mädchen, das genug Kleider ihr eigen nannte, um einen eigenen Laden zu eröffnen, den Erwerb eines weiteres T-Shirts mit einer Palme und dem Aufdruck »Calvin Klein« als Mittel gegen ihre Traurigkeit und ihre Verzweiflung betrachtete.

Vielleicht erstaunt es Sie auch zu hören, daß ich noch nie zuvor beim Einkaufen gewesen war. Das heißt nicht, daß ich nicht im Supermarkt oder im Laden um die Ecke gewesen wäre, aber ich war bis dahin noch nie in einem Bekleidungsgeschäft gewesen oder in einem Kaufhaus oder in einem Einkaufszentrum. Bryn, die Freundin meines Onkels, kaufte nie etwas, was sie nicht brauchte – das läßt sich natürlich nicht mit ernsthaftem Einkaufen vereinbaren –, und wenn sie dann tatsächlich einmal etwas erwarb, tat sie das im Second-Hand-Laden oder auf dem Flohmarkt der Kirche.

Mrs. Whistledown beschloß, uns zu begleiten. Sie wollte nichts kaufen. »Ich kaufe nichts«, erklärte sie uns. »Ich will mich nur ein bißchen umsehen.«

Mrs. Whistledown fuhr, und Penny dirigierte sie in die richtige Richtung. Mrs. Whistledown konnte nicht gleichzeitig fahren und die Orientierung behalten, weil sie sich konzentrieren mußte. Sie mußte sich deshalb so sehr konzentrieren, weil Mr. Whistledown ihr beigebracht hatte, wie man Auto fährt. Die Tatsache, daß ihr Mann ihr Fahrlehrer gewesen war, hatte in ihr ein Gefühl der Nervosität und Unsicherheit erzeugt. Laute Geräusche erschreckten sie. Hupen ließ sie zusammenzucken. Der Klang einer männlichen, etwas lauteren Stimme ließ sie sofort in Tränen ausbrechen.

Wir fuhren viermal am Einkaufszentrum vorbei, ohne eine Straße zu finden, die direkt darauf zuführte. »Ich bin mir sicher,

**Einkaufen hilft gegen
Depressionen, Kopfschmerzen,
Langeweile und dieses nagende
Gefühl der Sinnlosigkeit.**

daß die Straße hier irgendwo ist«, murmelte Mrs. Whistledown immer wieder vor sich hin. »Penelope, ist die Straße nicht hier irgendwo?«

Penelope, die sich aus dem Auto gebeugt und ihr Make-up im Seitenspiegel überprüft hatte, wandte sich ihrer Mutter zu. »War hier nicht immer ein Kreisverkehr?« fragte sie. »Oder ist der auf dem Weg zum Möbelgeschäft?«

Als wir den Kreisverkehr dann endlich gefunden hatten, fuhr Mrs. Whistledown sechsmal im Kreis herum und versuchte in der Zwischenzeit herauszufinden, welche der Ausfahrten uns zu dem Einkaufszentrum führen würde, das ihre Lotsin als »himmlisch und unvergleichlich« bezeichnete.

»Bist du dir sicher, daß es nicht die nördliche Ausfahrt ist?« fragte Mrs. Whistledown.

Penelope fing an, sich die Haare zu bürsten. »Woher soll ich das wissen?« fragte sie. »Schließlich fahre doch nicht ich.«

»Aber du lotst mich«, fuhr ihre Mutter sie an.

Hinter uns erklang die Hupe eines ungeduldigen Autofahrers, der es vermutlich satt hatte, daß Mrs. Whistledown auf eine Ausfahrt zufuhr und dann plötzlich immer wieder in den Kreisverkehr zurücksteuerte. »Ach, sei still, du Volltrottel!« rief Mrs. Whistledown. »Was soll ich denn machen? Fliegen?«

Penelope beugte sich aus dem Wagen und zeigte ihm den Vogel.

Mrs. Whistledown entschied sich schließlich für die Ausfahrt Richtung Norden, weil wir sonst von der Straße abgedrängt worden wären.

»Schauen Sie nur!« rief ich aus. »Da ist ein Hinweisschild für das Einkaufszentrum!«

Mrs. Whistledown runzelte die Stirn vor Anstrengung und sauste an der Abzweigung zum Einkaufszentrum vorbei. Schon bald befanden wir uns auf der Autobahn in Richtung Luton.

»Jetzt schau nur, was du wieder angerichtet hast!« schrie Mrs. Whistledown ihr einziges Kind an. »Warum hast du mir denn nicht gesagt, daß ich links abbiegen soll?«

[33] Ähnlich wie die Zehn Gebote scheinen Geschwindigkeitsbegrenzungen auch nur zu dem Zweck zu existieren, daß die Menschen sie brechen können. Wenn Sie naiv genug sein sollten, sich an die Beschränkungen zu halten, brausen alle anderen Fahrzeuge, abgesehen vom Milchwagen, an Ihnen vorbei. Wenn das nicht geht, weil Sie sich auf einer einspurigen Straße befinden und von der anderen Seite Autos entgegenkommen (obwohl entgegenkommender Verkehr nicht immer so abschreckend ist, wie er eigentlich sein sollte), werden Sie es mit Hupen, Lichthupen und den wüstesten Beschimpfungen zu tun haben. Es soll schon vorgekommen sein, daß ein Fahrer, der nur

»Ich?« brüllte Penelope zurück. »Ich? Lydia hat dir doch gesagt, daß sie das Schild gesehen hat. Warum beschwerst du dich bei mir?«

Wir wurden schneller. »Du hättest mir sagen sollen, wo ich abbiegen mußte!« jammerte Mrs. Whistledown.

»Äh, entschuldigen Sie«, sagte ich, »aber gilt auf dieser Straße nicht eine Geschwindigkeitsbegrenzung?«[33]

Wir überholten einen LKW, der mit Lichthupe fuhr und die Aufschrift »Hell on Wheels« an der Tür trug, und ich klammerte mich an meinen Sicherheitsgurt.

Penelope verschränkte die Arme vor der Brust und wandte das Gesicht dem offenen Fenster zu. »Immer gibst du mir für alles die Schuld! Immer ist alles meine Schuld!«

»Vielleicht«, sagte ich, als die Landschaft in Windeseile draußen vorbeizog, »gibt es ja auch in Luton ein Einkaufszentrum. Das wäre doch schön, nicht wahr?«

Fast genau zum gleichen Zeitpunkt brachen Mrs. Whistledown und ihre Tochter Penelope Grace in Tränen aus.

Eher mit Glück als mit Geschick oder Absicht landeten wir dann schließlich auf Parkplatz F.

»Warum hast du denn nicht näher am Zentrum parken können?« jammerte Penny.

Mrs. Whistledown trug Grundierung, Lippenstift, Rouge und Lidschatten auf, offenbar weil sie wieder halbwegs normal aus-

fünfzig Stundenkilometer fahren konnte, obwohl er sechzig fahren wollte, an der nächsten Ampel, an der er aus diesem Grund halten mußte, stehenblieb, ausstieg und anfing, mit einem Baseballschläger, einem Wagenheber oder einem ähnlich nützlichen Werkzeug auf den Wagen des Verkehrsteilnehmers einzudreschen, der die Geschwindigkeitsbegrenzung beachtet hatte. (In Amerika hat es sogar einmal eine Zeit gegeben, als Fahrer, die zu lange an einer Tankstelle warten mußten, sich gegenseitig erschossen, aber das wurde als abweichendes Verhalten bewertet und muß deshalb hier nicht ausführlich besprochen werden.)

sehen wollte.[34] *»Näher geht's nicht«, knurrte sie. »Keine der Straßen führt auch nur in die Nähe des verdammten Einkaufszentrums.«*

Ich persönlich war so froh darüber, endlich zu stehen, daß es mir vermutlich auch nichts ausgemacht hätte, wenn wir in Luton geparkt hätten. »Der Platz ist großartig«, versicherte ich Mrs. Whistledown. »Schauen Sie nur! Von hier aus kann man sogar das Gebäude schon sehen.« Und in der Tat befand sich dort in der flirrenden Luft neben der Autobahn in der Ferne ein Gebäude, das aussah wie eine Tankstelle auf dem Planeten Slipvokia.

Penelope versetzte dem Wagen einen Tritt. »Das kann doch nicht wahr sein!« jammerte sie. »Wir müssen Kilometer zu Fuß gehen bei der Hitze.« Wieder versetzte sie dem Wagen einen Tritt.

»Hör auf damit!« fuhr Mrs. Whistledown sie an. »Weißt du eigentlich, was so ein Auto kostet?« Dann gab sie ihrer Tochter eine schallende Ohrfeige.

»Ach, komm schon«, sagte ich und versuchte so, die allgemeine Stimmung etwas zu heben. Bis dahin – ich hatte bei einer alleinstehenden und ausgesprochen rationalen Frau gelebt, und meine Vorstellungen darüber, wie eine Familie auszusehen hatte, stammten hauptsächlich aus dem Fernsehen – hatte ich geglaubt, die menschliche Familie sei glücklich und ausgeglichen und stelle einen sicheren Hafen in einer ansonsten eher rauhen Welt dar. Doch drei Wochen zusammen mit den Whistledowns hatten mir meine Illusionen geraubt. »Das Einkaufszentrum ist doch gar nicht

[34] »Normal« bedeutet auf der Erde, sich möglichst so zu schminken, daß man nicht mehr erkannt wird. Dabei ist jedes Mittel recht bis zur plastischen Chirurgie. Es entbehrt auch nicht einer gewissen Ironie, daß die menschliche Schönheit für viele andere Arten so todbringend ist. Vermutlich hätte niemand geweint, wenn Bambis Mutter von Make-up-Herstellern eingefangen worden und während einer Testreihe für Lip Gloss verendet wäre.

so weit weg, und weil schon später Nachmittag ist, ist es auch nicht mehr so heiß.«
Niemand hörte mir zu.
»Ich mache, was ich will!« brüllte Penelope und versetzte dem Range Rover noch einmal einen Tritt. »Und daran kannst du mich nicht hindern!«
»Ach nein?« kreischte ihre Mutter, als sie ihr die Handtasche auf den Kopf schlug. »Das werden wir ja sehen.«
Wieder fingen beide an zu weinen.
Als wir dann die schlechte Luft und die Hitze des Parkplatzes hinter uns ließen und die vollklimatisierte Pracht des Einkaufszentrums betraten, begannen Penny und ihre Mutter sich wieder ein wenig zu erholen.
»Gott sei Dank sind wir endlich da!« riefen sie wie aus einem Munde.
»Laßt uns bei den Schuhen vorbeischauen«, sagte Penny und setzte sich in Bewegung.
»Laßt uns zuerst eine Tasse Tee trinken«, sagte Mrs. Whistledown und setzte sich in eine andere Richtung in Bewegung.
Ich sah mich voll Erstaunen um. Ich hatte so etwas wie die Haupteinkaufsstraße erwartet, nur überdacht und ohne Tauben. Aber das hier war kein Vergleich zur High Street. Hierbei handelte es sich um ein Dutzend High Streets, alle übereinander und in einen Vergnügungspark verpackt. Es gab Springbrunnen und Musik. Dazu kamen Menschen, die wie Gorillas, Kaninchen oder pastellfarbene Bären verkleidet herumliefen und Handzettel und Schokolade und Süßigkeiten zum Kosten verteilten. Ballons und Wellensittiche schwebten über unseren Köpfen. Überall, wo ich hinschaute, waren Menschen. Menschen, die herumgingen. Menschen, die herumsaßen. Menschen, die etwas aßen. Menschen, die unter der Last von Einkaufstüten schier zusammenbrachen. Menschen, die brüllten oder weinten oder ihren Kindern Ohrfeigen gaben.

»Macht das nicht Spaß?« lachte Penny.
Mir wurde schwach in den Knien, und ich hatte das Gefühl, Kopfschmerzen zu bekommen. Allmählich wurde Mrs. Whistledowns Gedanke mit dem Tee auch für mich attraktiver.
»Na komm schon, Lydia!« befahl Penny mir mit vor Erregung geröteten Wangen und glänzenden Augen. »Laß uns einkaufen!«
Ich hörte nach dem fünften Schuhgeschäft und dem sechsten Bekleidungsgeschäft mit dem Zählen auf. Ich konnte sie nicht unterscheiden. Die Schuhe waren überall die gleichen. Die Kleider waren überall die gleichen. Die Verkäufer waren alle gleich unhöflich und wenig hilfsbereit. Das alles erinnerte mich an den falschen Planeten Ururu, wo die Atmosphäre alles, was man sieht oder erlebt, immer wieder reproduziert, bis man nicht mehr unterscheiden kann, was Bild und was Wirklichkeit ist.
Und außerdem war Penny Whistledown nur sehr schwer zufriedenzustellen. »Ich muß etwas finden, das meinem Charakter entspricht«, sagte sie. »Etwas, das der Welt sagt, wer ich bin.« Sie probierte sechzehn Paar Schuhe an und verwarf sie, weil sie ihren Charakter nicht ausdrückten. Das siebzehnte Paar kaufte sie nicht, weil niemand mehr solche Schuhe trug. »Was soll das?« kreischte Penny. »Soll ich etwa aussehen, wie wenn ich nicht dazugehöre?«
Nach Äonen machten Penny und ich uns, müde, zerzaust und beladen mit mehreren Röcken »made in China«, mehreren Oberteilen »made in India« und einem Paar Turnschuhe »made in Korea« auf die Suche nach Mrs. Whistledown. Sie saß an einem Tisch in einem der zahlreichen Cafés (die, das muß ich nicht eigens betonen, alle gleich aussahen und alle das gleiche Angebot hatten) und trank eine Tasse Tee. Sie war umgeben von Einkaufstüten. Sie sah, genau wie Penny, glücklich aus.
»Warte nur, bis du siehst, was ich alles gekauft habe«, rief sie ganz aufgeregt aus.
»Aber, Mrs. Whistledown«, sagte ich, »ich dachte, Sie wollten nichts kaufen. Ich dachte, Sie wollten sich nur umsehen.«

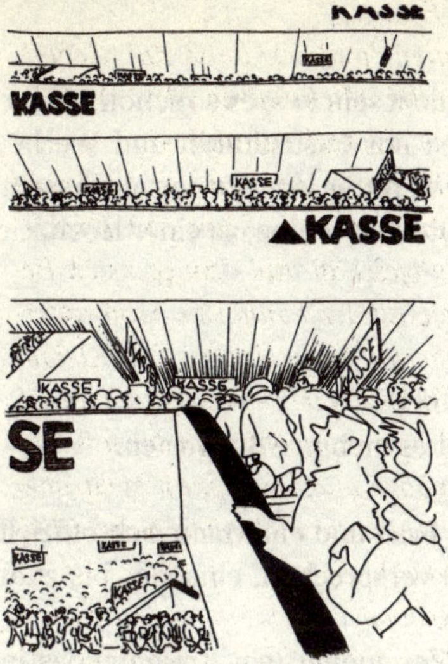

Das Einkaufszentrum: ein abgegrenztes Gebiet mit mehreren Ebenen zum Geldausgeben.

Mrs. Whistledown tätschelte meine Hand. »Ach, ich habe ja auch eigentlich nichts gekauft«, sagte sie mit einem verzückten Lächeln, »das ist alles Schlußverkaufsware.«
Als wir das Einkaufszentrum verließen, fragte ich Penny, was denn die Teenager taten, die auf den Bänken beieinandersaßen.
»Nichts«, antwortete Penny.
»Sie warten nicht vielleicht auf jemanden?«
Sie schüttelte den Kopf. »Nein, nein, sie machen nichts.«
»Und sie versuchen auch nicht, ein bestimmtes Geschäft zu finden?«
Penny verzog das Gesicht. »Mein Gott, Lydia«, sagte sie. »Was ist denn los mit dir? Sie warten wirklich auf nichts. Sie sitzen nur da herum.«
»Warum?« fragte ich.
Wieder verzog sie das Gesicht. »Weil sie so eine Beschäftigung haben.«

Die Hochzeit

Natürlich muß das nicht sein (wie es so schön auf der Erde heißt: Eigentlich müssen nur Fastenkuren und Werbespots im Fernsehen sein), aber wenn Sie lange genug auf diesem Planeten bleiben, haben Sie gute Aussichten, zu einer Hochzeit eingeladen zu werden.

Was ist eine Hochzeit?

Auf diese Frage gibt es mehrere Antworten:

1. Die Zeremonie, in der eine Frau und ein Mann sich offiziell miteinander verbinden und versprechen, einander bis zum Lebensende treu zu bleiben.
2. Das Fest anläßlich dieser Zeremonie (ein Ereignis, das in manchen Fällen länger gedauert hat als die Ehe selbst).
3. Der wichtigste Tag im Leben einer Frau.[35]
   »Schließlich«, sagen die Leute gern, »heiratet man nur einmal.« Diese Aussage läßt sich natürlich nicht anhand von Statistiken erhärten. Die meisten Menschen heiraten heutzutage mindestens zwei- oder dreimal. Man möchte meinen, daß die Betreffenden sich bei der zweiten oder dritten Hochzeit für eine stille Feier und Schwüre entscheiden würden, die eher etwas mit »solange wir es miteinander aushalten« als mit »bis daß der Tod uns scheidet« zu tun haben, aber da täuscht man sich. Egal, wie oft jemand heiratet, es ist immer so, als wäre diese Ehe seine erste und letzte.
4. Teuer.
   Weil es sich um den wichtigsten Tag im Leben einer Frau

[35] Interessanterweise ist noch nie jemand auf die Idee gekommen zu sagen, daß die Hochzeit der wichtigste Tag im Leben eines Mannes sei.

handelt und weil der Mensch nur einmal im Leben heiratet, verlangen die beauftragten Firmen bei einer Hochzeit – genau wie Firmen mit Regierungsaufträgen – immer dreimal soviel, wie jeder vernünftige Mensch von sich aus zahlen würde.

5. Der Tag, an dem die Schwester der Braut ihren Ehemann zusammen mit einer der Brautjungfern in der Toilette ertappt und die Scheidung einreicht.

Was kann man erwarten?

Ganz gleich, ob große oder kleine Hochzeit, ob Hochzeit mit Zelt im Garten und Streichquartett oder Hochzeit im Keller der Kirche und Mrs. Marshall am alten Klavier – alle Hochzeiten folgen einem ganz ähnlichen Muster:

1. Jemand kommt immer zu spät.
   Dieser Jemand ist ziemlich häufig der Bräutigam.
   Der Bräutigam darf zu spät kommen, weil seine Freunde am Vorabend mit ihm zusammen einen Liter Whisky getrunken, halbnackten Frauen zur Melodie von »Brown Sugar« beim Tanzen zugesehen und sich dann auf dem Parkplatz des Green Man übergeben haben. Vielleicht kommt er auch zu spät, weil er es nicht geschafft hat, seine Krawatte zu binden. Oder vielleicht konnte sich der Trauzeuge, der ebenfalls am Polterabend teilgenommen hat, nicht mehr erinnern, wo er Ring, Auto oder Bräutigam gelassen hatte. Es könnte jedoch schlicht und ergreifend auch nur Nervosität sein. Obwohl der Bräutigam die Braut in den meisten Ländern der westlichen Welt schon hinreichend kennt – vermutlich hat er ihr seine Liebe schon mehrfach gestanden und liebt nicht nur ihre Spaghetti Bolognese, sondern auch ihre Rückenmassagen –, ist es gar nichts Ungewöhnliches, wenn der Mann am Morgen seiner Hochzeit aufwacht und von Panik ergriffen wird. Nie-

mand weiß, warum das so ist. Es erstaunt insbesondere deshalb, weil der Mann normalerweise die Frau fragt, ob sie ihn heiraten möchte. Oft hat der Bräutigam an seinem großen Tag nur einen Gedanken im Kopf – Flucht. Aber natürlich flüchten die meisten Bräutigame nicht richtig. Sie flüchten sich vielmehr unter die Bettdecke oder in die örtliche Kneipe, wo der Trauzeuge sie dann findet und wieder sicher zur Kirche zurückgeleitet.

Dieser Jemand ist ziemlich häufig die Braut.
Die Braut – die die Nacht vor der Hochzeit normalerweise zu Hause verbracht und sich Sorgen darüber gemacht hat, ob das Buffet groß genug sein wird und die Blumen auch wirklich den richtigen Blauton haben – muß sich nur selten mit einem Kater oder den Beileidsbezeigungen ihrer Freundinnen auseinandersetzen, die es bedauern, daß sie von nun an um Erlaubnis fragen muß, wenn sie zu einem Fußballspiel möchte. Sie muß sich vielmehr mit der Nüchternheit auseinandersetzen. Oft erwacht sie in den frühen Morgenstunden aus einem Traum, in dem sie an Händen und Füßen an einen Mann gekettet war, der mit den Knöcheln knackte, wenn er Langeweile hatte, oder über seine eigenen Witze am herzlichsten lachte. Dann merkt sie plötzlich, daß sie knapp davorsteht, zum Vater ihrer Kinder einen ebensolchen Mann zu wählen. Und außerdem ist sein Lieblingssänger auch noch Frank Sinatra. Wenn es ihm gutgeht, spielt er Platten von Frank Sinatra. Wenn es ihm schlechtgeht, spielt er Platten von Frank Sinatra. Wenn ihm langweilig ist, summt er Melodien von Frank Sinatra. Sie schaltet die Lampe auf dem Nachtkästchen an. »Mein Gott«, sagt sie in die Dunkelheit hinein, »wenn wir tatsächlich zu den dreißig Prozent gehören, die sich nicht scheiden lassen, dann habe ich fünfzig Jahre mit ›I Left My Heart in San Francisco‹ vor mir. Andererseits soll die Hoch-

zeit bereits in acht Stunden stattfinden. Der Saal ist gemietet. Das Kleid ist gekauft. Die Gäste sind eingeladen.« Sie hat fünf Kilo abgenommen, um in ihr Kleid zu passen. Sie hat sich die Haare schneiden und tönen lassen. Im Kühlschrank warten fünfhundert Miniquiches und zehn Pfund Leberpastete in der Form von Hochzeitsglocken, und im Kofferraum des Wagens liegen fünfhundert Streichholzheftchen, auf denen steht: »Edward und Amber, 1. Juni 1992«. Sie kann jetzt nicht einfach alles abblasen. Als der Tag anbricht, steht sie auf. Sie bereitet sich vor auf den glücklichsten Tag ihres Lebens. Fünf Minuten bevor der Wagen kommt, der sie zur Kirche bringen soll, schließt sie sich in ihrem Zimmer ein. Sie kommt erst heraus, als ihr klar wird, daß sie die ganze Leberpastete vermutlich selbst bezahlen muß, wenn sie nicht heiratet.

2. Jemand betrinkt sich sinnlos.
Es ist nichts Neues, daß von zweihundert Hochzeitsgästen am Ende der Feier hundertfünfzig ziemlich betrunken sind. Die Hälfte dieser Leute möchte die ganze Zeit auf Braut und Bräutigam anstoßen, und die andere Hälfte will Schwänke über das Paar erzählen oder fragt sich, ob es sich um eine Mußehe handelt. Weil es bei einer Hochzeit so viele Betrunkene gibt, findet man fast immer jemanden bewußtlos in der Toilette oder auf einer Kühlerhaube. Es hängt auch ein wenig mit der fatalen Kombination aus Champagner und hormonellen Aktivitäten zusammen, die durch Hochzeitsfeierlichkeiten oft inspiriert werden. Erklären Sie sich nie bereit, jemanden in die Büsche oder in die Besenkammer zu begleiten.
Es soll auch schon vorgekommen sein, daß Braut oder Bräutigam sehr betrunken waren, obwohl ihnen das natürlich niemand verübeln kann. Und gehen Sie auch ruhig davon aus, daß jemand, der noch Reis im Haar hat, Sie bitten könnte, mit ihm in die Besenkammer zu gehen.

3. Jemand weint hemmungslos.
Bei Hochzeiten weint immer jemand.
Dabei handelt es sich meist um die Mutter der Braut. Außerirdische vermuten bei solchen Gelegenheiten oft, daß die Mutter der Braut weint, weil sie so traurig ist, ihre Tochter zu verlieren. In Wirklichkeit jedoch wartet die Brautmutter bereits seit dem achtzehnten Geburtstag der Braut darauf, ihre Tochter aus dem Haus zu haben. Endlich kein Jammern und keine Forderungen mehr. Keine feuchten Handtücher mehr auf dem Boden des Badezimmers. Keine Zettel mehr auf dem Küchentisch: »Mami, vergiß bitte nicht, meine Sachen in der Mittagspause aus der Reinigung zu holen.« Keine Anfälle mehr, wenn kein Cola Light im Kühlschrank ist oder auch noch andere Leute das Telefon benutzen wollen. Die Mutter der Braut freut sich so sehr darüber, sie endlich loszuwerden, daß sie von Schuldgefühlen geplagt wird. Wenn irgend jemand – besonders die Braut selbst – erführe, wie lange und sehnlich sie schon auf diesen Augenblick gewartet hat – diesen Augenblick, wo jemand anders sich um die Telefonrechnungen ihrer Tochter kümmern muß –, dann würde er wahrscheinlich denken, daß sie eine schlechte Mutter ist. Und sie weint, weil sie meint, daß dieser Jemand recht haben könnte.
Die Gründe, warum die Mutter des Bräutigams während der ganzen Zeremonie leise vor sich hin schluchzt, sind ganz ähnlich, wenn auch nicht identisch. Wenn sie den Bräutigam so vor dem Altar stehen sieht, grinsend wie ein Wasserspeier, fühlt sie sich daran erinnert, wie sehr er doch seinem Vater ähnelt. Dann kommen ihr die Statistiken über Erstehen in den Sinn. Nur dreißig Prozent der Ehen sind von Dauer. Sie hat keinerlei Zweifel daran, daß die Ehe ihres Sohnes nicht dazugehören wird, nicht bei seinem aufbrausenden Wesen und seiner Versessenheit auf Taschen mit Reißverschluß. Die

Die beliebteste Form der Feier beim Menschen.

Mutter der Braut weiß: Wenn die Ehe schiefgeht, kauft ihre Tochter sich eine Katze und nimmt sich eine eigene Wohnung oder zieht mit einer Freundin zusammen. Die Mutter des Bräutigams weiß, daß er wieder zu ihr zurückkommt. Sie wird dasitzen, die Füße auf dem Sofa und Kekskrümel auf der Bluse, und plötzlich wird es an der Tür klopfen. Wenn sie aufmacht, wird ihr Sohn mit seinem Gepäck und seiner Stereoanlage dastehen. »Nur ein paar Tage, Mami«, wird er sagen, und damit wären dann die nächsten fünf Jahre gelaufen. Er kommt nach Hause zurück, steckt alles, was ihm unter die Finger kommt, in Taschen mit Reißverschlüssen, liegt jeden Abend auf dem Sofa und sieht sich Videotapes mit Monty Python an.

Die Freundinnen der Braut werden ganze Bäche weinen. Wieder könnte der Uninformierte glauben, das liege daran,

daß sie sich so für die Braut freuen. Doch wahrscheinlicher ist es, daß sie besser über den Bräutigam Bescheid wissen als die Braut.
Es gibt immer eine Freundin des Bräutigams, die ziemlich lange in der Toilette bleibt, vor sich hin schluchzt, sich die Tränen aus dem Gesicht wischt und sich wieder neu schminkt. Das ist die Frau, die das Gefühl hat, daß der Bräutigam eigentlich ihr zugestanden hätte. Wenn sie genug Champagner trinkt, ist es durchaus möglich, daß sie das auch allen Versammelten mitteilt. Dann wird es noch mehr Tränen geben.

4. Jemand wird sich Gedanken machen, ob die Braut nun schwanger ist oder nicht.
Dieser Jemand könnte jeder sein. Eine Freundin der Braut oder auch eine enge Verwandte. Mehrere Freunde des Bräutigams. Eine Nachbarin der Braut, die nur eingeladen wurde, weil sie sich erboten hat, den Kuchen zu backen. Es ist interessant, daß die Menschen, obwohl sie an die Institution der Ehe glauben und ihr ganzes Leben auf eine Heirat hin ausrichten, Probleme haben, zu glauben, daß ein Paar nur deshalb heiratet, weil es das möchte.

5. Jemand wird einen Jähzornsausbruch bekommen.
Dieser Jemand ist normalerweise nicht mit dem Brautpaar verwandt oder verschwägert.
Dieser Jemand ist normalerweise der Fotograf, denn es ist eine fast nicht zu bewältigende Aufgabe, fünfhundert betrunkene Leute in den unterschiedlichsten Launen dazu zu bringen, daß sie stillstehen, in die Kamera blicken und auch noch lächeln. Irgendwann zwischen dem ersten Tanz und der letzten Ansprache wird Tante Jane den Fotografen bitten, doch noch ein Bild von der Braut zu machen, die gerade mit Onkel

Jeff tanzt – bitte nicht von der linken Seite –, und schon fliegen Filmpatronen durch die Luft, und die Braut bricht in Tränen aus, weil es keine fotografische Dokumentation des Tortenanschnitts geben wird.

Der Jemand kann auch zum Partyservice gehören oder zur Band. Keiner von den Erwähnten befindet sich freiwillig auf dieser Hochzeit, und sie alle haben schon mindestens fünfhundertsechzig identische Hochzeiten miterlebt. Sie haben dieselben Dinge gesagt, dieselben Lieder gesungen, das gleiche Essen serviert bekommen und dieselben Witze gehört. Da wundert es kaum, wenn der Gitarrist die Nerven verliert, sobald ihn jemand bittet, zum dreizehntenmal »Whiter Shade of Pale« zu spielen.

Was können Sie tun?

1. Bleiben Sie nüchtern. Da niemand sonst nüchtern bleiben wird – abgesehen von den Kellnern, den Leuten vom Partyservice, den Bandmitgliedern und vielleicht dem Fotografen –, haben Sie einen Vorteil. Sie werden nicht nur die Räumlichkeiten nicht verwechseln, in denen parallel verschiedene Hochzeiten stattfinden (und sich zwei Stunden mit einer Frau über deren Gallensteine unterhalten, die sie für die Tante Celia von Beverly Butler halten, um dann feststellen zu müssen, daß es sich um die Tante Celia einer völlig anderen Person handelt, von der sie noch nie etwas gehört haben), sondern Sie werden dann auch die Geistesgegenwart besitzen, eindeutige Angebote des Trauzeugen auszuschlagen.

2. Bleiben Sie nüchtern. Spätestens wenn Braut und Bräutigam auf die Bühne treten und zusammen mit der Band »Stop in the Name of Love« singen, werden Sie das dringende Bedürfnis verspüren, mehrere Gläser Champagner hintereinander

zu trinken. Widerstehen Sie der Versuchung. Sie glauben, so besser mit dem fertig zu werden, was Sie rund um sich herum beobachten – Braut und Bräutigam werden plötzlich zu Karaokesängern, die Mutter der Braut tanzt Twist mit dem Vater des Bräutigams, die Mutter des Bräutigams hält eine Rede darüber, wie glücklich sie ist, daß ihr Sohn nicht seine letzte Freundin geheiratet hat –, aber da täuschen Sie sich. Sie werden nur glauben, Sie könnten mit hochhackigen Schuhen tanzen, und das können Sie nicht.

3. Bleiben Sie nüchtern. Irgendwann, wenn der Trauzeuge Geschichten über seine Jugend mit dem Bräutigam zum besten gibt (wie lustig es doch war, als sie zum Tauchen gingen und ihnen jemand die Kleider stahl, so daß sie ihre Blößen mit ein paar Zweigen bedecken mußten, als sie zurück in die Stadt gingen), wünschen Sie sich nichts sehnlicher als drei doppelte Brandy. Aber geben Sie Ihren Bedürfnissen nicht nach. Im einen Augenblick spüren Sie noch die beruhigende Wärme des Getränks in Ihrem Magen, und im nächsten kriechen Sie schon mit der Brautjungfer auf dem Boden herum, um ihre falschen Nägel zusammenzusammeln.

4. Bleiben Sie nüchtern. Wenn Sie nicht nüchtern sind, schlafen Sie während des Essens ein, sobald Ihre Tischnachbarn beginnen, Ihnen die Geschichte ihres Lebens zu erzählen.

Nachtrag

Orte, die man besuchen, und Dinge, die man tun sollte

1954 fand man fünf Offiziere vom Planeten Lixton-3, die drei Erdenjahre lang keinen Kontakt mehr zu ihrem Mutterschiff gehabt hatten, endlich in einem Motelzimmer in Tennessee wieder. Abgesehen von gelegentlichen Ausflügen zu dem kleinen Lokal gegenüber, wo sie Schinken und Erbsen gegessen und Limonade getrunken hatten, hatten die Lixtonier den Raum seit zweieinhalb Jahren nicht mehr verlassen. Sie waren so lange in Zimmer drei des Dixie Pride Motel geblieben, weil sie vorher sechs Monate in Philadelphia verbracht hatten. Diese Erfahrung war gleichzeitig so langweilig und erschreckend für sie gewesen, daß sie beschlossen hatten, das Leben auf der Erde lieber vom Fernsehen aus zu verfolgen, als selbst daran teilzunehmen. Für diejenigen jedoch, die das Leben auf dem Planeten und seine Bewohner selbst erleben wollen, haben wir eine kurze Liste der interessanteren Orte und Aktivitäten zusammengestellt.

Symbole und Abkürzungen

Dinge, die man tun sollte

† könnte sich lohnen
†† sollte man sich nicht entgehen lassen
††† kann man nur hier erleben
†††† nichts für Schreckhafte
††††† mit Vorsicht zu genießen
†††††† kaum der Gefahr, des Eintrittspreises oder der Mühe wert; sehen Sie es sich lieber im Fernsehen an
††††††† lebensverlängernd [das heißt, man hat das Gefühl, als stehe die Zeit still]
†††††††† das glaubt Ihnen sowieso keiner
††††††††† Kategorie Unsägliches auf der Suche nach dem Ungenießbaren

Orte, die Sie besuchen sollten

* sollte man sich nicht entgehen lassen
** interessant
*** bemerkenswert
**** unglaublich, aber wert, sich der Gefahr auszusetzen
***** nicht wert, sich der Gefahr auszusetzen, lesen Sie es nach
****** kaum der Gefahr, des Eintrittspreises oder der Mühe wert; sehen Sie es sich lieber im Fernsehen an
******* nur interessant, wenn Sie ein Fan Schwarzer Löcher sind
******** das glaubt Ihnen sowieso keiner

Praktische Informationen

1 nehmen Sie ein Buch mit
2 nehmen Sie ein Zelt mit
3 die Sitten und Gebräuche variieren
4 könnte in Tränen enden
5 dauert immer länger, als Sie denken
6 von dort aus, wo Sie sich gerade befinden, können Sie nicht dorthin fahren
7 erinnern Sie sich noch an die dreiköpfigen Alminitronen in der Laktalen Galaxis?
8 ziehen Sie warme Sachen an
9 nehmen Sie einen Schirm mit
10 vergessen Sie Ihre Stiefel nicht
11 es ist egal, was Sie sagen, denn es hört ohnehin niemand zu
12 die historische Bedeutung dieses Ortes/dieser Tätigkeit ist völlig in Vergessenheit geraten, auch wenn noch oft davon gesprochen wird
13 ein Mythos
14 läßt sich nicht auswaschen
15 sagen Sie »Nein, danke«, und verschwinden Sie so schnell wie möglich in eine andere Dimension
16 als Einstein sagte, »Ich kann nicht glauben, daß Gott die Würfel fallen läßt«, hatte er das vergessen

Dinge, die Sie tun sollten

Eine Zeitung lesen

††† – ††††† – 4 – 12 – 13

In den meisten Zeitungen auf der Erde stehen keine Neuigkeiten. Statt dessen findet man darin zahlreiche Geschichten über Pfarrer, schwangere Schulmädchen, unglückliche Filmstars und das Leben berühmter Leute. Wenn Sie die Zeitung lesen, haben Sie etwas zu tun, während Sie Bus fahren, und später können Sie die Zeitung dann noch verwenden, um den Käfig des Wellensittichs damit auszulegen.

Angeln gehen

††††††† – 1 – 2 – 4 – 8 – 9

Angeln ist eine besonders beliebte Tätigkeit bei Männern, weil man währenddessen nicht reden, sondern nur trinken muß und später Lügen darüber verbreiten kann.

Zu einem Fußballspiel gehen

†††† – †††††† – ††††††††† – 3 – 4 – 9

Der Hauptunterschied zwischen American Football und Fußball besteht darin, daß sich die Gewalt in der ersten Sportart auf das Spielfeld beschränkt, während sie in der zweiten hauptsächlich unter den Zuschauern auftritt.

An einer Fuchsjagd teilnehmen

††† – †††† – ††††††††† – 5 – 6 – 12

Die Fuchsjagd ist, genau wie das Schlammringen, weniger ein Sport als Kennzeichen einer Gesellschaftsschicht.

Ein Picknick veranstalten

††††– 1– 2 – 3 – 4 – 5 – 9 – 14

Als Zeitvertreib geeigneter als die Fuchsjagd oder das Schlammringen.

Einen Berg besteigen

†††† – ††††† – ††††††† – 4 – 5 – 6 – 8 – 9

Wahrscheinlich lautet Ihre erste Frage bezüglich dieser Tätigkeit: »Warum sollte ich einen Berg besteigen? Da oben gibt's doch nichts zu sehen, und außerdem muß man hinterher wieder herunter.« Die Antwort, die die meisten Menschen Ihnen geben würden, lautet: »Weil der Berg nun mal da ist.« Eine ganz ähnliche Antwort würde George Ihnen auf Ihre Frage geben, warum er den ganzen Rinderbraten und den Schokoladenkuchen aus dem Kühlschrank aufgegessen hat.

Ohne Fallschirm aus einem Flugzeug springen

†††† – ††††† – †††††† – ††††††† – ††††††††† – 1 – 4 – 7 – 9 – 14 – 16

Das tun die Menschen, wenn sie nicht drogen- oder alkoholsüchtig sind.

Einen reißenden Fluß im Gummiboot hinunterfahren

†††† – ††††† – †††††† – ††††††† – ††††††††† – 1 – 4 – 5 – 6 – 8 – 9 – 10 – 11 – 14

Der andere Sport heißt Rafting.

Autofahren lernen

†† – ††† – ††††† – 3 – 4 – 9 – 16

Sie werden die Menschen nie richtig verstehen, wenn Sie nie erlebt haben, daß sechs Fahrer Sie anbrüllen und anhupen, weil Sie nicht gleich losgefahren sind, als die Ampel auf Grün schaltete.

Eine Party besuchen

†† – ††††† – ††††††† – ††††††††† – 1 – 2 – 4 – 11 – 14

Eine sollte reichen.

Zu einer Besprechung gehen

†† – ††† †††† – ††††††† – 1 – 4 – 5 – 11 – 12 – 15

Auch hier sollte eine reichen. Wenn Sie zu einer Besprechung gehen, wissen Sie, warum auf der Erde die Dinge entweder nie oder fehlerhaft erledigt werden.

Einen Freizeitpark besuchen

††† – †††† – †††††† – †††††††† – 4 – 7 – 11 – 14

Viele Menschen glauben, nicht richtig gelebt zu haben, wenn sie nicht im Doppellooping dem Tod ins Auge geblickt oder bei Micky Maus auf dem Schoß gesessen haben, aber vielleicht sind Sie nicht dieser Ansicht.

Zelten gehen

†††††† – ††††††† – †††††††† –
1 – 2 – 3 – 4 – 5 – 6 – 7 – 8 – 9 – 10 – 13 – 14 – 15

Das Zelten ist einer der Versuche des Menschen, wieder eine Verbindung zu seinem Urwesen herzustellen, jedoch mit Hilfe eines zweihundertfünfzig Kilo schweren Zeltes und einer Luftmatratze. Ob Sie das Zelten genießen, hängt wahrscheinlich davon ab, wie versessen Sie darauf sind, eine Verbindung zum Urwesen des Menschen herzustellen.

Beim Schlußverkauf mitmachen

†† – ††† – †††† – †††††††† – ††††††††† – 4 – 7

Hier können Sie das Urwesen des Menschen in Reinkultur erleben. Nichts erinnert so sehr an den wilden Kampf um die letzten Mammutreste der Vorzeit.

Eine Ausstellung mit japanischen Schwertern besuchen

†††††††† – 15

Diese Aktivität soll für zahlreiche andere stehen. Auf der Erde gibt es unzählige Anhänger verschiedenster Hobbys – Briefmarkensammler, Fingerhutbemaler, Teppichknüpfer und so weiter –, die am liebsten ihre Werke Menschen zeigen, die gerade nichts besseres zu tun haben, bevor die Lokale öffnen. Aus der Perspektive des Außerirdischen dürfte es interessant sein zu sehen, daß das Gehirn, das die Neutronenbombe ersonnen hat, auch auf den Gedanken kam, Schiffe in Flaschen zu stecken.

Ein Rockkonzert besuchen

††† – †††† – 7

Jahr für Jahr werden Millionen für Rockkonzerte ausgegeben, und die Rockmusiker gehören zu den wichtigsten und einflußreichsten Leuten der Erde. Wenn Sie ein Konzert besuchen, sind Sie zwischen Tausenden von anderen Leuten eingekeilt und zu weit von der Bühne entfernt, um etwas zu sehen oder den Text zu verstehen (eigentlich nehmen Sie nur das Schlagzeug und die Kommentare des Besuchers hinter sich wahr). Sie werden sich vermutlich fragen, warum Rockmusiker zu den wichtigsten und einflußreichsten Leuten der Erde gehören. Dafür gibt es keinen erkennbaren Grund.

Orte, die Sie besuchen sollten

McDonald's

* – ** – *** – **** – ††††††††† – 5 – 6 – 7 – 12 – 13

McDonald's hat mehrere attraktive Dinge zu bieten. Dazu gehört, daß Sie fast überall auf der Welt eines dieser Restaurants finden können und daß sie alle gleich aussehen. Und wenn Sie einmal dort gewesen sind, werden Sie nicht verstehen, warum Sie wieder hingehen. Erst nachdem Sie die Hälfte Ihres Essens in dem American-Hamburger-Restaurant in Pango Pango verzehrt haben, merken Sie, daß Sie sich nicht in einem McDonald's befinden.

Großstädte

**** – ***** – ****** – 7 – 9 – 10 – 12 – 13 – 16

Die großen Städte wie Paris, Moskau, London oder L. A. sind sich alle ähnlich, denn in ihnen findet man hohe Verbrechensraten, Luftverschmutzung, Überbevölkerung, schlechte Verkehrsmittel, immer dieselben Restaurantketten, die gleichen Souvenirläden, Reiterstatuen in den Parks und dieselben Musicals.

Das Yorkshire-Moor

* – ** – **** – 10 – 16

Vergessen Sie die Sphinx, die Chinesische Mauer und das Tadsch Mahal. Sie haben nicht richtig gelebt, wenn Sie die riesigen Golfbälle des Yorkshire-Moors nicht gesehen haben, die Boten der nuklearen Bedrohung, wo Sie auch bei Gewitter braun werden und obendrein noch Ihre Batterien aufladen können.

Ein Museumsdorf

******* – ******** – 1 – 5 – 9 – 12

Aus einem nicht ohne weiteres verständlichen Grund glauben die Menschen zu wissen, wie man in der Vergangenheit gelebt hat. In Wahrheit interessiert sich natürlich niemand dafür, in einer Zeit zu leben, in der man sein ganzes Bargeld mit sich herumschleppen, in ein Loch pinkeln oder Maden aus dem Käse pulen mußte. Also erfand der Mensch das Museumsdorf. Das Museumsdorf ist fast so, als betrachte man den Alltag von 1772 auf Fotos, während man Coca-Cola aus einem nachgemachten Zinnkrug trinkt.

Ein Safaripark

*** – ††† – †††† – 9

Im Safaripark können Sie auf dem ehemaligen Grund und Boden einer der ältesten britischen Familien im Bus sitzen und von dort aus ein Zebra beobachten, das draußen im Regen steht. Der Safaripark trägt dazu bei, daß der Mensch kein so schlechtes Gewissen mehr hinsichtlich seiner Behandlung anderer Arten hat, aber den betroffenen Arten hilft das nicht sonderlich. Normalerweise ist das Futter nicht sehr gut, das Wetter ist sogar noch schlechter, und die Löwen wissen ganz genau, daß sie nicht in der Savanne sind.

Las Vegas

*** – **** – ****** – ******** – ††† – †††††††† – 4 – 7 – 16

Paris ist eine Großstadt. New York ist eine Großstadt. Stockholm hat seinen Reiz. Aber Las Vegas ist keine Großstadt. Las Vegas ist die phantastische holographische Projektion einer niedrigen Intelligenzform mit pubertierenden Halluzinationen und Werbeträumen. Genau wie bei den Laserfeldern von Oj lohnt es sich auch hier, einmal vorbeizuschauen, auch wenn Sie hinterher nur sagen, Sie hätten das nie geglaubt, wenn Sie es nicht mit eigenen Augen gesehen hätten.

Last Chance, Oregon

** – ******** – 1 – 3 – 4 – 5 – 12 – 16

Die Bilvurier haben einen Preis ausgesetzt für die beste Erklärung dieses Ortsnamens.

Appartement 4, Humbleford Road, NW 11

******** – 5 – 13

Dies ist die Adresse von April Murgatroyd, einer Sekretärin, die mit einem Textverarbeitungssystem arbeitet und sich nachts sowie am Wochenende ein Zubrot als Medium verdient. Aprils Körper wird nicht nur von ihr selbst beherrscht, sondern auch von einem ägyptischen Pharao, einem altnordischen Krieger und einer indianischen Medizinfrau vom Stamm der Crow. Für sechzig Pfund liest April für Sie aus den Karten, erstellt Ihr Horoskop und sagt Ihnen, ob Sie im Lotto gewinnen werden oder nicht.

Arizona, USA

** – 6

Viele Leute glauben, daß Arizona das Zentrum von Magie und Wissen der alten Indianer sei. Die meisten dieser Leute sind interessanterweise Weiße, keine Indianer. In Arizona gibt es mehr Menschen pro Quadratkilometer, die mit John Lennon, Jim Morrison oder Elvis Presley in Verbindung stehen, als irgendwo sonst.

Texas

****

Die Notaufnahme eines Krankenhauses

**** – 9 – 11

Nirgendwo sonst können Sie alle Facetten des menschlichen Lebens hautnäher erleben als in der Notaufnahme eines Krankenhauses in einer Großstadt. Natürlich wären Sie schlecht beraten, sich in einer echten Notsituation dorthin zu wenden, denn vermutlich hätte niemand Zeit, sich um Sie zu kümmern.

Ein Coffee Shop

* – 3 – 12

Die Coffee Shops sind die einzigen Orte in Amerika, wo Sie mit Sicherheit einen Polizisten antreffen. Er ißt dort ein Doughnut.

Osteuropa

*** – **** – ***** – 2 – 3 – 4 – 5 – 6 – 8 – 9 – 10 – 12

Osteuropa war früher außergewöhnlich schön und interessant, aber die Russen kümmerten sich schon bald und recht intensiv um die schönen Dinge. Jetzt, nach der Auflösung des Ostblocks, versucht man jedoch, wieder Touristen ins Land zu locken. Bringen Sie Ihr eigenes Essen mit, und halten Sie Ihre Levis fest.

Eine Machokneipe

* – 9 – 11

Es gibt auch noch andere Orte (zum Beispiel das Parlament), wo man das Verhalten von Männern in Reinkultur beobachten kann, aber dort sind wahrscheinlich das Essen und die Musik nicht so gut.

Dank

Das Gelingen eines Vorhabens von solch gewaltigen Ausmaßen wäre nie möglich gewesen ohne die Begeisterung, die Ermutigung, den Geist, das Wissen, die Beharrlichkeit, den Mut und die Hartnäckigkeit der zahllosen Einzelpersonen und Organisationen, die über die Jahrhunderte hinweg die Erde erforscht und über sie geschrieben haben – und ihre Erkenntnisse freudig mit einem neugierigen, wenn auch argwöhnischen Kosmos teilen.
Deshalb würden wir an dieser Stelle gerne folgenden Personen und Institutionen unseren Dank aussprechen:

Für unschätzbare Fakten und Hintergrundinformationen

The Times
The New York Times
The Sunday Sport
The Sun
The National Inquirer
The TV Guide
Newsweek Magazine
Rolling Stone
Cosmopolitan
¡Ola!
Elle
Der Spiegel
The Financial Times
Nachrichtensendungen und -agenturen sowie Radio- und Fernsehsendern auf der ganzen Welt, insbesondere TASS, UPI, CBC, BBC und NBC.

Für unschätzbare fachmännische und persönliche Ratschläge

Penny Whistledown, Teenager
Mrs. Belinda Arbus, Hausfrau
Richard Nixon, Politiktheoretiker
Sharon Campfield, Einkäuferin
Barbara Cartland, Literaturguru
Nancy Reagan, Vorbild
Rocko Alleghany, Kleinkind und erfahrener Konsument
Margaret Thatcher, geistige Führerin
Adam Spring, Computerhacker und Science-Fiction-Fan
Doug Spinoza, Koch am Schnellimbißstand und Philosoph
Marcia Miller, exotische Tänzerin
Janice Allman, Tierfreundin
Boris Loftus, Wissenschaftler und Samenspender
Emerald Browne, Cheerleader
Omar Ubu, Sportler und Wirtschaftsstudent
Max Landau, Taxifahrer und Menschenbeobachter
James Special, Angestellter bei McDonald's und Menschenbeobachter
Rufus und Enred May, Fast-Food-Fans
Mary Louise Househop, Verbrechensexpertin
Abe Spidle, Motorradkurier
Mrs. Arlene-Susanne Hepplemore, Christin
M. D. Lister, Spirituosenhändler und Menschenbeobachter
Bernice Adie, Fahrlehrerin
Dr. Stephanie Bickell-Hussey, Psychologin und Gärtnerin
Miss Emma Woodruff, Schülerlotsin
Sharon Hillslippe, Ehefrau und Mutter
Raymond C. Shakspear, Städteplaner, Computerbegeisterter und Amateurhistoriker
Yolanda Herrera, Immobilienhändlerin und Opfer einer Entführung durch Außerirdische

Burgess Endelheim, Kosmetiker und Paranormaler
Sky Rivers, Cowboy und Mystiker
Tieng Lee Teoh, Architekt und Surfer
B. B. Cooke, Rockexperte und Historiker
Abbey Skidmore, Zahnarzthelferin und Bootsführerin
Jackson »Slash« Munroe, Radfahrer, Musiker und Menschenbeobachter
Hudson Swinhorne, Rechtsanwalt und Menschenrechtsverfechter
Mr. H. P. Schulman, Atheist und Inhaber einer Salattheke
Jerome Mitchell, Alkoholiker und begeisterter Trivial-Pursuit-Spieler
Zach Sissel, Schriftsteller ohne veröffentlichte Werke
Mr. und Mrs. Beemish Fuller, Zeugen Jehovahs
Lt. Col. Aloysius P. Rumolsky, Patriot und Kämpfer
MTV
Spike, Leadgitarrist
Allen Gästen des Trout and Flag
Dem Mann im Bus mit der lebenden Garnele
Officer Petrolini, für seine Geduld beim Erklären der Gesetze
Mrs. Petrolini, für ihre Geduld beim Erklären der Gesetze
Dem Verkäufer, der das Prinzip der freien Marktwirtschaft erläuterte
Der Polizei von London, New York, Buenos Aires, Manchester, Berlin, Barcelona und besonders Lost Eagle, Wyoming
Pete Ford, Fußballfan und Bierkenner
Leland Hopper, Countrysänger
Jeff »The Sticks« Codswill, Rockdrummer
Sunny Bartstein, Fotomodell und Expertin für Männer
Dr. Jane Ash, Psychiaterin und Expertin für Beziehungen
Yeoman Michaels, Dichter und Töpfer
Patty F., Aerobiclehrerin und Gesundheitsfanatikerin
Mrs. Alfred Patterson, Strickerin

Sumia, Künstlerin, Mystikerin und Tarotkartendeuterin
Arturo Wallenstein, Reisender und Menschenbeobachter
Meiner Mutter, die sehr gern reiste
Meinem Vater, der lieber zu Hause blieb
Und all den Tausenden von Menschen aus Gegenwart und Vergangenheit, deren Wissen uns dabei half, nicht zu verstehen

Glossar nützlicher Ausdrücke und Phrasen

Alles in unserer Macht Stehende

»Wir tun alles in unserer Macht Stehende, um die Gegenstände, die Ihnen gestohlen wurden, wieder zu beschaffen.«
»Wir tun alles in unserer Macht Stehende, um die Schuldigen ihrer gerechten Strafe zuzuführen.«
»Wir tun alles in unserer Macht Stehende, um den oder die Schuldigen zu finden.«
Im Regelfall jedoch wird überhaupt nichts unternommen.
Alternativausdruck: »Wir tun, was wir können.«

Bald

Kunde: »Ich warte jetzt schon den ganzen Morgen darauf, daß mein Telefon endlich angeschlossen wird. Sie haben gesagt, der Mann käme zwischen acht Uhr morgens und mittags, und jetzt ist es schon halb eins. Wann kommt er denn nun?«
Mann vom Kundendienst: »Bald.«

»Bald« ist eine höfliche Form, Ihnen mitzuteilen, daß der Mann entweder nie kommt oder gerade jetzt vor Ihrer Haustür steht, während Sie sich in der Telefonzelle um die Ecke befinden, und Ihnen einen Zettel unter der Tür durchschiebt, auf dem er Ihnen mitteilt, daß er Sie leider nicht angetroffen hat.

Bleib dir selbst treu

»Bleib dir selbst treu, dann mag dich jeder.«

Nur jemand von der Erde wird Ihnen sagen, daß Sie sich selbst treu bleiben sollen – als könnten Sie jemals irgend jemand sonst sein. Doch das, was sich zuerst so nichtssagend anhört, steckt voller Bedeutung. Es heißt nämlich, daß beide, sowohl der Sprecher als auch der Zuhörer, wissen: Es wäre für alle Beteiligten besser, wenn der Zuhörer tatsächlich jemand anderes wäre, und niemand wird ihn jemals mögen, ganz gleich, was er auch tut, es sei denn, er verwandelt sich wirklich in einen anderen.

Fast daheim

»Wir sind fast daheim.«

Diesen Satz verwenden erwachsene Menschen, um ihre Kinder auf langen Reisen zum Schweigen zu bringen. Tatsächlich bedeutet er: Unser Zuhause ist noch mindestens hundert Kilometer entfernt, aber wenn ihr nicht aufhört mit der Quengelei, wird euch die Strecke gleich noch viel länger vorkommen.

Freiheit

J. Arthur Zapp beschreibt in seiner richtungweisenden Studie menschlichen Verhaltens mit dem Titel *Fortschritt: ja oder nein?* das Wort »Freiheit« als das am zweithäufigsten verwendete auf dem Planeten.[36]

Die Menschen reden von der Freiheit sogar noch häufiger als von der Kommunikation.

Doch Zapp erklärt in Kapitel zwei seiner Studie, daß das Wort

[36] Das am häufigsten verwendete Wort ist »ich«.

»Freiheit« durchaus nicht unbelastet ist. Des einen Freiheit ist des anderen Zwang, wie es so schön heißt.
Wenn Sie jemanden über die »Freiheit« reden hören, insbesondere wenn damit die persönliche Freiheit gemeint ist, sollten Sie sich am besten so schnell wie möglich aus dem Staub machen, denn entweder will er Sie umbringen, möchte, daß Sie jemanden umbringen, oder will Sie ins Gefängnis stecken.

Ich

Das am häufigsten verwendete Wort auf dem Planeten. – Beispiele:
»Ich wollte dich nicht verletzen«, »Das wollte ich nicht« und so weiter.
Soll heißen: »Ich wollte mich eigentlich nicht dabei erwischen lassen.«
»Ich bin ganz auf deiner Seite.«
Soll heißen: »... solange du auf meiner bist.«

In Ordnung

»Es ist schon in Ordnung.« – »Du kommst wieder in Ordnung.« – »Alles kommt wieder in Ordnung.«
Jeder der drei vorangegangenen Sätze scheint zu suggerieren, daß nichts Unangenehmes vorgefallen ist; daß, falls doch etwas Unangenehmes vorgefallen sein sollte, dieses Unangenehme nicht so wichtig ist, daß sich alles bis zum Abend wieder einrenkt.
Tatsächlich jedoch bedeuten sie, daß alles schrecklich ist; daß Sie von Glück sagen können, wenn Sie jemals wieder Rollschuhlaufen können; daß alles vermutlich noch schlimmer ist, als Sie vermutet hatten.
Zum Beispiel: Sie sind bei Emily Poodle zum Tee eingeladen.

Während Sie auf ihrem spezialangefertigten Sofa sitzen, die Wedgwood-Tasse mit dem Tee in der einen Hand und die Gurkenschnitte in der anderen, erzählt Ihnen Emily auf Ihr Kompliment für ihren Teppich hin eine lange Geschichte über ihren Urgroßvater, der besagten Teppich auf dem Rücken eines Kamels aus Persien mitgebracht hat. Just in diesem Augenblick betritt Princess Margaret, Emilys Katze, das Zimmer. Sie verweilt einen Moment in der Tür und sieht fast so aus, als wolle sie auf der Stelle einschlafen. Und dann, schneller als ein Elektron, schießt sie quer durchs Zimmer, springt in die Luft, stößt sich von Ihrer Brust ab und verschwindet über das Sofa. Damit hatten Sie nicht gerechnet. Ihr Gurkenschnittchen landet mit der bebutterten Seite auf dem Teppich, nur ein paar Zentimeter von der Teetasse entfernt, die in tausend Stücke zerspringt, so daß sich der Earl-Grey-Tee mit Zitrone über den Boden ergießt.
Sie sagen: »Du meine Güte, Emily, dein Teppich, das tut mir ja so leid!«
Emily erwidert: »Ach bitte, mach dir doch keine Gedanken. Es ist schon in Ordnung.«
Soll heißen: Sie haben soeben ihren unbezahlbaren, ererbten Teppich ruiniert und werden ihr Haus höchstens noch als Bediensteter betreten.

Komme gleich

Komme gleich wieder.

Solche Sätze finden Sie oft an der Tür von Geschäften. Komme in fünf Minuten wieder. Komme in zehn Minuten wieder. Komme gleich. Lassen Sie sich nicht aufs Glatteis führen. Der Zweck dieser Schilder besteht nicht darin, Sie zu informieren (wie Sie vielleicht vermuten würden), sondern darin, Ihnen zu sagen, daß das Geschäft weder geschlossen noch geöffnet ist.
Noch eine weitere Bedeutung ist möglich:

Gegen den Rat all Ihrer Freunde und Freundinnen haben Sie sich auf ein männliches Exemplar der Spezies Mensch eingelassen. Er ist süß, er spielt Banjo, und Ihnen gefällt es, wenn er »Danny Boy« in der Dusche singt. Eines Tages, als Sie gerade die Stereoanlage reparieren, sagt er: »Ich hol mir nur schnell einen Kaugummi, Schatz. Ich komme gleich wieder.« Sie sind sich sicher, das bedeutet, daß er wiederkommt, sobald er sich seinen Kaugummi unten an der Straßenecke gekauft hat. Deshalb merken Sie erst nach Stunden, daß er immer noch nicht da ist. Die Chancen stehen gut, daß Sie ihn nie wiedersehen werden.

Kommunikation

Von allen Wesen auf dem Planeten ist der Mensch das einzige, das der Sprache mächtig ist.
Ein Gorilla kann einen Warnschrei ausstoßen, aber er kann nicht erklären, ob er vor einem Rhinozeros flieht oder vor einem Menschen mit einem Gewehr. Einem Papagei kann man beibringen, daß er sagt, wann er Hunger hat, aber er kann nicht zu verstehen geben, was er gern fressen würde, ob er lieber Pesto oder Tomatensauce mag, ob er auf Peperoni Sodbrennen bekommt oder ob er bereits mittags Broccoli gegessen hat. Das kann nur der Mensch.
Ein Kind kann nicht erklären, warum es weint, ein Schimpanse kann nicht sagen, warum er jemandem seine Schüssel über den Kopf stülpt, ein Hund kann nicht erklären, warum er unter dem Bett liegt. Aber der Mensch kann das.
Der Mensch beschreibt seine Realität mit Hilfe von Worten, erklärt mit ihnen seine Phantasien und Träume. Mit Worten drückt er seine Gefühle und Gedanken aus, erzählt von seinen Alpträumen und Ängsten. Die Sprache ermöglicht es dem Menschen, sich selbst und andere zu verstehen. Anders als jedes

andere Geschöpf des Planeten muß der Mensch sich nicht auf seinen Instinkt verlassen, auf Grunzen und Ächzen. Mit Hilfe der Sprache kann der Mensch die Kluft überwinden, die die Individuen voneinander trennt.
Ist es da weiter verwunderlich, daß der Mensch so viel von der Kommunikation spricht? »Sprich mit mir«, sagt er die ganze Zeit. »Laß uns Kontakt aufnehmen.« »Laß uns darüber reden.« »Laß uns ein ernstes Gespräch darüber führen.«
Da ist es nur noch erstaunlicher, daß auf diesem Planeten niemand den anderen zu verstehen scheint. Die Menschen reden und reden und reden, und dann tun sie genau das, was sie getan hätten, wenn sie nicht zwanzig Jahre in der Therapie verbracht und mehrere Sprachkurse absolviert hätten. Einen bellenden Hund versteht man immer, einen Menschen nur selten.

Kommunismus

In der Sternoiden Galaxis, wo er seinen Ursprung hat, ist der Kommunismus eine sozioökonomische Theorie, die auf dem Gemeineigentum von Produktions- und Konsumgütern beruht. In Sternoid hat der Kommunismus blühende Gemeinschaften beneidenswerter sozialer und wirtschaftlicher Gerechtigkeit sowie verblüffende künstlerische Leistungen hervorgebracht.
Auf der Erde waren die Meinungen bezüglich des Kommunismus geteilt. Die Hälfte des Planeten hielt den Kommunismus für eine gute Idee; die andere Hälfte dachte, daß eine Gesellschaft, in der niemand Hunger leiden oder ohne Wohnung sein mußte, in der niemand sich auf Kosten eines anderen bereicherte, mit Sicherheit das Werk des Teufels war.
Interessanterweise führte der Kommunismus in jenen Ländern der Erde, wo er praktiziert wurde, auch nicht zu den vorbild-

lichen Gesellschaften wie in der Sternoiden Galaxis mit ihren intellektuellen und kreativen Leistungen und niedrigen Mieten. Statt dessen brachte er repressive Diktaturen und Wandgemälde hervor, die gut und gerne ein Covianischer Roboter hätte malen können.

Konsumgesellschaft

Der kommunistische Führer Nikita Chruschtschow sagte den nicht-kommunistischen Ländern der westlichen Welt in einem ungewohnten Augenblick der Leichtfertigkeit voraus, daß der Kommunismus eines Tages die Weltherrschaft antreten würde. »Wir werden euch begraben«, meinte Chruschtschow und verschwand dann im Hinterzimmer, um in Gelächter auszubrechen.

Die Völker des Westens lachten nicht. Sie beschlossen, diese Drohung ernst zu nehmen. Sie fingen an, noch unter ihren Betten nach Kommunisten mit Schaufeln und Eimern voll Erde zu suchen. Sie weigerten sich, Filme anzusehen, in denen irgend etwas Positives über die Gewerkschaften gesagt wurde. Sie verdächtigten alles und jeden als Spion. Die allgemeine Furcht war so groß, daß Jesus Christus, dessen Wiederkunft auf der Erde für das Jahr 1954, den Höhepunkt der Kommunistenhetze, geplant war, seinen Auftritt absagte. »Es war schon schlimm genug, ans Kreuz genagelt zu werden«, sagte Jesus seinerzeit. »Können Sie sich vorstellen, was sie heute mit mir machen würden, wenn ich ihnen die Geschichte von dem Reichen und dem Himmelreich und dem Nadelöhr erzählen würde? Sie würden mich auf dem Times Square auf den elektrischen Stuhl setzen.«

Natürlich hätte sich der Westen überhaupt keine Sorgen zu machen brauchen, und das wußte er auch. Der Ostblock wollte ihn begraben? Womit? Mit Kartoffeln? Der Osten konnte dem

Westen nichts anhaben, denn der Westen hatte die mächtigste Waffe, die auf diesem einfallsreichen Planeten jemals ersonnen wurde. Er hatte die Konsumgesellschaft.

Wie der Name schon sagt, existiert die Konsumgesellschaft einzig und allein zu dem Zweck, so viele unterschiedliche Dinge wie möglich so oft wie möglich an so viele Menschen wie möglich zu verkaufen. In der Anfangszeit des Planeten glaubte man noch, die Denkfähigkeit sei ein Beweis für die Existenz. »Ich denke, also bin ich«, war damals ein gängiger Spruch. Heutzutage sagt man lieber: »Ich kaufe, also bin ich.«

Der Mensch hat sich die Welt mit Hilfe der Konsumgesellschaft untertan gemacht und die Erdenkarte in ein Relief aus Hamburgerketten und Colafabriken verwandelt.

Kopfschmerzen

»Nicht heute abend, Schatz, ich habe Kopfschmerzen.« – »Ich würde wirklich gern kommen, Angie, aber ich habe Kopfschmerzen.« – »Ich wollte es gerade machen, aber da bekam ich rasende Kopfschmerzen.«

Kopfschmerzen sind das ideale Mittel, etwas nicht tun zu müssen, was man ohnehin nie tun wollte, und gleichzeitig noch bemitleidet zu werden.

Das Land

»Ich liebe das Land.«

Noch nie zuvor in der Geschichte des Kosmos ist etwas so idealisiert und mit so vielen sentimentalen Gefühlen bedacht und gleichzeitig so systematisch zerstört worden wie das sogenannte »Land«.

Wenn Sie nun wissen, wie schlecht der Mensch mit dem »Land«

umgeht, sind Sie vielleicht überrascht zu hören, daß so viele Leute so sehnsuchts- und liebevoll davon sprechen.
Haben Sie keine Angst. Sie meinen das nicht so. Sie meinen, daß sie hin und wieder gern ein paar Bäume und Sterne sehen, aber sobald sie merken, daß die Stechmücken herauskommen oder wie weit sie vom nächsten Supermarkt entfernt sind, packen sie ihre Siebensachen wieder zusammen und machen sich auf den Weg nach Hause.

Männerfreundschaften

Das Wort »Männerfreundschaften« beschreibt das besondere Verhältnis, das Männer zueinander haben. Dieses besondere Verhältnis schließt nicht nur Frauen aus, sondern erklärt auch, warum es so vielen Frauen schwerfällt, die Männer zu verstehen.
Männerfreundschaft bedeutet, daß Männer, anders als Frauen, ihre Freundschaften nicht auf den Austausch von Gefühlen und Gedanken gründen, sondern auf gemeinsame Besuche bei Ballspielen, auf Diskussionen über das Wetter, über Eric Clapton und Jimi Hendrix sowie auf ausgedehnten Alkoholabusus.

Mutter

Auf diesem Planeten Mutter zu sein ist fast, als wäre man Gott und Teufel gleichzeitig: Man ist das wichtigste und bewundertste Wesen, und doch: Wenn etwas schiefgeht, ist man der beliebteste Sündenbock.

Nie wieder

»Ich kaufe mir nie wieder ein Hemd.« – »Ich trinke nie wieder Alkohol.« – »Ich lasse mich nie wieder auf Derek ein.« – »Ich esse nie wieder Schokoladenkekse.«
Wenn Sie einen der vorangegangenen Sätze irgendwo hören, können Sie mit Sicherheit vom Gegenteil ausgehen.

So bald wie möglich

Hierbei handelt es sich um einen der verbreitetsten Sätze auf der Erde, der Ihnen mehrere Interpretationsmöglichkeiten läßt.
Wenn der Satz in bezug auf Sie selbst verwendet wird – zum Beispiel »Ich möchte, daß du das so bald wie möglich machst«–, dann begehen Sie nicht den Fehler zu glauben, Sie könnten die Sache erledigen, sobald Sie Zeit dazu haben. Er bedeutet vielmehr gestern – wie in »Du hättest das schon gestern machen sollen«.
Die Bedeutung verändert sich jedoch ein wenig, wenn der Sprecher den Satz im Hinblick auf sich selbst verwendet – wie zum Beispiel in »Natürlich mache ich das so bald wie möglich«. In diesem Fall bedeutet er: »Sobald ich dazu komme.« – soll heißen: »Natürlich werde ich das wahrscheinlich nie machen.«

Tee

»Trink eine Tasse Tee, dann geht's dir gleich besser.« In Großbritannien gilt der Tee als Allheilmittel, als Stärkungsmittel und als Symbol all der Traditionen und Überzeugungen, auf die ein ganzes Reich gegründet wurde (Klassengesellschaft, Kolonialismus, billige Arbeitskräfte und nicht mehr als fünfzehn Minuten täglich zusammen mit den Kindern). Der Tee ist für die britische Kultur so wichtig, daß man sich noch immer ständig

darüber auseinandersetzt, wie man ihn am besten kocht, serviert und trinkt.
Dieser Punkt ist sehr wichtig, denn viele Außerirdische machen den Fehler zu glauben, daß man ihnen etwas zu trinken anbietet. Wenn sie keinen Durst haben, glauben sie weiter, »nein, danke« sagen zu können. Das sollten Sie jedoch niemals tun. Sonst denkt der Gastgeber, Sie können ihn nicht leiden.

Der Teufel

»Da hat mich der Teufel geritten.«

Die Menschen sehen sich gern als die Guten im Kosmos. »Na«, sagen sie, »das[37] ist nicht unsere Schuld. Wir sind doch nette Kerle.«
Andererseits natürlich ist es ihnen auch nicht entgangen, wie viele Dinge mit der Erde passieren, die nichts mit netten Leuten zu tun haben können.
Sie verstehen sicher das Problem. Es handelt sich um Ihren Planeten. Sie sind das einzige Lebewesen darauf, das einen Werbespot schreiben oder eine Waffe abfeuern kann. Sie fällen alle Entscheidungen. Sie stellen die Regeln auf und setzen die Prioritäten. Sie sind ein netter Kerl, aber trotzdem gibt es Millionen von Hungrigen und Obdachlosen, verseuchte Flüsse und Meere, aussterbende Rassen und ein Loch in der Atmosphäre, weit größer als Loch Ness. Wer ist daran schuld?
Der Teufel.
Dann gibt es da noch eine andere Bedeutung:
»Du Teufel« oder »Du kleiner Teufel«.
Wenn man nun weiß, wieviel dem Teufel tagtäglich aufgebürdet wird, könnte man meinen, der Satz »Du bist mir schon ein

[37] »das« kann für die unterschiedlichsten Dinge stehen, von der Ausrottung des Adlers bis zur Folter.

richtiger kleiner Teufel« drücke Mißtrauen und Abneigung aus. Aber diese Aussage spricht ganz im Gegenteil auf den Wunsch des Partners an, das Licht auszumachen und im Bett einen Austausch von Körpersäften zu beginnen.

Umweltschützer

Die Erde ist der einzige Ort im Kosmos, an dem man einen Pudel im Ballettröckchen, eine Autohupe, aus der die Melodie von »God Save the Queen« ertönt, butterlose Butter, käselosen Käse oder salzloses Salz finden kann. Sie ist außerdem der einzige Ort, an dem es etwas Ungewöhnliches ist, ein »Umweltschützer« zu sein. Überall sonst bedeutet das Leben anzuerkennen, daß man Teil der Umwelt und damit für sie verantwortlich ist. Aber hier ist das etwas anderes. Hier wird jede Bemühung, die Bäume, Vögel und Fische zu erhalten, mit Argwohn betrachtet. Früher wäre man sogar für einen kommunistischen Agitator gehalten worden, wenn man Interesse daran bekundet hätte, die Wale zu retten. Jetzt hat man für solche Leute die Bezeichnung »Umweltschützer«, und das ist noch ein bißchen schlimmer.

Rosemary: »Ich hoffe, dir macht es nichts aus, daß ich Marjory für Freitag abend zum Essen eingeladen habe, Schatz. Ich weiß, daß sie ziemlich ermüdend werden kann, wenn sie anfängt, über Elefanten und solche Sachen zu reden, aber eigentlich ist sie sehr nett.«

Jonathan: »Mein Gott, Marjory? Ist das dein Ernst, Schatz? Mein Chef ist eingeladen zu dem Essen. Was wird er bloß denken, wenn er Marjory mit ihren Delphinohrringen und ihren Naturschützerbuttons gegenübersitzt (stöhnt)? Das kann mich meine Beförderung kosten.«

Rosemary: »Sei doch nicht albern, Schatz. Ich habe Marjory gesagt, daß sie sich zusammenreißen muß. ›Adam V. Snaggle ist Vizepräsident eines multinationalen Konzerns‹, habe ich ihr gesagt. ›Ich möchte nicht, daß du ihn durch deine Geschichten vom Regenwald oder dem kleinen Ölteppich vor der Küste von Alaska vor den Kopf stößt.‹ Und sie hat versprochen, kein Wort davon zu erwähnen.«

Jonathan: (mir verächtlichem Schnauben) »Und das hast du ihr geglaubt? Schatz, du weißt doch, wie diese Leute sind. Sie haben keinerlei Gefühl für das, was sich schickt. Sie haben auch kein Gefühl für das, was wichtig ist. Sie sind genauso schlimm wie früher die Kommunisten, Schatz. Sie haben einfach kein Interesse am Profit.«

Rosemary: (voller Geduld) »Schau, Schatz, ich weiß, daß Marjory keine Bleichmittel und schädlichen Reinigungsmittel verwendet. Und außerdem fährt sie mit diesem schrecklichen kleinen Rad durch die Gegend und weigert sich, Fliegen zu töten, aber schließlich hat sie sich als Physikerin Auszeichnungen erworben. Ich bin mir sicher, daß sie auch noch andere Gesprächsthemen als Gewächshäuser findet.«

Jonathan: (stöhnt) »Einen Augenblick, Schatz. Hat nicht Marjory den ganzen Dreck in das Büro des Umweltministers gekarrt, weil sie gegen seine Politik der nuklearen Entsorgung war?«

Rosemary: »Ihre Strafe war nur auf Bewährung.«

Jonathan: (seine Stimme klingt jetzt ein wenig schrill) »Auf Bewährung!?! Schatz, du hast mir nie erzählt, daß man sie festgenommen hat. Du hast eine Verbrecherin zum Abendessen zusammen mit meinem Chef eingeladen? Mit einem Mann, der schon mit Premierministern und Königen gespeist hat? Mit einem Mann, der mit George Bush und Oliver North Golf spielt?«

Wie Sie meinen

Kundin: »Aber ich will den grünen Minirock mit den Straßherzen nicht. Ich möchte das türkisfarbene Schlauchkleid mit dem hohen Schlitz.«
Verkäufer: »Wie Sie meinen.«

Aufgrund des vorangegangenen Gesprächs vermuten Sie vielleicht, daß der Verkäufer die Wahl der Kundin bekräftigt und ihr zustimmt oder doch zumindest beipflichtet. Aber in Wahrheit tut der Verkäufer nichts dergleichen. Er zeigt vielmehr Verachtung und läßt die Kundin wissen, daß, sobald sie das Geschäft mit dem türkisfarbenen Schlauchkleid verläßt, jeder denken wird: »Ich wette, der Verkäufer hat ihr zu sagen versucht, daß sie in dem Kleid aussieht wie eine blaue Banane, die jemand versucht hat zu schälen.«

Wunderbar

»Wunderbar« ist ein Wort, das so oft verwendet wird, daß es praktisch keine Bedeutung mehr hat.
Bestenfalls ist damit »nicht schlecht« gemeint – wie zum Beispiel in »Was für eine wunderbare Idee!« oder »Was für ein wunderbarer Abend.«
Es kann aber auch »schrecklich« bedeuten – wie zum Beispiel in »Weißt du, Jeremy ist wirklich wunderbar.«

Nachwort

»Was für ein Planet.«
Kurt Vonnegut, Hocus Pocus

Was für ein Planet!

Register